海右文学精品工程

山东省作家协会重点扶持作品

吴永强 著

济南出版社

半城湖

图书在版编目（CIP）数据

半城湖 / 吴永强著 . -- 济南：济南出版社，2024.1
ISBN 978-7-5488-6099-0

Ⅰ . ①半… Ⅱ . ①吴… Ⅲ . ①长篇小说 – 中国 – 当代
Ⅳ . ① I247.5

中国国家版本馆 CIP 数据核字 (2024) 第 012914 号

半城湖
BANCHENGHU
吴永强　著

出版统筹　李建议
责任编辑　宋　涛　姜天一　张慧敏　雷　蕾
装帧设计　牛　钧

出版发行　济南出版社
地　　址　山东省济南市二环南路 1 号（250002）
总 编 室　0531-86131715
印　　刷　济南新先锋彩印有限公司
版　　次　2024 年 1 月第 1 版
印　　次　2024 年 1 月第 1 次印刷
开　　本　160 mm×230 mm　1/16
印　　张　17.25
字　　数　213 千字
书　　号　ISBN 978-7-5488-6099-0
定　　价　39.80 元

如有印装质量问题　请与出版社出版部联系调换
电话：0531-86131736

目录

楔　子

　　1945 年岁末的一个清晨，天将明未明，一些雾气冲破黑夜，在大明湖上游荡。湖北岸，三个黑衣人正准备淹死一个年轻女人。据说这个女人曾为日本人"服务"，被发现时，藏身于一个日本人家里。大半个世纪后的一个冬天，我站在同样的位置，等待一个叫周子珊的女孩。她迟迟没有出现。湖中一簇顶着雪的芦苇朝我摇头。我点上一根烟，将烟雾腾在空中。

　　年轻女人并未露出真容，而是缩在一辆人力车里。如果有人掀开人力车后座上的布篷，会看到一张面无表情的脸满布灰尘和从头上滑下的乱发。一身臃肿的棉衣，花纹上点缀着斑驳的灰垢。棉衣外面，横竖错乱的绳子将女人捆成一只半躺的蛹。双手也被捆住了，嘴里被塞了一团棉絮。为首的许光山离人力车一米远，脚步不停，面色铁青。吴二跟在另一侧，手里拎着一杆铁杵，偶尔掀开布篷，查看一下女人的情况。前面还有一人拉车。冬日已深，湖上冰封，一群麻雀扑棱着自芦苇荡飞出，掠过几人头顶，向北面的城墙飞去。

　　几个人穿行在城墙南侧的小道上，过了铁公祠，继续向前，贴着一排茅舍的北侧街道行走。明朝初年，山东参政铁铉曾在此抵御燕王朱棣的袭扰。燕军炮火攻城时，铁公在城上竖起太祖朱元璋的牌位，使燕军不敢开炮；而后又诈降，待朱棣领军进城，铁板骤落，砸在其马上，朱棣落荒而逃。后来朱棣绕城而走，攻下南京，自立为帝，发兵复取济南。铁公寡不敌众，兵败被俘，被割下舌头、耳朵、鼻子，投入油锅。

那些年，战乱频仍，铁公祠已寥落颓圮，不复过去香火，而湖光山色，浸润着泉水的雾气，一如从前。许光山没有停留，也没有向铁公祠望一眼。每家茅舍边横竖摆放着几条船，被浩荡的冰封住，不能动弹。一只麻雀站在船沿上，盯着许光山，或他身侧的人力车。几个早起的女人倚门框站立，面无表情地瞪着众人。

女人们倚靠的门框边上，是一个穿对襟棉袄的男子，头发稀疏，脸部呈现出一幅蜿蜒的构图。他的眼睛落在许光山脸上，让后者产生了一丝不安。许光山低了一下头，抬起头时蓄积了一句话，准备呵斥男子。可当他再次望向街道和湖面中间的茅舍时，却一个人影也没看见。

他愣了片刻，感觉有什么东西在尾随自己。左右四顾，除了苍茫的天空和冰面、城墙，别无他物。

再往前是北极阁。楼宇萧瑟，无人烟。三人停下，遥望湖南岸，隐约中看到一群士兵列队行进，朝西边的省图书馆方向奔去。吴二说："那边在干什么？"许光山没有回话，面向湖面，到湖边用一只脚踩上去，轻踏几下，回头对他俩说："冰还可以，站上去没问题。"说完整个人站到冰上，向前走了几步。

天完全亮了。

吴二和车夫掀开布篷，拖出车里的女人，跟着往湖里走。他们拨开一丛丛冰冻的芦苇，走出去几十米，到了一处水最深的地方。前几天下过雪，冰面并不整洁，看不清底下的样貌。吴二将铁杵竖起来，举到空中，重重砸下，冰裂开一点缝隙。如是者三，冰面出现了一个碗大的窟窿。十分钟后，窟窿变大，足够人的脑袋伸入。又过了十分钟，足够装下整个人。

女人仰头看天，东边更白一些，现出蓝天的质地。冷风拂在脸上，她感到自己马上就要解脱了，或者回到过去温暖的所在。看着眼前熟悉的湖面，她想起了过去的一些时光，觉得葬在这里真是不错的选择。

许光山伸手制止了吴二，说："这样就行了，足够装下这个婊子。"

说出"婊子"二字的时候，他看了女人一眼。女人同样盯着他。他随即举起手，扇了女人一巴掌，说："看什么看，临死你还想害人？"

女人嘴里的破布掉落在冰面上，一缕头发飞到耳后，微红的脸颊显露出来。吴二盯着女人，想起以前夜里在商埠的情景，不免有些心痒。就在昨天，他找到许光山，问他可不可以不杀这个女人。许光山只跟他说了一句："不杀她，我就杀了你。"

许光山咳嗽几声，大声对女人说："不是我们想杀你，任谁也要杀你。"说完，他咧了咧嘴，不再看女人的眼睛，而是对吴二说："开始吧。"

吴二没有动，拿眼望许光山。一分钟后，许光山走过来，对吴二说："你这个屄货。"继而绕到女人身后。绑缚女人手臂的绳索依旧紧实，他用手拉了拉，没有拉动，却碰到了女人冰凉的手指，他的心略微颤了一下。他又碰到了女人手腕上的镯子，想了想，镯子还是留给女人吧。

那个拉车的小厮事先搬来两块大石，以绳索缠绕。许光山把几条绳索缠到一起，石头与女人之间有一米多远的距离，通过绳索，足以将她拉至湖底，永远沉睡。

一切准备就绪，许光山推了推女人，女人纹丝不动，她赤裸的双脚早已和冰雪融为一体。三人盯着女人冻成绛紫色的双脚，一丝血迹在脚面上洇开，浸润了部分冰雪。许光山夺过吴二手中的铁杵，在女人脚面周围乱杵，有一下正中女人脚背，戳出一个不大不小的窟窿。女人喉咙里发出一声"呃"，脸部扭曲成一面皱皱巴巴的旗帜，终是没有叫出来。她的双腿开始哆嗦，血从脚背上的窟窿里冒出来，染红了冰面。

女人皱裂干涸的嘴巴微微开启，沙哑着嗓子对许光山说："求求你，求求你……"声音微弱，但隐含了一股力道。许光山尴尬地笑笑："你要是早求我，我也许会放过你，说不定还给你找个好男人。"说完看了一眼吴二。吴二热情地迎合他的目光。

女人说："求求你，快点杀了我。"

许光山和吴二呆住了，他们没想到女人临死前还嘴硬：这个骚货竟然也有骨气！也罢，那就成全她！

女人用尽力气，拖着整个身体，试着向前跳了几步，身上缠绕的绳子时紧时松。趁几人愣神的工夫，她向前一歪，跌进水里。水面冒出无数气泡，连着两块大石的绳索急速冲向水中，直至拉紧才停止。不一会儿，女人的脑袋从水中冒出，继而是整个身体。由于双手绑缚，她面朝下，头全都浸在水中，后背连同整个躯体剧烈震颤。许光山慌忙道："把石头扔下去！"吴二和那个小厮一人抱一块石头，扔进水里。随着石头坠入水底，女人慢慢下沉。她先是翻转过来，面朝上，洗去灰尘的脸呈现出娇美的容颜，暴突的眼球直瞪向许光山，仿佛要钻进他的心里。

女人的面容越来越模糊，终于消失不见了。

三人站在水边，面面相觑。水底下一点儿动静也没有，一切归于平寂。许光山拎起小厮的衣领，让他去找根竹竿。小厮没动，许光山一巴掌扇在他脸上，叫道："快去找竹竿！"小厮奔跑着朝北岸的村庄而去，找到一只游船，撑船的木棍正横在船上。他扛起木棍往回奔，跑到一半时，突然呆立不动。

许光山喊他赶紧过来。他拔腿就跑，到了二人面前，惊呼道：

"水底下有人！"许光山要他说清楚，小厮比画着说："水底下有人，那么长，游得飞快。"他双手张开，仿佛那人的长度无限伸展。许光山跑到小厮发现有人的地方，冰面之下什么都没有，唯有黑暗连着黑暗。他旋即跑回冰窟处，将竹竿伸至水下，胡乱捅了一番。水面冒出成群的气泡。

许光山又盯了水面一会儿，阴鸷地说道："看来是真的死了。"

不多时，太阳升起来了。三个人踏着湖面上的冰，拨开芦苇圈起的水域，朝南岸走去。那辆孤零零的人力车，被丢弃在北岸的草丛里。

隐约有音乐传来。吴二指着西边说："快看！"

三个人朝西边望去，透过一块块水田上的柳树和芦苇的缝隙，看见省图书馆奎虚楼附近，大队士兵列队围着遐园的楼阁，青红白三色旗帜在空中飘扬。鞭炮响起，礼乐飘荡在冬日的天空，隐约可以看到一块写有"正义重申"的红底金字匾额。吴二想起两个月前，李延年司令率兵入城时，他曾跑去围观。

到了司家码头，吴二问："他们在干什么？"

许光山说："日本人投降了。"

吴二说："日本人几个月前就投降了。"

许光山站起来，举起手朝他脸上扇去。吴二迅速躲避，巴掌只扇到了他的头发。许光山一字一顿地说："今天是受降仪式，从现在开始，一切正常了。"

第一章

二八年

二十四岁前，杨明的梦时常被枪声刺穿。有时离得远，枪声不知在什么地方响起，啪啪声钻进耳朵，像闷声敲鼓。离枪声最近的一次，他混在一群士兵中间，惊慌中士兵们朝各处打枪，各处又有人向他们射击。有人在他身边倒下，某个人的脑袋像西瓜一样炸开。枪声、喊叫声混杂在一起，互相叠加。

这不是梦，而是现实。

按照稀薄的记忆，以及隗老爹支离破碎的讲述，他断断续续地拼凑出第一次枪响的经历。

后来他的记忆越来越模糊，但总会想起一列烟雾蒸腾的火车。这也暗示了一种宿命——后来，跨越无数岁月，进入耄耋之年的杨明再次乘坐一种叫高铁的庞然大物，他的起点和终点在铁路线上交汇。

蒸汽机轰隆隆一刻不停地号叫，车厢里氤氲了一层雾气。已是春天，车窗外不时蹿出一些嫩绿的色彩。几句断断续续的对话在耳畔响起：

"能赶上火车已经不错了，听说这是最后一班，铁路马上就要被军队征用。"

"赶上了也不一定是好事，走一步看一步吧。"

"你上哪儿去？"

"我去济南府。 你去哪儿？"

"我上天津卫。 济南今儿个可不太平。"

"我教我的书，井水不犯河水。"

对话的两个男子，一个将他揽在怀里，一个手里夹着一支烟。烟味侵入鼻孔，他打了个喷嚏。 或许，这些对话并不存在，只是朦胧的臆想。 把他揽在怀里的男人手里端着一份报纸，上面记录了近一段时间的新闻。 新闻内容出现在两个男人的对话中。

火车晃晃悠悠，停下，又开动。 杨明睡了，又醒。 天有时候是暗的，有时候是亮的。 渴了，抱着他的那个男人去茶水房打来水，吹凉了喂他喝。 那似乎是他的父亲。 记忆很模糊，作为父亲的那个人戴着一副圆边眼镜，斯斯文文，穿一件灰色长衫，在模糊中逐渐清晰。

终于到了济南，父子俩混进人群。 车站广场上，几辆人力车在等客。 父亲一手提着箱子，一手拉着他，随人群向前走。 一辆人力车拉到了客人，向前挪动，后面的人力车再移过来。 等父亲把他抱上一辆车，车夫撅起屁股向前冲去时，他扭头看到火车站漂亮的哥特式塔楼，以及尖尖的钟楼。 一盘巨大的钟表映入眼帘，恰好到了整点，钟表发出悦耳的铃声，仿佛里面停着一只鸟儿。

车夫瘦弱的身影，形成一道窄小的风景。

杨明记挂着母亲的叮嘱，要他不乱跑，过些天母亲就会带着姐姐过来。 想起比他大两岁的姐姐，他低声问父亲："小艾什么时候来？"父亲说："等我们安顿好了，稍微太平一点，她们就来了。"

人力车颠簸在石板路上，坐在上面的屁股不断跳跃。 杨明睡着了，做了一个梦。 他和一个小女孩手拉手走在湖边，他看到小女孩的脸，分明就是小艾。 湖是西湖，他们就住在西湖边，孤山的倒影在水里飘摇。 他们走在一条长长的堤坝上，湖水荡漾着岸边的柳树。小艾走到水边，回头朝他笑了一下，接着跳入水中。 他奔过去，湖面只剩下一圈涟漪，小艾不见了。他大惊，哭喊着小艾的名字。

父亲把他摇醒，替他擦干脸上的泪痕，轻声说："我们到了。"

那是一座有高大门楣的校园，后来他无数次经过门口，回想父亲拉着他的手走进校园的情景。他带着哭腔对父亲说："姐姐掉到湖里去了。"

父亲拉着他的手，告别人力车夫，踏进校园。早有一个四十岁左右的中年人等在门房里，探出头来，问父亲道："你是杨凌志先生？"父亲点头称是。那人赶紧缩回头去，推开一旁的门出来，伸手握住父亲的手，自称齐云，是他的新同事。齐云道："时局动荡，先生不辞劳苦，千里而来，真是难为你了。"父亲说："倒还相安无事，革命军恐怕真要打过来了。"

夕阳挂在校园一座楼的檐角，一些鸟落在近旁的树上。齐云带着杨凌志父子向前走去，寒暄几句，谈起近况，说南方已被革命军控制，下一步就是北方云云。

校园里自然也不同寻常，路上遇到一些举着旗帜聚集在一起的学生，"胜利北伐"的字样在旗帜上飘扬。

穿过学生队列，他们走进一座静谧的小楼，早有工作人员将小楼内打扫干净，杨凌志父子暂住在楼上一个东南向的房间里。齐云交代了这几日的一些事，时局的变化影响到学校。"凌志兄可多休息几日，"齐云说，"好在这是教会学校，一时不会有事。"

天黑了，杨明昏昏睡去。又是梦，又是那座微波荡漾的湖，又是姐姐。"小艾，小艾。"小艾不见了。这次，只有他一个人走在湖边，周围是黑黢黢的暗夜，但能看见波纹。一个暗黑的身影朝他逼近，嘴里喊着"小陶，小陶，你跟我走"。他跟着对方走，像对方的影子。远处出现了一座灯塔，黑影窜身进入灯塔，他跟进去，听见了小艾的哭声。他继续喊"姐姐，姐姐"，没有应答。无数盏灯在燃烧，闪烁着他的眼睛。那个黑影又出现了，原来是一只张着血盆大口的怪兽，大嘴离他只有几米远。 他吓得哇哇大哭。 怪兽的嘴越扩越大，朝他笼罩下来……

醒来时，他躺在一张陌生的床上，额头敷着一块毛巾，一盏昏暗的灯悬在天花板上。 他听见了自己的哭声，两行泪正弃自己的眼睛而去。 父亲握着他的手，问道："小陶，你又做噩梦了吗？ 别怕，有我在。"杨明哭道："小艾不见了，小艾不见了……"父亲说："小艾和你母亲在一起，你想她了吗？"杨明点点头。 他感觉浑身乏力，头沉得要命，一股巨大的灼热感让他冒出火来。 父亲说："小陶，你饿了吧？"他无力地摇摇头，视线越来越模糊，不知不觉又睡过去了。

杨凌志给儿子掖了掖被角，站起身走到一旁的小桌旁，坐下来端起茶壶，给对面茶杯续上茶。 对面坐的是齐云。 齐云道："小陶病得不轻，想来刚到北方，水土不服。"杨凌志说："挨过今晚再说吧，若明天不见好，带他去看医生。"齐云说："明天一早我请鲍德威先生来看看。"

第二天，齐云果然带来了一个大胡子美国人。 鲍德威是这所学校医学院的教授，也是医生。 他走到杨明的床榻前，拿出一副听诊器插进其上衣里面，后又看了他的眼白、舌苔，量了体温，最后在一张纸上写了几个英文单词。 杨凌志没看懂，用询问的眼神看向齐云。 齐云说："这是药名，一会儿我把药送来。"杨凌志说："孩子得的什么病？"鲍德威说了一段英文，齐云翻译道："风寒，发烧40度，看似很严重，不过静养几天应该没问题。"

接下来几日，杨凌志除了偶尔外出，到教学楼与新同事接洽一些必要的工作外，大部分时间坐在小屋的书桌前。 儿子偶尔醒来，他喂其吃药，把一些饭食强令儿子吃下。 至于校门之外，自进来后他从未出去过。 时局的信息不时传递进来，革命军真的北上了，本省督军张宗昌弃城逃跑，跑之前炸毁了黄河大桥。 革命军进城，人声鼎沸，学生们早已按捺不住，蜂拥着出校门庆祝。和革命军差不多时候进城，甚至还稍早的，是日本人。早在黄河大桥炸毁之前，日本人就乘火车从天津过来，又有一股乘火车从青岛来的。目下的形势，是革命军占了老城，日本人占了商埠。革命军要打的是张宗昌，没想到却遭遇了更加凶悍的日本人。

齐云来通报了新的消息，手指向北边校门口的方向说："刚有一队日本兵从那里经过，还有几辆小坦克，几百骑兵，自东向西奔商埠去了。如今，偌大一个商埠已是他们的天下。"又说："教会学校给了我们一张'护身符'。"说完，他重重地坐在一把椅子上，摊开手，高声道："你看，我们自己的命运，不被一个外国侵略者屠戮的期望，还要另一个国家来帮助！"

杨凌志盯着这位比自己年长的书生，想起以前也与他通过几次信，挺投契，初识便显露性情，不觉多了几分好感。齐云还没有发泄完，站起身，推开南面的一扇窗，指向一座秀丽的山，说："你知道这山的名字吗？说了你肯定知道，千佛山，本城佛教圣地。这样的时节，天气和暖，正适合游山。但你敢去游吗？那座山上，正储备了东洋人的大炮，对准了我们的城市。"杨凌志朝窗外望去，没看见大炮，倒看见了几朵云叮在山尖。

杨凌志说："革命何其艰难，总要付出代价。"

齐云摇摇头，叹道："你从南方来，更了解这支军队，凭良心说，这是我们需要的革命军吗？"

一时语塞，两人都不说话。本来革命军从广东打到了长江两岸，半个国度欢腾鼓舞，却又遭逢变局。去年以来，南方数省频频爆发屠戮事件，四处搜捕共产党，无数人头落地，就连杨凌志这样不通时事的书生也困惑不已。

又过了几日，城里果然开始打枪。当天晚上，响起了炮声。后来几日，还有飞机在天上呼啸，投下一些炸弹。有时候炮声离得近，小楼发出嗡嗡的响动。 杨凌志握紧儿子的手，说："小陶不怕，有人在放烟花呢。"杨明正坐在床上，刚吃过的一碗粥放在一边的柜子上，他告诉父亲："烟花的声音不是这样的。"父亲把他搂进怀里。

梦中同样遭遇枪声。 啪啪啪，由近及远，分辨不清是什么样的器械释放的能量。 四周全是响声。 又是湖，又是小艾，又是母亲，又是一望无际的黑夜。 杨明的梦中充满了寂寞。

一日，一队日本兵涌进来，在校门口内侧搭起工事。 在后来的攻城战中，这里自然成了战场。 为了儿子，杨凌志没有出门，只在窗口看到了工事的一角。 一些头戴钢盔的日本兵趴在工事里，朝北边打枪。 齐云偶尔跑过来交谈，坐在一把椅子上捶胸顿足。 他带来外面的消息。 比如，两军刚交上火时，大批革命军就沦为战俘，简直滑天下之大稽。 车站附近弹药库被炸，死伤平民无数。 苏宗辙将军发布守城布告，誓言城坚易守，军民一心，要与济南共存亡。 李延年和邓殷藩两位团长，及数千将士，要抵御十倍于己的敌人，凶多吉少，但我军将士奋勇杀敌之决心天地可鉴，胜利还是大有希望的。 可是，后来的消息越来越让人心灰，直至最后，李、邓两团损失惨重，撤出济南。 城破，敌寇侵占全城。

一晚，齐云拎了一瓶酒，与杨凌志对酌。 酒至半酣，他流下泪来，随口叹道："南望王师又一年。 所谓王师，竟是一场空。 更可气的是，这个所谓的王师，根本就不是真正的王师！"他说："我已是不惑之年，空忙大半生，于国于民并无直接的益处。 如果有机会，我肯定要去做一些别的。"

数年后，他果真做了一些别的。 这是后话，不提。

枪炮声慢慢停歇了，杨明的病逐渐好转，但精神还未完全恢复。据说新的治安维持会已成立，市政厅恢复办公，但他们的主子已不是新的国民政府。 这个畸形的临时政府，后来操控这座城市竟有一年之久。 不断有屠戮的消息传来，不说被俘的革命军，就连平头百姓也难逃厄运，尤其是老城西门附近，几成坟场。

杨凌志不忍去想这些，但新的消息又不得不听，不得不看。看过之后，徒生伤悲。他突然就想，自己为什么要北上济南？是源自一封邀请书吗？是，也不全是。他没后悔来这里，只要这一国之内，在哪里都是一样的。杭州，在等同的条件下，难道就不是另一个济南？过去三十余年的生命中，他几乎不问世事，一切外界的纷扰都与他无关。这次也是，他赶上了一场屠戮，但躲进小楼，又和身边的这座城市无关。只是交通阻隔，书信不通，暂时还来不及和妻女联系。虽然国民政府一直在与日本政府斡旋，但要他们退兵，显然还不是时候。看来，之前预想的安顿好后就接她们来的想法尚不合实际。

小陶念叨了大半个月的西湖、小艾、母亲，他却无法满足。每一天，小陶都嚷着要回家，要去见母亲，去见姐姐。小陶说："我们去湖边，放风筝，和姐姐在草上跑……"他无言以对。

齐云提出了一个折中的办法："本城有大明湖，你带小陶去游玩一番。反正都是湖，小陶见了，说不定就心安了。"

也是个办法。

但外面依然不安全，对于杨凌志这样的书生，且是南方人，外出的风险很大。齐云想了一个主意，他喊来在学校食堂帮工的吴二，一个十八九岁的少年，对本地风物甚是了解，带领他们父子顺利躲开危险地带，应该不成问题。

一个风和日丽的早晨，三个人穿了本地市民惯常穿的白褂、灰裤，走出校门。小陶得知要去湖边，跳起来拍手，问父亲："我们要去西湖吗？"父亲说："是的，我们去西湖边走走。"

校门口，之前的工事还在，被掩埋了一些，像一座平躺的雕塑。天空晴朗，夏天又深了一些，如果不是城墙上斑驳的弹痕，以及偶尔见到的颓圮的房舍，济南还真是一个美丽的城市。穿过外城城门，不一会儿就到了护城河边，继而是内城。 他们都有学校的证明，进城门没有太麻烦的手续。 内城不大，走到高处，便看到西边城墙上的巨大豁口。 据传，那里是战斗最激烈的地方，城门外的几条街，死伤平民最多。 吴二向杨凌志介绍，哪里是贡院，哪里是之前的巡抚衙门。 街上不时遇到泉水，杨明很感兴趣，围着一眼眼汩汩清泉大惊小怪。 有一些泉竟从住户家里流出，偶有女人蹲在水边洗衣服。 街上行人寥落，不时有一队队日本兵经过，他们见状赶紧躲在路边。 后来，终于穿过一条条胡同，走上一座桥。 吴二介绍，这是鹊华桥，从这里即可大体窥到大明湖的面貌。 果然，父子二人立在桥上北望，但见草木葳蕤，绿柳拂堤，大明湖的端庄美丽一览无余。 越过湖面和北边的城墙，遥远的北方，立着两座山，一座是方的，叫鹊山，一座是尖顶的，叫华不注山，又名华山。 因在桥上能看到鹊华二山，所以有了这个名字。

然而，桥并不完整，也可以说，大部分桥面已经坍塌，露出里面新鲜又古老的石材。 显然，这里刚刚遭遇炮火。

杨明指着朦胧的水面说："这是西湖吗？"

杨凌志说："这是大明湖，但你也可以把它看成西湖。"

杨明说："我想去西湖。"

杨凌志说："走，我们去西湖。"

三人来到一个叫司家码头的地方。 之后的记忆杨明逐渐清晰，他第一次见到了隗老爹。 那时的隗老爹还是一个二十多岁的小伙子，穿一件蓝布衫儿，敞着怀，结实的肌肉露在外面。 今天，是他时隔一个多月在战乱后的第一次出船，要不是家中已无粮食，女儿嗷嗷待哺，他也不会在遭遇炮火后这么快出门。 过去繁忙的司家码头，今天，只剩他一人守着自己的布篷船。

在湖边，杨凌志和吴二分手。 吴二去找熟人叙旧，杨凌志带着儿子在岸边的空船旁走了一圈，没看见人。 正在犹豫间，却见一人从船旁蹚水过来。那人攀到船上，拿一根长木杆杵在水里，迎面朝他们喊话。土话没听清楚，那人又说了一遍，大概意思是询问他们要不要登船。在一众船中间，这艘布篷船看着有点儿寒酸。旁边是一艘画舫，雕梁画栋，仅看外面就能想象到里面的豪华；不远处的几艘玻璃船也不错，迎合着此地的风景。但船工只有这一个，杨凌志便带着儿子上了船。

船主自称姓隗，排行老大，不常见的姓，一个大耳朵一个鬼字。杨明对木杆颇感兴趣，在他的记忆中，撑船是要用竹竿或船桨的，一根粗壮的木棍显得突兀。他想上前摸一下，对方却将木杆撑到水底，大腿和胳膊用力，船驶离了码头。此时的大明湖，说是湖，确切说应该是无数水道组合成的湖田，船行在水道里，两侧布满了新绿的荷叶，还有菖蒲、芦苇等水生作物，有待日后进入杨明的生活。父亲带他走进船舱，坐在一条凳子上。

杨凌志抬眼看到船舱的门楣两侧各有一句对联："云雾润蒸华不注，波涛声震大明湖。"他想起这是元人赵孟頫的诗句，便对船家说："这两句对联有声势。"隗老大将船撑到水中央，道："有个客人问我喜欢什么字，我说和这湖有关就行，他随手写了这个。"杨凌志问："你一直在湖上撑船？"隗老大道："从小就这样，平时种藕、茭白、蒲菜，也捕鱼——别看这湖水浅，鱼有的是——农闲时撑船。我的家在那儿。"他手指湖北岸，透过莲藕和苇叶，能看到一些住户，隐藏在城墙内侧。

在他们久居的江南，湖更多，以湖谋生的人也多，但在一城之内有个湖却不多见，还有人在湖上谋生，多少出乎他们的意料。隗老大介绍，这湖由泉水汇集而成，占了整个内城的三分之一，紧贴在城北，湖的北、西、东都是城墙。讲起湖的历史、名人掌故，纵是大字不识的老湖民也能略知一二。船上的船户，撑船赚钱之外，还要兼做导游，什么杜甫历下亭赋诗、乾隆游湖、铁铉坚守济南城，都讲得头头是道。 湖上景致也多，尤其是名人祠，如李公祠、张公祠、阎公祠、铁公祠。 按照游览的顺序，要先去历下亭，这是湖的核心，也是这座城市的核心，杜甫的"海右此亭古，济南名士多"就刻在此亭南侧。 然后是汇泉寺，继而北行，去北岸，那里有铁公祠、北极阁、汇波楼，其他一些小的景致散布在游览的次序中。 杨明不记得当时去了哪里，想必这些地点大都去了，那是他与它们第一次亲近。 后来亲近多了，草木、建筑和记忆融为一体，但具体的某次记忆却不甚了了。 汇泉寺的觉新师父那时不过十几岁，后来再见到杨明，竟能一眼认出来。

他第一次登上城墙，站在北极阁旁边，俯瞰整座城市。 湖像一个大大的桃花源，自成一体，又向外界开放。

时人有文章论称，因本城水多，一般人便把这个城市认为是一只宝贵的船，北极阁则坐镇船上，使它不至于在大水泛滥的时候随水漂流而去。 也可以说，北极阁是这座城市的制高点，那些鳞次栉比的房舍，那些街巷里的故事都淹没在视线里，连同南部连绵的群山，也在视线的疏离中矮了下去。

往回走时，芦苇荡里钻出几只木盆来。 木盆大概直径一米，里面无一例外都坐着一个男童。 孩子们用小木板划拉着水花，朝布篷船飞过来。 一个男孩喊道："隗老大，吃我一招。"一股水柱冲向隗老大，落了他一头。 又一股水柱冲来，撞击他的衣衫。 隗老大举起撑船的木杆，朝男孩们甩了一圈，吼道："你们这些孩子，滚远一点。"可他却没有发怒。 木杆打在水上，溅起一溜水花，冲击着当头第一个男孩和木盆。

孩子们旋即钻进芦苇丛中，隐身不见了。 杨明朝父亲撒娇："我也要到盆里去。"一旁的隗老大说："来，我把你放进去。"说着要上前抱他。 他赶紧躲到一边，把身体藏起来，用眼睛盯着对方。 隗老大说："湖里河汊多，平时摘莲蓬，割蒲菜，都是坐在这样的木盆里。"

等他们回到司家码头，已过了中午。杨凌志掏出两元钱，递到隗老大手里。隗老大摆手拒绝。杨凌志说："这样的时日，你还出来撑船，显然有难处，你就接了吧。"隗老大拱手道谢，接了钱，回到船上。

本来要在这里等吴二的，但杨明嚷着饿了，杨凌志只好带他沿湖向西走去，找寻能进食的餐馆。

父子俩走过红砖墙的省图书馆，沿着贡院墙根向南，终于找到了一家还在营业的餐馆。他们走进去点了几个包子，点了一份菜。吃完后他们继续向南，跳过一眼眼泉水。五月底的阳光照在脸上，一种舒畅的凉爽让人生出一股欣喜。有些衣服该除去了，赤膊也可以，如果在江南，此时该去水中畅游一番了。

行至西门附近，杨凌志抬头看到，那座坍塌的城墙，不止有一座门楣，还有别的，似乎是一圈，但全都不成样子了。按照记载，这里该有一座瓮城，两座城门紧连着，中间是一个类似于天井的圆形庭院，供来往的行人通过。如今，所有的形状全都不见了，一个狭窄的通道开辟在庭院中间，可以通行。果然有许多日本兵在那儿把守，在夕阳的映衬下，刺刀的闪光偶或传递到杨凌志的眼中。

自然要绕开，他拽紧儿子的手，通过一条宽阔的马路，向南疾走。一抬头，看到了一个熟人，正是吴二。

杨凌志抬起右手，向吴二打招呼，却见吴二背后跟着几个汉子。他犹疑了片刻，吴二已走到了跟前。吴二说："杨先生，我找了你半个城，才找到。"杨凌志说："吴二，我们回去吧。"吴二说："不着急，咱们慢慢走。"他身后的几个人不动声色，眼神木然。杨凌志感到一丝不安，说："吴二，他们是——"吴二转头扫一眼，说："他们是和我一起的，都是街坊。"那边的日本兵朝这里看了几眼，端着刺刀好似要拔腿走来。杨凌志拉着儿子，继续朝前走。吴二紧跟其后，笑道："杨先生，大明湖游得可好？"杨凌志说："很好，一座城，半个湖，真是独特的风韵。"吴二说："那当然，你今天才领略了济南风光的皮毛，以后我带你多走走。"杨凌志拽着儿子，走向一条胡同，有点儿幽深，胡同口有一个牌子，写着"军门"字样。继续向前，两侧皆是高大的门楼，一律紧闭门户。走到尽头，却发现是死胡同。他转身做轻松状，跟吴二说："还有别的路吗？"吴二道："当然有别的路，跟我走。"话音落地，吴二却没有走，他身后的几个汉子一拥向前，朝杨凌志奔过来。

之后的记忆彻底模糊了，杨明醒来时，在一个暗黑的屋子里，他第一时间放声大哭，搜寻父亲。没有人回应，回应他的是窗台上一只陶瓷老虎。老虎黑着脸，不说话，微弱的光从外面闪进来。许久后，一个男人走到他面前，用粗糙的手摸了一把他的下巴，嘴里发出"嗯嗯"的嘶哑声。终于有人说话了，一个说："这孩子还行，能卖不错的价钱。"另一个说："现在是什么世道，先关几天再说。"一个说："不行，说好了的，今晚交货。"另一个说："怎么交货，到处都是日本兵，你想找死？"一个说："今晚去，讨个好价钱。"他们又嘀咕了一会儿，有一个人过来，拽起杨明，朝他屁股上踢了几脚。几个人混杂在一起朝外走。

街上阒无人迹，应该是深夜了，或者更晚。杨明看见月亮挂在南边的墙上，他脑子有点儿钝，想起父亲，或者别的什么人，想起小艾——小艾，小艾，我今天见到你了，真见到了吗？应该是见到了小艾，还有妈妈。

过了一条街，他走不动了，拖着双腿，被一个人拎起来，脚搭在地上。前面出现了一星灯火，果然有人，刚才的两个人交换了一下眼神，拎着他奔向前面的灯火。在一条街和另一条街的交汇处，两拨人汇到了一起。杨明惺忪的双眼瞪大了，他看见一个女人朝他走来，伸手摸了一下他的下巴。这是第二次，他的下巴好像一块肥美的肉。 女人嘀咕道："太瘦了，不好养活。"一个说："南方人，在这里没亲人，他爹是教书先生，肯定聪明。"女人"嗯"了一声，算作同意。

这时，一旁的角落里踉跄着走来一个人，朝众人喊道："把我儿子给我！"

杨明听到熟悉的声音，撕开喉咙喊父亲。

众人大惊，有人捂住杨明的嘴，有人朝别处的街巷里跑去，更多的人东张西望，准备迎接来人的对峙。 当他们分辨出来只有一个人时，逐渐放松了警惕。 一个壮汉搓了搓手，朝那人迎了过去。 他扬起胳膊，甩出一巴掌，那人便扑向了地面，"咚"的一声没有了声息。

此时的学者杨凌志，先前被一掌击昏在地，又迎来新的一掌，虽还有一丝意识，内心却满怀绝望。 当吴二从他手中抢走儿子的时候，他感觉到一种彻骨的寒冷，继而是彻底的绝望。 在这个陌生的城市，他需要面对的本来有很多，这里也可能会是他将来长久的容身之地。 可惜，这个下午，他在猝不及防中短暂地失去了儿子。 他醒来后一个人茫然地走在大街上，想起自己寥落的命运，真想找个人用一记拳头让对方记住自己的忧伤。 他一条街一条街寻找下去。 晚上，城里开始宵禁，街上不再有人，有也是巡逻的日本兵。 他只好蹲伏在一个街角，趁着没人，迅速赶往下一个街角，再蹲下来观察形势。 他终于发现了角落里的一群人，发现了那个幼小的男孩，但是，首先闪过眼前的不是兴奋，而是更深的绝望。

他再次倒在地上，像一件轻飘飘的衣服一样飘然滑落，嘴里以平生最大的音量发出怒吼："小陶，小陶……"

杨明也朝父亲的方向挣扎，嘴里同样是一些打破夜晚宁静的喊叫。 几百米外的街口好像有一丝异动，窸窸窣窣的脚步声，靴子敲在地上的嗒嗒声，人们发出焦虑的议论声，低低的，浅浅的。 最终，那个穿旗袍的女人首先扭着大屁股跑掉了，跟着她的是几个男人，带杨明来的几个人立了一会儿，也朝女人的方向奔了过去。

只剩躺在地上的男人，还有停止了哭喊的男孩。男孩坐在距离男人三米外的墙根，瞪大了眼睛，呆呆地望着那队越来越近的日本兵。日本兵列着队，靴子踩在石板路上，发出一种逼仄的节奏感，在已升到半空的月亮的照耀下，统一的军装显示出一种魑魅的恍惚。

杨明的眼睛看直了，此时，他恰好被一座屋檐遮挡在暗影里。

日本兵走到近前，一个人用刚才发出嗒嗒声的靴子踹了一脚地上的男人。男人试图爬起来，另一只靴子踹了过来。呜里哇啦的声音，在胡同里发出回声。杨凌志平顿了一下心绪，说："你们有懂中国话的吗？"回答他的是更多的靴子，还有枪托。终究还是有人懂中国话，一个日本兵问他："你在这里干什么？"杨凌志说："你们在这里干什么？"日本兵说："你是南方人？"杨凌志说："我是浙江人，生于光绪二十三年，东京帝国大学经济学部毕业，在齐鲁大学国文系做讲师。"日本兵说："你去过日本？还是帝国大学的学生？"杨凌志说："是。"日本兵们嘀嘀咕咕，好像意见有分歧，没有拿定主意。一个日本兵朝巷子外跑去，剩下的人站着不动，死死盯着杨凌志。

暗影里的杨明呆呆地看着父亲，以及那些闪着银光的刺刀。趁日本兵不注意，杨凌志木然的脸向杨明的方向转了一下，一丝不易察觉却又心照不宣的微笑在月光底下闪过。

离去的日本兵终于回来了，朝一旁的几个人低语了几句。刚才那个懂中国话的日本兵用日语问道："你到北方来，是有什么任务吗？"杨凌志用中国话回答道："没有任务，我是来教书的。"那人问："为什么这时候来教书？"杨凌志说："不管什么时候，我是一个教书的，就要去教书。"

有一个人端着枪朝他走来，用刺刀戳了一下。他的胸口和嘴里同时发出"噗"的一声，日本兵们发出狰狞的笑声。 杨凌志定睛看着杨明，也笑出了声。 杨明好像懂了什么，捂住嘴。 更多的日本兵端着刺刀奔过来，杨明终于发现了不对劲，急欲跑到父亲身边，但他还是慢了一步，父亲挣脱刺刀，像一朵乌云迅速飘到他身边，在所有人还没反应过来的时候，以庞大的身躯压在了他的身上，并用手捂住了他的嘴。

几个日本兵发了片刻呆，有人扣动扳机，枪声响起，回应着杨明的梦境。 刺刀穿透了父亲的胸膛，又插进了杨明的前胸，不过只刺进去了刀尖的一小部分。 还有一颗子弹，射穿了他的手背。 当父亲压在他身上的刹那，他的意识已经模糊了，之后陷入昏迷。

杨明醒来，是在一个燃着煤油灯的简陋房舍里，一个脸上闪着银光的年轻女人贴在他身侧，问他饿了没有。 他的手背、胸口缠着白布，意识模糊，每时每刻都可能再次晕厥。 后来他叫这个女人"娘"。 一个壮实的男子打开门走进来，问女人："醒了吗？ 看看能不能喝下一碗粥。"

这是隗老爹。

他身旁站着一个小女孩，正瞪着一双眼睛。 杨明模糊的视线对准女孩，发出几声呻吟：

"姐姐，小艾……"

隗老爹和娘后来的对话，让他知道了自己大概的来处。

那天，隗老爹记挂着前一天一个先生给了那么多船钱，说不定还会赚到更多钱，便一大早出门，驾着布篷船去了码头。 照例没有人，码头上的船和陆地杂草形成呼应，如在默哀。 血肉模糊的杨明孤零零地倒在岸上，一只手伸向水边。

娘和隗老爹坐在床边，问他："你叫什么名字？"

他嗫嚅道："小陶，我叫小陶。"

"大名叫什么？"

"不知道，我没有大名。"

娘问："孩子，你姓什么？"

"……"

"你爹姓什么？"

"我爹姓杨。"

隗老爹说："你爹姓杨，我是在大明湖见到的你，你就叫杨明吧。"

第二章

少年游

在湖畔，杨明的水性若数二，没人敢数一。

隗老爹的女儿如槿常坐在岸边的柳树下，看他一个猛子扎到水里，穿过广阔的水面，在远处冒出头来，向她招手。不一会儿，远处的"人鱼"哧溜一下不见了，如槿小心翼翼盯着水面，生怕不知从哪儿蹿出一股水柱，喷到她脸上。除了水柱，有时还会有一朵沾满了水的荷花，从水面升起，落在她怀里。

杨明用整个童年，熟悉了这里的沟沟汊汊。

他和如槿各自坐在一个木盆里，用木板划着，徜徉于一条条水道中。那些纵横交错的地埂，以及地埂上高大的柳树，把一个大湖隔成无数小湖。小湖里大多种植莲藕，还有蒲菜和芦苇。弯曲的水道为湖民提供了道路，也为游览的客人提供了舞台，往往在一些莲藕和水道交错之处，出现一座亭台，诸多历史遗迹点缀湖田之中。游人一边游览，一边观赏湖民种田捕鱼，偶或看到一条大鱼被网到岸上，发出一片惊呼。

幼时的晚上，隗老爹常把杨明抱进木盆，让他盘腿坐下，在星光和月色下向湖中行进，去下卡子。他们在自家田地附近停下来，一些备用的丝线从隗老爹背后的角落里被拎出来。早前的白天，娘和如槿制作了一大筐卡子：将一小段竹枝削尖两头，弯起来，插在一小段嫩蒲苇芯中，再将其连到鱼线上。一个个卡子连接在一条长线上，大概有一二百个，形成一挂卡子。隗老爹拎出一挂卡子，捻准线头，将一个小卡子送到水中，继而是第二个，第三个……木盆缓缓向一旁移动，一团月亮映在水中，照亮了杨明的视线。

在清明到立秋的许多夜晚，他们在水里设下陷阱。隗老爹跟他讲，春天鱼产了卵，肚子就瘪了，而夏天正是鱼长身体的季节，它们胃口大开，很容易上钩。果然，第二天一早，顺着原路回去，收获颇多。隔不远，收获一条鲫鱼，接着又是一条鲤鱼。当然，不是所有的卡子都能钓到鱼，有的竹枝撑破了蒲苇，孤零零地在水里伸着两根刺。隗老爹把挣扎了一夜的鱼扔给杨明，鱼还在扑腾，但已到了生命的尽头。收获多时，一天能有几十斤，少时也有好几斤。

大明湖是鱼虾的天然栖息地。比如有一种大白虾，杨明小时候经常去捕捞。用苇子编成的地笼，呈倒葫芦形，大笼子中套着一个小笼子。在跟随隗老爹下卡子的时候，他带着地笼，里面事先装一些碎骨头。到了一处水草丰茂的地方，杨明将地笼悄悄安置在水底下。第二天，他们顺着来路一点点取卡子，顺便拎出地笼。这时，一些跳跃挣扎的大白虾便在杨明怀里的地笼中发出轻微的"砰砰"声。

太阳初升，隗老爹带着他，以及刚捕获的鱼虾，从南岸上去。一层晨雾缭绕在身后的水面上，庄稼在雾气中轻轻晃动。他们有时将鱼虾卖到燕喜堂、汇泉楼、聚丰德这些饭店，尤其是大白虾，会成为饭店里的招牌菜。有时，他们会去刷律巷的早市，找好摊位，将鱼虾摆在地上，这样卖的钱会多一些。老爹一边卖鱼一边和隔壁的摊主聊天，一些顺口溜就冒了出来，诸如"勤上坡，懒赶集，阴天下雨看亲戚""小光棍，草窝里睡。虼蚤咬，爬起来跑""小毛驴，跑得快，拉下桌子摆上菜。你一盅，我一盅，咱俩喝得脸通红"。杨明听得入迷，记住了不少。

如果说卡子和地笼是小炒，那么渔网则是大餐。

老爹和杨明捕鱼用的网，都是娘和如槿织的。 湖畔的每个女人都会织网，一生都在织网。 比如娘，年轻时就织网，用一条条渔网织出了嫁妆，嫁给老爹，之后又一年年织网。 织网不仅是供给自家用，还可以卖。 在这里，衡量一个女人是否可以作为一个贤惠的媳妇操持家业，能不能织网是重要的标准。

如槿的手像机器一样，在一条条渔网上飞梭。 小时候，杨明喜欢守着如槿。 "姐，你在干什么？" "姐，不要织网了，我们去湖里玩吧。"如槿会停下手中的活计，抚摸他的头，也会陪他去湖里。 更多时候，她回到家又拿起了渔网。

如槿出生那天，汇泉寺的老住持恰好经过，听到婴儿啼哭，便在湖边驻足。 隗老爹走上前向他问好。 他说："可是个千金？"隗老爹赞叹："老师父果然厉害，一听就知男女。"便问他该给孩子取个什么名字。 住持望一眼城墙边开得正艳的一簇木槿，念道："如槿花般鲜明艳丽，叫'如槿'怎样？"隗老爹一头雾水，问他怎么写。 他取了纸笔，写下"如槿"二字。 隗老爹还是不认识。 他指指木槿花，说就是那个"槿"。 隗老爹懂了。

隗老爹觉得这个名字太文雅，像大小姐，却又想不出更好的。后来习惯了，如槿，确实不错，比小花小翠好太多。

女儿长到六岁，他竟又白捡了一个四岁的儿子。 隗老爹经常开玩笑说："明子，给我当儿子吧。"

杨明答："才不，我有爹。"

"那你还叫我爹？"

"你是老爹，不是爹。"

隗老爹嘿嘿笑，自语道："老爹也是爹。"这样的对话常发生，有时在他们种藕的时候，有时在他们下网捕鱼的时候，有时是坐在门前发呆的时候。

先前，隈老爹曾带着杨明去打听过他亲爹的情况，但杨明的描述很模糊。最初来到这座城市的一些天，他一直在床上，时而清醒，更多时候陷在梦里，已认不清他和父亲失散时的方位。他只记得是一个有树和楼的地方，能看见山。隈老爹带他到了那所学校，然而，问遍所有人都没有结果。

有那么一两年，隈老爹在行船的时候，遇到外乡口音的人，尤其是戴眼镜的斯文人，都会忍不住打听："认不认识一个南方人，应该是一个教书先生，带着儿子来这里，死在日本兵乱那一年。"

日本兵乱，是这座城市许多人记忆中的伤痕。

没有人认识那个人。

老爹有时忍不住揍杨明。那是喝多了。老爹常喝多，有时候自己喝，更多是在外面喝。可能是在南岸那些小酒馆里，也可能是在船上。客人走了之后，附近的一些船家聚在一起，述说一天的经历，就喝起了酒。

老爹喝多了就像变了个人，跟杨明说："小子，你从哪里来的？来喝我的血吗？"

他往往一言不发，咬紧了嘴唇，嘴唇出了血，外边看不见，往里面流。如槿环着一只手臂，抱紧他，有时候也牵着他的手。如槿的手有点儿哆嗦，他的身体也在哆嗦。

老爹说完就睡了。娘偷偷抹眼泪，到另一个房间里铺床，让如槿和杨明过去睡。

夜里，他醒了。一旁的如槿发出细微的鼾声。他做了一个梦，梦里出现一座湖，一个小姑娘，模模糊糊，分辨不清是谁。他不断喊叫，对方没有应答。一条船开过来，把小姑娘拉到船上，又开走了。他喊："别走，别走。"没有回声。如槿拍醒他："明子，明子，你怎么了？"

他的两行泪下来了："姐——"

如槿把他抱紧了。

　　他有两个姐姐，或者一个，两个人是一个人。记忆中的姐姐越来越模糊，最后他只记得那个姐姐叫小艾，以及她的手的温度。她牵着他的手，走在湖边，就像如槿牵着他的手。两个姐姐的手是一样的柔软。

　　后来，他和如槿之间隐隐有了一种疏离感。十四岁后，杨明睡进院外的小屋。万物发出窸窣的声音，是各种小虫，也有树叶草叶拥抱或分散的沙沙声。没有蛙鸣。一轮月亮升起在城墙那边，不远处，北极阁像一只巨大的野兽，似要吞了月亮。他便爬起来，穿过草丛和几条小路，顺着北极阁前的台阶攀上去。朗月当空，湖上的波光和水田发出幽暗的光，一些生物在打鼾，释放睡梦中摇摆的姿势。越过湖面，南边的房舍静止在黑夜里，星点的光亮传递过来。那是一些电灯还未熄灭，尤其是西南面，城墙那边的商埠，灯火正冲着天空发酵。有些人还未入眠，有些人的早晨已开始。

　　相对于南岸的城里人，湖民是本真的农民；相对于北城墙一墙之外的农民，他们又是城里人。城里人看他们，眼睛朝下，对他们的世界鲜有熟悉，也鲜有好奇；城外人看他们，眼睛朝上，对他们的世界陌生，又好奇。

　　湖民不只是在湖上，也可以说，他们以湖为媒介，进到了城里。

　　最直接的联系，是那些徜徉在湖上的客船。

　　种植莲藕、蒲菜、茭白，捕鱼，这还都是乡间的生活方式，但撑船就不同了。坐船的客人鲜有农人，大都来自湖南岸的街巷，或是外地来此的游客。隗老爹的船，外形比画舫寒酸许多，内饰也不上档次，只是一副对联，几张年画，一张桌子，几条凳子，摆一些茶点，却又比一般的敞篷船高级一些，属于中等。这是隗老爹的爹传下来的，以后还会传到杨明手上，正是传承的中间点，却自顾破旧起来，行在水上，如同一只忸怩的乌龟。冬天透风，没人坐船，从初春到深秋之间，隗老爹带着杨明赶到司家码头，混在一大批船中间揽客。

如槿有时候梳一根辫子，有时候是两根。一根辫子的时候，她和他们游荡于湖上，去欣赏荷叶，钻进荷花最香的湖心；蹿进省图书馆遐园的假山上，隔着窗子观察图书馆里潜心读书的人们；然后去汇泉寺参观大殿，看和尚敲木鱼。两根辫子的时候，她带他上到南岸，此时，两个人身上的衣服会周正一些。俩人离开司家码头，向南走不远，顺曲水亭街到了后宰门街。她给他买一根糖葫芦，自己站在廉价首饰前发呆。

更多时候，他们跟着娘和老爹，在水田里劳作。荷叶逐渐残了，秋风紧了。老爹换上一身皮衣，站在藕池里"跳舞"。皮衣是用牛皮定做的，将老爹的大半个身体包裹起来，双脚套进去，能提到腋窝。老爹前后左右摇摆，脚在淤泥底下和莲藕打架。不时有一根根莲藕浮出水面，最好是完整的，断了则影响藕的品质。娘儿仨则在一艘小船上，伸手捡拾水面上的根茎。

藕能踩很久，从入秋到来年春天，什么时候需要钱了就去踩，平时让藕们储存在原地。

藕有各种做法，姜拌藕、糖醋藕片、醋熘藕片、炸藕盒、滑炒藕丝、排骨炖藕、藕丁煮咸菜、酥藕，等等。"苔下韭，莲下藕"，荷花盛开后当年的藕瓜，又称"藕孩子"，酥脆嫩甜，生食最佳。西门外估衣市街西段，又叫藕市街，老爹踩了藕常去那里售卖。

冬天，湖上结了冰，木盆失去作用，孩子们就制作滑板到湖上游荡。先前，他们做的是小滑板，和鞋底差不多大，用绳子拴在鞋底，木板底下是两根粗铁丝，作为冰刀直接接触冰面。如槿右脚穿上一只滑板，左脚空着，向远处飞。杨明是左撇子，左脚穿着滑板，右脚着地。两个人飞出灰黄的芦苇丛，汇入一群孩子中间。也有大的滑板，是小滑板的扩大版，原理差不多，只是不用拴在脚底，而是人坐在上面，蜷起双腿，后面一个人推着向前飞跑。

湖的西半部分，湖田较多，没形成太大的水面。 湖的东南方向，背阴处多，冰更厚，滑冰的人群向那边飞翔。

滑一会儿，姐弟俩立在晶莹的冰面上喘气。

"姐，你看——"杨明指着脚下。

一群小鱼从身侧游过，或是鲫鱼，或是鲤鱼，也有草鱼。 还有红色脊背的，像一只发光的灯泡，隔着冰亲吻他们的脚。

"鱼在冬天不会冻死吗？"

"不会，它们盖着厚厚的棉被。"

"哪里有棉被？"

如槿用脚跺了几下："这层晶莹的冰块，就是它们的棉被。"

有人试图撕开这层棉被。

几百米外，一群人喊着号子在冰面上凿冰。 二人滑着滑板，朝人群奔去。 他们一眼就看到了隗老爹。 此时，老爹正持一把铁锤，不断向冰面捣锤。 不一会儿，一大块正方形的冰块脱离了冰面，浮在水上，和周围刚凿出的冰碰撞，做短暂的亲吻。 几个人用木棍撬住冰块，再用榆木杠子、粗铁丝固定好，将大冰块拉到冰面上。 有人蹲下来，另外有几个人合力将冰块放到那人肩上，那人背着冰块向不远处秋柳园方向走去。 太阳照在移动的冰上，反射出一道锐利的光。

秋柳园北边靠湖的地方，早就挖好了几个地窖，冰块被顺次藏进去。 从早到晚，一大片明净的冰面被撬光了，鱼儿们的棉被消失了。第二天，新的棉被又覆盖了湖面，再过几天，人又可以走在上面，鱼儿在晶莹的棉被的遮盖下遨游。

许多个夏天，一群孩子去地窖里领取冰块，带到城里售卖。 "拔凉解渴的冻冻——"人们买了冰块，握在手心，仿佛握住了冬天。 大宗买卖不需要孩子们参与，饭店、肉店和医院会派人拉着地排车，到冰窖去批发。

这时候，杨明就偷偷藏起一块冰，盖在棉布底下。 他划着木盆，飞快地奔驰在水道里，两旁的芦苇、荷叶散发出夏天特有的葳蕤和腐烂气息，密不透风。 他的脸上喷出汗来。

回到家，冰化了一些，大体完整。 他把冰搬到一个木盆里，如槿拿出一包白糖，撒一些进去。 盆里的冰越来越少，水越来越多，水和冰交替在暑气中。 他们一人拿一柄小勺，把冰凉的糖水舀起来，送进嘴里。 一股沁凉的舒爽自食道向下，滑进心里。

如槿喝得少，大部分糖水进了杨明的肚子。

湖民每年都要搭房子，把湖里的淤泥运到岸上，晒到半干，作为土坯房的材料。 房子每年都要加固，要不然，湖水一旦上涨，就会淹没地基。 虽不会淹没房舍，但未雨绸缪还是有必要的，所以每到夏天湖民们都要加固房舍。 日本兵乱之前的那年夏天，连续暴雨，黄河又发大水，城里很多房子被淹了，倒塌了许多，但湖民们的房子一间也没倒。

一次，杨明和老爹一起运送淤泥，房前的空地上堆积了一座小山。 他突然有了一个想法，想跟老爹说，话到嘴边又停住了。 隔了一天，又在挖淤泥，他嗫嚅着说："老爹，给我建个房子吧。"

老爹停住手中的活计。

他说："老爹，我想建一个房子。"

老爹说："你没有房子住吗？"

他说："有，但我想建一个自己的房子。"

老爹叹息一声，说："你要跟我分家？"

"不是分家，就在咱家门口，再搭个小房子，咱们还是一家，天暖和了我就住在里面。"

他们终于搭了一个小房子，只有一间半大，有屋顶，有窗户，窗户朝湖，满眼尽是水汪。天晴的时候，能看见"佛山倒影"。婀娜秀气的千佛山，倒过来跑进湖里，直冲着人的眼睛抛媚眼。他很满意，在一个春天搬了进去。

但如槿不喜欢杨明搬出去，嚷着要和他一起睡。老爹生气了，对着如槿吼道："你不知道你多大了吗？"

这一年，如槿十六岁。

如槿脸红了，之后杨明再见到如槿，看到的就是一个脸蛋儿红扑扑的姐姐。姐姐也不爱跟他说话了，老是躲着。她也不再跟他一起下湖，不再一同去摘莲蓬。有一次，如槿自己去了城里，逛了一天，回来什么也没买。杨明想，以前姐姐都会给他买一串糖葫芦的。

又一个夏天，杨明跟着老爹去行船。

湖民每日操劳在湖上，偶尔去城里，也是售卖湖上的特产。杨明和如槿去南岸的小学读了几年书，这在湖民子弟中已是特例。后来时局不稳，省主席逃了，日本人来了，老爹下了命令，不准再读书，杨明也就断了读书的念想，开始谋生。

撑船是一件顶有意思的事。

带着客人沿湖走一遭，既是船家，又是导游。他跟着老爹，坐在船舱里，有客人来了，就端茶倒水。客人喜欢他，逗他玩。有的说："小子，看你细皮嫩肉，是这湖上长大的吗？"他腼腆地笑。老爹接过话，说："就是我儿子啊，你看像不像？"客人打量一下老爹，再看一眼杨明，说："还真像。"

没人再提起杨明的身世。

客人的需求五花八门，有的要在湖上喝酒，叫一桌菜。船上自然有菜，但他们不满足，蒲菜做的凉菜，还有榨菜之类，他们吃腻了，不尽兴，要杨明去燕喜堂叫菜。老爹叮嘱他，拿着菜单只管去，别的啥也不说。客人们喝酒会到很晚，这时候船到了哪里，他们不关心。北极阁、铁公祠、汇泉寺什么的，他们也不关心。有人醉了，趴在船沿呕吐。老爹只管坐在船头，一手揽着杨明，看星星。喝酒很正常，有的还要让他们给招妓。初时，老爹不让杨明去，叫邻家的赵奎去。赵奎去了不多时，回来报告一切妥当。游客继续喝酒，喝到尽兴，船也回到了司家码头，几个穿旗袍的女人等在岸上。老爹接了女人们，再把船行到水中，这时已是夜半。他领着睡眼蒙眬的杨明，登上一只木盆，去湖里下卡子。卡子下完了，再回到船上，男人女人还在喝酒。此时的船，早已偏离了最初的位置。后来，杨明代替赵奎，跑到南岸曲水流觞的那条街上，找到之前老爹嘱咐他的一个门店，呜里哇啦说一通。不久，一个女人上了船。老爹便差遣他去下卡子。他放下木盆，划着木板，在月亮底下朝芦苇荡里钻。等他回来，客人不见了，女人也不见了，只剩老爹一人，坐在船上睡眼惺忪。又或者，老爹和他一起去下卡子，回来的时候，客人走了，只剩女人躺在船上睡着了。老爹让他先回家，他不情愿，本来可以坐船回去，现在要自己划木盆，又累又孤单。老爹许诺他第二天不用干活，可以去城墙上玩，或者去城外走一走，爱干啥干啥。他便愉快地走了，剩下老爹和船舱里熟睡的女人。等到夜半，老爹的船桨划动水波，停靠在岸上。他躺在自己的小屋里，盯着老爹拴好船，载着夜色走过窗口，推开院门进去，像一只老鼠。

夏天，湖上的收成好，甚至不用过度劳作也能有不错的收入。除了卖鱼、蒲菜、芦苇，将荷叶采了晒干，淋上水濡湿，卖到城里就是绝好的包装纸。每个月有那么几天，老爹把船弃在岸边，跟着几个兄弟，从西城墙边穿过，到西门，再往西，去商埠玩。这时候，他回来得很晚，也许是子时，也许是下半夜，除了娘没人知道。老爹是穿着纺绸裤子、纺绸褂、白压边的礼服呢鞋去的，显得很神气。湖里的大部分男人都如此，他们结成伙，去最好的馆子喝酒。坊间流传一句话："过了三月三，大米干饭也嫌酸。"而到了冬天，湖上物产少，有些人就断了炊，不得不在寒风刺骨时穿上牛皮裤，砸开寒冰，跳到湖里踩藕，取那储存在淤泥里的银钱，直撑到天气暖和，物产再次丰盈。

杨明整日在湖上飘摇，很少走远，最远的一次，是去黄河北岸的齐河，那里有娘的一个亲戚。在泺口上渡船，过黄河。东侧不远处，孤零零地蹲着一座鹊山。鹊山之侧，是黄河铁路大桥，一列火车腾着蒸汽轰隆隆向北行驶。一种莫名的心绪俘虏了他，他对火车总有些微的亲近感。但亲近是暂时的，转瞬就忘记了。

后来他坐过两次火车，比如最后一次。那时他已经老了，火车把他载向南方，不是在铁轨上滑行，而是飞在空中。一种叫高铁的怪物，没有蒸汽，没有哐啷哐啷的挣扎声，没有车厢里氤氲的烟气，刷新了他对火车的认知。

他很少出城，大多数时候是站在城墙上发呆，看南面的群山，北面绵延没有尽头的华北平原，平原上孤零零的鹊山和华山。这两座奇特的小山，一座像一只盒子，敦实；一座却尖尖的，将一枚针尖射向空中。两座山隔黄河相互对望着，加上杨明，组成一个临时的三角形，各自想着心事。

进入老年后，杨明有一段时间整天回忆过去。有些模糊的记忆穿透时间的阴霾，慢慢清晰起来；有些深刻影响他的事件，被时间洗涤后，又变得模糊。出现在记忆中的，有他的两对父母，有两个遥远的姐姐，有几次枪声，有眼前的湖年轻时的样子。想了一段时间，他就再也不想了，那些记忆已被归拢好，放置在一个没人的角落，只等自己生命结束，带着它们一起离去。

他想起那些飞翔在空中的风筝，以及一个年轻人的身影。

放风筝是湖上的风俗，春和景明时，几乎家家户户扎风筝。如槿手巧，能在风筝上画漂亮图案，有时是几只小兔子，更多时候是荷花。 荷花取之不尽，随时可以比着样子画。 他们喜欢带着风筝到城墙上，一边欣赏四周风景，一边顺着风把风筝扬到空中。 这是小料，放风筝的大料，是一种"亡命风筝"——体型巨大，有时是七八米长的龙形，和正月里舞的龙类似，有时是个高四五米的七角形，一角上绑着几十米长的蒲菜皮做的穗子。 制作这样巨大的风筝，不是一家一户能完成的。 通常是一些爱好者聚在一起，研究风筝的形状式样，由有经验的人具体实施。

清明节这一天，空气中饱含着一股冷热交替的气息，站在城墙上能看到遥远的远方，一片苍茫之色。 杨明早早起来，跑到赵奎家看风筝。 赵老爹作为一村之长，统领着湖上的日常生计。 几个年轻人守在院子里，风筝早已准备好，是一条巨大的龙，还有穗子，就显得更长了。 龙首处，埋伏着一块长长的布条，直到风筝上了天才能展开，一览上面的字。 一大捆粗麻绳做成的线滚子摆在风筝旁边，看架势倒比风筝还要庞大。

赵奎充当风筝队队长，这个身材颀长的平头青年，只比杨明大两岁，和如槿同龄。 小时候，杨明没少被他欺负，"南蛮子，南蛮子……"赵奎带着一群孩子指着他的鼻子骂；游泳时，把他的头往水里摁。 杨明下的卡子，经常不知去向，赵奎还特意拎着一串刚收的卡子从他身边经过，另一只手里拎着木桶，里面是刚收的鱼。 他去找赵奎理论，被对方摁在地上打。 杨明挨打，他的伙伴百会帮他，和他一起与对方厮打。 百会比杨明大一岁，也是湖民的孩子，在燕喜堂当了伙计。 后来杨明慢慢融入周围的人，他们长大了，成了一个个新的湖民。 过去的游戏陪伴他们，作为新生代湖民的生活历练，保存在日渐精湛的湖上作业里。

赵奎招呼杨明，指示他过会儿抬风筝的一角，又问他："如槿呢，怎么还不来？"

杨明挠挠头，说："我怎么知道。"

赵奎对这个回答挺满意，扔下手中的几串麻绳，一边朝门外走，一边说"我去叫她"。刚到门口，就看见如槿朝这边走。一旁的柳树，新芽已冒出了一大圈，油油地裹在树枝上。赵奎说："如槿，快来看我们放风筝。"如槿瞥他一眼，道："这不是还没放吗？"赵奎说："就等你了，你来了我们就去放。"如槿说："我来喊明子回去吃饭。"赵奎说："你们不是分家了吗？"如槿白他一眼，道："谁说我们分家了？"说着头也不回地从他身边走过。一旁的百会瞪了赵奎一眼，朝杨明努嘴。杨明装作没看见。

杨明说不回去吃饭，马上要去放风筝，来不及吃饭。如槿早料到了，从怀里掏出一个煮熟的地瓜，让他吃了，问他："今年去哪儿放风筝，又是东门？"杨明说："就是东门，那边的慢坡大，跑得开，要不然我们得扛着风筝去北园，太远了。"如槿说："我跟你一起去。"杨明说："不光你去，我们都去，以前放风筝不是整个庄的人全都出动吗？"如槿不再说话，跑到一边去看别人收拾风筝的穗子。

一切准备就绪，人们走出赵老爹家，沿着北城根向东。十几个小伙子抬着风筝，赵奎抱住龙首，后面的一串人分别把龙的各个部位扛上肩头。一群半大小子跟在后面，卖力地抬着一大盘麻绳。再往后，是一群妇女和更小的孩子。一些上了年纪的人站在街口目送，别人相邀，他们纷纷摆手，说在这里也能看见，不跑那么远。哪儿看不见呢，只要风筝飞起来，全城的人都能看见。

到了北极阁，过了汇波桥，经过长长的曾堤，绕过秋柳园，出了东门，护城河外，是一片宽广的野地。一些小花已经开了，大部分小花还在嫩绿的叶子底下蓄积能量。众人将风筝放下，一个个气喘吁吁。放风筝需要好的指挥，往年的指挥是隗老爹。今年不同，隗老爹下湖捕鱼受了风寒，正躺在床上，由娘伺候着。他同时认为，年轻人需要锻炼，应该有新的指挥了。 杨明不敢当指挥，如槿怂恿他，他直往后躲，不好意思当众说话，气得如槿直跺脚。 赵奎不同，早已把自己当成了指挥，他蹿到众人面前，开始训话："春来你们几个抓紧麻绳，杨明抱着龙头逆风跑。 抱不动？ 你看你那点儿出息，多上几个人，你们几个一起抱着。"麻绳和风筝连接好了，风越来越大，吹乱了如槿的头发。

作为一个庞然大物，风筝起飞最关键，也最难。 当然，作为一个庞然大物，它一旦飞起来，再降下更难。

杨明扛起龙首，朝东南风刮来的方向疾奔，几个人跟在他身后，大步奔跑在原野上。 他们顶着风，像穿越一片蛮荒。 跑在前面的，是几个怀抱麻绳的小伙子。 麻绳已经跑很远了，绳头接在风筝上。杨明感觉自己越来越轻，直到双脚离地，倏忽间越过了众人头顶。他赶忙松开手，却被风筝的一角挂住了衣服。 眼看着风筝带他越飞越高，如槿带着一群女孩大呼小叫，扯开嗓子喊："明子，下来——，明子，下来——"百会也蹿过来，伸出双手，试图接住杨明。 杨明的眼睛掠过北面的平原，越过一些错乱的房舍，看到华山的整个轮廓；忽而又看到南边，千佛山半腰处的兴国禅寺，一些红色建筑，扑进他的眼睛。

眼看着他要被风筝带走，底下的人奋力拉回麻绳，但风筝实在太大了，麻绳一时控制不住。 慌乱中，杨明扯开了一粒纽扣，整个人瞬间脱离风筝，朝野地上坠落。 幸而风筝飞得不高，也就不到两层楼的高度。 他的屁股先着地，跟着是无法左右的身体。 他感觉一阵眩晕，出现了幻觉。

如槿奔过来，拉扯他的衣服，带着哭腔喊："明子，明子！"

杨明喘了几下粗气，继而闭上眼睛，躺着不动。 如槿哭出声来。她的声音很好听，嘤嘤嘤，像小鸟叫。 赵奎也赶过来，代替如槿把杨明扶起来，说："杨明，快醒醒。"并用手拍打他的脸，力度有点大，杨明的脸都被拍红了。 如槿扯开他的手，怒道："你干什么？"赵奎说："我来救他。"眼看他手掌高高举起，就要重重落在杨明的脸上，如槿惊道："快住手！"手掌还没落下，他怀里的杨明打了个滚，躲开了。 杨明痛苦地咳嗽几声，呻吟道："赵奎，你想杀我。"如槿跑过去，拦在他和赵奎之间，继而查看他的伤，手伸到一半停住了。 杨明缓慢站起来，扭了扭屁股，还好，伤得不重。 赵奎笑道："你得谢谢我，是我救了你。"如槿白了他一眼，没说话。

此时的风筝，借着东风，已越飞越高，巨龙统治了天空。 龙首朝东，龙尾朝西，一条长长的穗子摩擦着东躲西藏的风。

围观的人群早已不限于湖民，好些城里的人看到东边天空飞起一条巨龙，也跑来看热闹。 巨龙越飞越高，可以肯定，在这座城任何一个角落的人，只要抬起头来就能看到它。 许多人被龙的姿势吸引，有的孩子拍着手欢叫。 经过杨明和巨龙之间的拉扯，先前折叠在龙嘴里的布条抖落下来，一行大字展现在人们面前：

要种族不灭，唯抗战到底。

认出来的人，不免惊诧。 大部分人不知道写的啥，主要精力仍在风筝上。 尤其是赵奎一伙，只隐隐记得需要在布条上展示一些东西，一般是一些本城的历史名句，如"波涛声震大明湖""一城山色半城湖"之类。 现在，赵奎认出了两个字——"抗战"，他不明白为什么上面会出现这两个字。

他们不知道这是谁挂上去的，尤其是赵奎，在他的印象中，布条上根本就没有"抗战"两个字，一定是被人调包了。 没有人知道这几个字是如何飘到空中的，一些人猜测是共产党干的，也有人说是国民党干的，或者是锄奸团。

人群发出唏嘘声，议论声越来越大。 有人匆匆离开，散布到不同的巷子里。 赵奎当机立断，让拽着麻绳的伙伴往回收风筝，而随着风势加大，风筝已彻底脱离了掌控，飞到了大明湖正中的位置，悬在高高的天上。 因为飞得高，风筝在人的眼中变得更小，那十个大字也随着变小。

风筝终于断线了，或者麻绳已放尽，它获得了自由。 巨大的风筝挣脱缰绳飞到空中，一同飞翔的那十个大字，像一盏灯，照亮了天空。

人群几乎散光了，赵奎也走了，走之前，他过来拉拽如槿。 如槿不走，她要陪着杨明。 杨明也想走，但屁股开始疼痛，一条小腿也不利索，走起路来一瘸一拐。 一辆三轮摩托车停在不远处，几个警察模样的人下车，朝他们走来。

杨明盯着飘在空中的风筝，"要种族不灭，唯抗战到底"十个大字越来越模糊，却又愈发清晰，闪耀在他的眼睛里。

在杨明、如槿和警察所在的两个点之外，反方向的另一个点上，一个年轻人也缓缓朝这边走来。

第三章

老城记

风筝继续悬在城市的头顶，巨龙睁开眼睛，俯瞰这座古老的城市，以慈悲的眼神注视众生——

这是 1944 年的济南，由内城、外城和商埠组成的城市，大概居住着三十七万人，其中包括两万日本人。周边的农村，本地政府所能控制的区域，还有二十万人，为这座城市提供各类物资。

共产党的根据地逐渐扩大。

这座城市，向东连通至大海的铁路时断时续，向北的铁路也是如此。南边的铁路还能运行，但随时有被切断的可能。

三个区域组成的城市空间之内，一些秩序依然维持着往日的模样。

风筝所见，即人间。

作为一座典型的有历史感的城市，济南自孕育之始，便被打上了深刻的民族烙印。城东有平陵城遗址，那里被认为是这座城在两汉时期的起源地。就在十几年前，一项考古发掘沸腾了整个国度，这座城市更早的起源横空出世，"龙山文化"作为认定先民生活痕迹的重要遗存被载入史册。

那是 1928 年春天，一个叫吴金鼎的年轻人走下火车，来到一个叫龙山的小镇，第一次见证了城子崖遗址的巨大价值，由此印证了东方文化固有的根性。 从城子崖到东平陵城，是一个从新石器时代到两汉的基本完整的古代文化区。 也就是说，在漫长的历史时期里，这一片区域是更大范围区域的政治、经济、文化中心。 比如东汉时期的济南国，治所就在东平陵城，曹操曾任济南国相。

历史继续前行，作为一座有独立存在感的城市，提到现代济南的来源，当然绕不开老城。 西晋永嘉年间，开始把现在的老城作为治所。 从那时起，这座城正式开始繁衍，城和泉合二为一，泉水包裹着城市，城市温存着泉水。 城子崖和东平陵城，在时间深处隐入荒野，等待在后世以另一种面貌重见天日。

大部分河段被吞噬掉的济水，在多数国人的词典里并不存在。这是一条神秘的河流，在它还活在人间之时，便有"三隐三现"之说——时而在地上流，时而隐藏于地下。 最早，说到黄河，先民们便以"河"称之，就像说到长江，并不说长江，只说一个"江"字。 济水，就把"水"这个字独占了。 至今天，所有的江河名称，最早都来源于这三条。 突然有一天，济水的中下游消失了，无影无踪，徒留下诸多地名。 "济南"就是其中之一。

济水过去的河道上，卧着一条新的河——黄河。 换一个角度看，济水并非凭空消失，而是以新的面孔示人。 黄河带来了新的地域文化，提供水源的同时，也制造灾难。 历次黄河决口，都使包括济南在内的诸多地域生灵涂炭。 它同时封锁了这座城市向北延伸的道路，使得城市长期龟缩于地上悬河南岸，跨河成为奢望。 直到最新的世纪，北跨的工程才付诸实施。

这条和本民族命运与共的大河，于1855年改道至此，硬生生改变了城市的文化生态。 过去，北部的沼泽寄托着李白、杜甫、赵孟頫、张养浩等无数文人的诗词文字中，在后来消逝的过程中遭遇大河，其消逝的速度迅即加快。 城市也逐渐聚焦至南方，其标志就是第一名山由北部的华不注变为南部的千佛山。

如许多重要城市一般，济南历经数千年历史沿革，繁荣也有，落魄也有。 这里曾是齐国的边境，元代成为物资集散地，明代时取代青州，成为一省省会……就出产的人物而言，有许多彪炳史册，扁鹊、房玄龄、秦琼、李清照、辛弃疾、张养浩、边贡、李攀龙……济南东部有个四风闸村，是辛弃疾的故乡；再往东，章丘是李清照的人生起点。 这是中国文学史上罕见的现象，几十公里范围内，在差不多同一时期，出现了两位极优秀的作家。 两宋交替的济南，对文学史的贡献，一点儿也不亚于四川眉山。 苏氏三父子已经是奇迹了，济南二安又是一个奇迹的组合。 一个是文学界最豪放的男儿，几千年文学史中，辛弃疾武力值当属第一；一个是文学史上最伟大的女作家（同样没有"之一"），前无古人后无来者，李清照一人，统领数千年中华女性文学半壁江山。

济南兼具平原属性和山区属性，城南绵延起伏的山脉和城北坦荡的平原形成对应。 这些，为辛弃疾的前半生提供了舞台，也为李清照的童年提供了滋养。

张养浩除了那首著名的《潼关怀古》，还写了大量故乡诗作，如"我爱云庄好，溪流转玉虹。 惊飙荷背白，残照鸟身红"。 他还是廉政建设的楷模，许多廉政思想至今仍很有价值。 数百年间，他的墓园矗立于城市北侧，供后人瞻仰。

杜甫于大明湖历下亭写下"海右此亭古，济南名士多"，被奉为经典。 确实，外来人如杜甫、李白、赵孟頫、曾巩等，为这座城市留下了大量诗篇画作。 及至近现代，刘鹗和老舍一度成为济南的两大代言人。 他们以非本地人的眼光，挖掘出了这座城的魅力。

在寻求变革的一百年间，因地理区位和政治因素，济南侥幸没有沦落为一座活在现代社会的"古董"。 要知道，这一百年里，中国许多城市出现了大洗牌，一些传统内陆城市逐渐没落，一批新的城市崛起。

同时，济南所承担的责任，很长一段时间与其他内陆城市不同。它虽居内陆，但还有一层与海洋抗争的角色。山东省长期以来作为抗击英国、德国、日本侵略者的主阵地，省级长官处于对外交涉的前沿，这也没有别的选择——本省的东部沿海长期被外人侵占。比如1902年，周馥出访被德国人侵占的青岛，一方面是表达他作为一个民族主义者的抗议，欲收回一部分主权，另一方面也是为了学习先进经验。

直到1904年，济南终于划出一片商埠，开始自行对外开放。虽然此时周馥和之前的袁世凯已不在任，但他们依然积极推动建设商埠和胶济铁路的开通。又过了几年，津浦铁路开通，济南成为铁路枢纽城市。商埠和铁路拯救了这座古典城市，现代事物不断引进，使西方文明和古典文明长期在这里共存，既保留了传统，又实现了一定程度的现代化，城市角色发生部分改变。

许多年后，美国学者鲍德威在专著《中国城市的变迁：1890—1949年山东济南的政治与发展》中将当时的中国城市分为三种：

1. 把西方模式的工业城市看作未来的方向；
2. 把它们看作帝国主义的危险堡垒；
3. 把它们看作本质上与中国深刻的、稳定变化的潮流无关的、外生的东西。

他"试图找到一个具有最佳潜力的中国城市，能够满足西方的工业城市模式，而不是一个具有代表性的中国城市"，最终选定济南作为研究对象。在他看来，外国的影响和中国的政治主导，在那些年中一直是这座城市发展的两大动力。

我们可以打开一幅济南地图，或站在南边的千佛山上北望，为城市把脉。眼睛首先望向远方，黄河自西南向东北延伸，左边挑着敦实的鹊山，右边挑着婀娜的华山。 视线往回收，是城墙坚固的府城和圩子城。 传统济南城是方形的，四四方方的城池，很有古典特色。护城河以内是府城，城防格局形成于明初，周长约十二里。 府城有四座城门，分别是齐川门（老东门）、泺源门（西门）、舜田门（后改为历山门，即南门）、汇波门（又作会波门，即北门）。 1904 年济南开埠后，新开四门，根据后天八卦方位，东北称艮吉门、东南称巽利门、西南为坤顺门、西北为乾健门。

数百年间，老城并没有本质变化，城墙相对完整，除了因"五三惨案"而残缺的西门，各处城门依然巍峨、高大，显示出古老的威严。 省市县三级衙门遍布老城，商贾平民散布其中，古老的街巷散发出泉水的味道。 南圩子墙外有一所大学，此时，大学里曾经的主人已不在了，他们远涉这个国家的西南部，重建了学校，继续教书、学习。 这里重新成为学校，被一所中学暂时取代。 老城就像十几年前这所学校的教书先生老舍所写，有山有水，全在蓝天底下，晒着阳光，很暖和安适地睡着。 此时，这位教书先生正在大西南的重庆，那里作为此时这个国家的中心，正在浴血中顽强抵抗。

规规矩矩的老城西侧，是 1904 年开始建设的商埠。 济南商埠在中国近代史上地位独特，是自行开埠的先驱，也是自 1842 年以来，国人第一次主动拿出几座城市（同时开埠的还有周村、潍县）拥抱世界，又是那个时候最早的国家级自贸区、高新区。 商埠的街道以经纬命名，却又与寻常的经纬相反，东西向是经一路、经二路……依次排列，南北向是纬一路、纬二路……依次排列。 商埠一开，济南马上成为北方的商业重镇，国内最新的潮流在这儿几乎都能找到，古老的传统城市焕发生机。

许多关于这座城市的文章会有这样的说法：人们来到济南，从火车站出来，首先看到津浦路火车站雄伟壮丽的建筑——完全日耳曼式的钟楼。 不仅是津浦路车站，一旁的胶济路车站同样雄壮，德国人在两座车站上下了不少功夫。 然后，步入商埠区的网格街道，看到的依然尽是西方式的高大建筑，仿佛置身于上海或青岛，完全的都市生活，可以让人感受到最新流行的娱乐方式。

而到了老城，人们却又陷入古典中国的氛围中。 政府机关愿意缩在老城，外商机构愿意去商埠。 独立于老城之外的商埠，为城市增添了诸多新鲜元素，使其文化愈加繁杂。 商埠已经完全现代化，但居住在老城的人，可以把自己一分为二，一边去做现代人，一边回来做传统的自己，两者之间竟能切换得游刃有余。

双子架构的城市中，商埠和老城截然分开，一新一旧，共同组成了这座城市的文化特色。

《中国的城市变迁：1890—1949 年山东济南的政治与发展》对日本人侵占时期的济南有详细的描述："由于害怕济南遭受袭击，日军用带刺铁丝网，将没有防御工事保护的商埠区、旧城及其郊区都圈起来。 人们只能在两个检查点进城，检查点开放时间是上午 8：00 至下午 6：00。 1890—1937 年间，济南曾经是山东的经济和政治中心，然而在 1938—1945 年间，济南已不再是这种中心，而只是一座被围困的城市。"

而泉水是自由的。

泉是城市的灵魂，是眼睛。 若没了泉，济南就变得黯淡无光；有了泉，济南就出类拔萃，以清澈的眼睛注视天下。

新老交替，泉水依旧恣意流淌。 它们是古典的，也被现代的眼睛盯着。 老城之内和外侧，遍布的泉水点亮了巨龙的眼睛。 它开始清点泉水的数量，趵突泉、珍珠泉、黑虎泉……所谓七十二名泉，真要数起来，何止七十二。 它跟着泉水流动的方向，向北望，一面镜子使它的眼睛愈发明亮，那是大明湖。 氤氲的春末夏初，一些蒸腾的颜色在人间呈鼎沸之势。 这是它出发的地方，是它的诞生地。 风筝回首，望了望那些聚集的人群，继续定格在空中。

许多城市都有一座湖，只是大小有别而已。杭州、南京、北京、扬州对应的西湖、玄武湖、北海、瘦西湖，都自成一体。当然，大明湖自有其玄妙之处。由泉水汇流而成，这一点便独占鳌头。城内遍布泉水，水往低处流，汇聚成湖，且湖面还不小，占去了老城的三分之一。一圈城墙把湖圈到了自己的地盘上，便有了文人雅士风花雪月的寄托。

大明湖既是古典的，也是现代的；它属于文人雅士，属于达官显贵、平头百姓，更属于湖畔的湖民。

多少故事叠加在湖水之上？若用文字记录下来，简直汗牛充栋。张养浩、边贡、殷士儋、李攀龙，这些济南名士，多少次醉倒在湖边的故事里？有张养浩的诗为证："会波楼醉墨淋浪，历下亭金缕悠扬。大明湖摇画舫，华不注倒壶觞。这几场，忙杀柘枝娘。"就是在本文述及的民国时代，也有无数悲欢离合的文人故事氤氲了湖水的湿气。

河北人孙松龄撰有近万字长文《明湖客影录》，讲述了一个又一个"明湖客"的故事。清朝末年，湖南人陈琪任职于大明湖西北隅的山东官报馆，旧名小沧水榭，"临流比屋，风烟纳于几席"，他非常好客，经常呼朋引伴，饮酒于大明湖畔。这些文人，数量多至四五十人，朋友们的诗作先是结为《明湖载酒集》，又有《明湖载酒二集》问世。

这些明湖的过客，留下大量酒名诗名，尤其是王梦湘，自称"明湖第一词流过客"。他曾与老残在明湖居听黑妞、白妞演唱犁铧大鼓，盛赞白妞不已。孙松龄写诗曰："济南泉水女儿喉，写入浮纵动九州。不有老残工妙笔，何人识得梦湘愁！"

大明湖畔的过客甚多，还有一个叫瞿世玮的教师，这个人有一个儿子，叫瞿秋白。1920年秋，瞿秋白乘火车南下，来见客居济南的父亲。他们在大明湖畔的草棚下饮酒，之后同榻，交谈至半夜。第二天一早，瞿秋白北上回京，后去往苏俄，寻求一种新的精神。

许多年后的 2008 年，一个叫吴永强的年轻人，告别校园，来到大明湖南门附近、省图书馆南侧、省政府东邻的贡院墙根街，进入一家新闻杂志社工作，也成了明湖客。临湖办公十二年，他每日以湖为起点、终点，一些思考和故事自然会出现在新的时代。他的生命体验，他的过往，也成为大明湖的一部分。

想起瞿氏父子的故事，他感慨之际，写下一首诗。诗的后半部分大抵抒发了瞿秋白北上回京时的感受：

二十一岁的瞿秋白坐在北上的火车里，
路旁闪过一个村庄。
一家父子母女在门口吃早饭，
炊烟将津浦铁路裹进怀里。
一些早年的画面随火车前行：
江南寒夜，父亲空手归来，
母亲还未自尽。
火炉载着一叶小舟，父子一起作画……
这些画面他后来还会想起，
比如在生命尽头的牢房里，
他读了几页陶渊明，又放弃了。
"人生孤寂得很"——
想起同乡黄景仁的两句诗：
"惨惨柴门风雪夜，此时有子不如无"。
面对窗外的中国，
瞿秋白脑中满是父亲的影像，
以及许多人的父亲。

"孤寂"，属于那个时代的年轻人，也属于那个时代。 一些苦闷的人，一些新鲜的希望，在历史的缝隙里挣扎、崛起。

自古明湖多过客，古人为客，古人都已作古，今人谁又不是客？外来者为客，土著也是客，人生代代无穷已，明湖自顾送流水。 人为客，流水也是客，草木也是客，所有的生灵兜兜转转，来去无踪。

自湖畔向南岸深入，散布于各处的房舍，除了纯粹古典的中式庭院，以及纯西式的楼宇，中西合璧也成为一时风尚。 济南并未出现北京那种气魄宏大的王府大院，也极少有深门洞、广开间的敞亮大门，等级最高的是金柱大门，还有如意门楼、蛮子门楼、随墙门。 一般的民居，大体由门楼、正脊、影壁组成。 普通百姓家，大都是随墙门，不设独立的屋宇，直接在墙上开门，做成小门洞或在门洞上加简单的瓦檐。 老城中，房舍多与泉息息相关，房在泉畔，水在门前，刘鹗《老残游记》中所谓"家家泉水，户户垂杨"，并非虚妄之言。

这座在时间里不停运行的老城，以一条条巷子、一座座建筑目送一代代人的一生。 石头的建筑、砖瓦的建筑、流水的建筑，流水和石头互为因果。 那些数之不尽的街巷，正经历其繁盛期，接下来就是不断消亡的过程，及至新的21世纪，其消逝速度迅速加快，等到需要保护的时候，竟发现所剩不多，人们不免对着黑白的照片徒生叹息。

这些街巷，纷繁复杂，多经历史演变，名称反复，时而消失，时而合并，非专业人士或非亲历者很难去一探究竟。 在此以牛国栋先生所著《济水之南》中所载"偏巷幽歌"为例，简要总结大明湖东南岸的一些街巷和四合院之变迁：司家码头自然形成司家码头街，北首有座三公祠，南通东西钟楼寺街，西与正谊中学毗邻，东与秋柳园街相接。 秋柳园乃清代诗人王渔洋读书处，"秋柳赋诗"是一大文坛盛事。 从这条街往东是汇泉寺街、阁子西街、阁子前后街、贺胜戏场街。 这片区域住的多是大户，商人居多，宅子修得考究。 有一条街叫东玉斌府街，相传明代德王女婿住在这里。 王爷的女婿叫仪宾，被人们讹传为玉斌。 这条街上有个姓左的盐商，其宅子正房和南屋都是两层，砖石结构，工艺精细，山墙上的砖石浮雕很有意思。

大明湖南边的区域，是本城的核心。 有一个百花洲，由1946年拆除的鹊华桥连接其与大明湖。 这里要重点提及两条水道，一条来自珍珠泉，形成玉带河，自曲水亭街流进百花洲；另一条来自王府池子，向流过起凤桥，绕曲水亭街，过百花桥。 两条穿街过户的水流，最终汇入大明湖。

曲水亭街自然有"曲水流觞"之意，遍布着饭庄、药铺、客栈、澡堂，还形成了古董交易的"鬼市"。 街上有一座百花桥，将后宰门街与辘轳把子街连接起来。 曲水亭街与芙蓉街平行为邻，连通巡抚衙门、府学文庙、后宰门。 这一片区域，可用一句顺口溜来形容："东更道，西更道，王府池子二郎庙。"王府池子有一个文雅的别名——濯缨泉。 明代德王府留下了许多地名，后宰门是"厚德载物"的讹传，更道是过去王府打更人走的道路，王府池子自然也是过去王府内部飞出来的"堂前燕"。

芙蓉街源于芙蓉泉，这条街北有府学文庙和关帝庙，中段有龙神庙、尼姑庵，西北紧靠贡院，学子、香客众多，一直是商贾云集之地。 本城最早的眼镜店、最大的乐器店、最早的照相馆、最著名的鲁菜馆（燕喜堂）、最早的镶牙馆都在这条街上。

老街巷太多，无法完全呈现，曲水亭街、后宰门街、芙蓉街、西更道街等，至今仍人群熙攘，历史文化价值和现代商业价值结合，无数游客来此参观游览，不再赘述。

再回到历史尘埃里的1944年。

在大的历史背景中，以春夏之交时为例，由远及近，世界在诡谲中前行：盟军在法国诺曼底登陆，开辟了第二次世界大战的欧洲第二战场；美日双方在菲律宾海的马里亚纳群岛附近进行了史上最大的航母决战；中国远征军20万大军强渡怒江，仰攻高黎贡山；日军从河南发动了向平汉、粤汉和湘桂铁路沿线新的进攻，这期间，爆发了著名的衡阳保卫战；鲁中八路军解放村镇千余个，人口 30 万，打通了沂、鲁、泰、蒙各山区的联系。

而在近前的这座城市，持续数年的秩序看似还没有松动的迹象，但一些值得书写的人和事，会被后世的史书提及。

要专门提到城市的最西边。出了老城西门，穿过繁华的商埠，一个巨大的坑边，此时，一些日本兵端起枪，朝几个五花大绑的人扣动扳机。那几个人的身份之谜直到很多年后才被揭开，名字将被刻在石碑上，供人们瞻仰。

虽处于异族铁蹄之下，但反抗从未停止。

城市的南部，千佛山顶，一团雾气氤氲在石头和树上，整座山正在念经，超度一些冤屈的亡魂。

这一年，城里依旧发生了许多事，许多人的命运在飘摇中度过。命运虽凄凉，但顽强不屈的民族精神依然在散发着光芒。

秋柳园街 18 号，一座紧邻大明湖的小楼。邻居们不知道楼主人路爱范的真实身份，只知道这是一位落魄书生。小楼上的灯光熄得很晚，路先生正埋头著书。路爱范不是其真名，他的真名是路大荒——中国蒲学研究第一人。可以说，如果没有路大荒，我们今天所能读到的蒲松龄作品会是另一个样貌：一则作品太少，二则蒲氏生平不会像现在这样完备，甚至，他有可能像曹雪芹一样，令我们雾里看花，终是摸不透其生前身后事。从日军入侵山东开始，路大荒便不断被迫害、追捕，他从故乡淄川逃到济南，在"灯下黑"的大明湖畔，埋头著述，冒着生命危险珍藏蒲松龄手稿，坚守国之文脉。

同年 8 月，县东巷 105 号，大教育家鞠思敏走到了人生的终点。这些年，鞠思敏拒绝出任伪山东教育厅厅长，依靠女儿鞠文佼的薪水清贫度日。他艰难地对儿女们吐出"奉公守法"四个字，接着又用力地说出了"学校"两个字，话未说完，手在空中抖了良久，终于无力地垂下。 出殡之日，自四面八方赶来送行的队伍长达数里。

夏末的一个深夜，黑虎泉小学教员王馨华被两个特务带进日本特务机关泺源公馆。 她威武不屈，始终未透露任何实情，后被解救出去。 这一年，她刚加入中国共产党。

人事有沧桑，水流不止息。 同年9月，北京《国民杂志》刊登吕保田的文章《水都济南漫步杂记》，其中写道："在许多的广告上都写着'水都济南'的什么什么，实际上，济南也真不愧称为'水都'。"

无论如何，水不会抛弃这座城市。

太多普通人，往往成为大历史的背景。 当我们叙述一件事的时候，一个个名字背后代表了什么？ 历史深处的1944年，除了史书、报刊、回忆文章，除了所有被文字记录的人，还有大量被时间遗漏的痕迹，要怎样寻找，才能把这些普通到尘埃的记忆挖出来？ 挖出来又有什么意义？ 存在与合理之间是什么关系？

历史在曲折中前进，一首形成于民间的《五更调》，已传唱了十余年。 彼时刚经历"五三惨案"，济南城惨遭蹂躏，日本人还未侵占中国的半壁江山，国人就时时心生存亡之痛，而今再听到这首歌，更让人悲从中来：

一更里月儿出自东，
日本鬼子要的条件实在凶：
他要咱割去辽东地，
还有山东、福建、江西与满蒙，
又要我财政权，
军警路矿教育一起送。

二更里月儿昏沉沉，

二十一条变成了二十四条文。

一接到"爱的美顿书"（最后通牒），

马上就答应，

眼睁睁把江山就要白送给日本兵。

三更里月儿正当中，

家家户户谁也不平静。

这事哪能不心痛？

争权夺利抢富贵，

到头来都是一场空。

请看那亡国奴，

能有几个是富翁？

四更里月儿起上墙，

且把那高丽国，

拿来做榜样。

做牛马，做奴隶，

家破人又亡，

最可怜灭种姓，不许他再强。

五更里月儿在树梢，

中华人应把中华保。

万不可忘却五月又三号，

有朝一日就把大仇来报。

1928年济南便惨遭日军屠戮，中国军人和平民死伤无数，堪称奇耻大辱。从这个层面上说，济南被侵略的伤痛在历史中绵延得更长，也更惨烈。

　　单纯的述说不能完整呈现一座城的明媚和罪恶。 借助那只巨龙的风筝，看到每个人的善良和狡黠，也看到以卵击石的无助。 这座城，需要一个个普通人，他们的生存以及生活，构成形而上和形而下合二为一的命运哲学。 这座城，需要一个个超脱了个人灵魂的人，他们将用自己单薄的力量去对抗压迫。

　　巨龙风筝从未离开过，直到今天，依然高悬于天际，俯瞰众生，注视并记录这座城里发生的一切。 它持续飘扬着，认识这座城里的每一个人，关心他们的生命历程。 它对杀戮无可奈何，但会记住接下来的审判；它关爱一切美好的事物，但从不参与其中。 它的账本上，记录了一次次欺骗和背叛，有些债务，随着躯体的消亡而成为悬案，但并不会消失。 最终，它以善念看待天下，善从未让它失望。

第四章

不速客

许多年后，杨明收拾东西，发现了一块细短的木条。他戴上老花镜，仔细端详了一会儿，又找来抹布，细细擦拭。擦完了，他把木条放在桌子上，望着窗外发呆。几只麻雀站在杨树上，发出啁啾的叫喊声。麻雀发现了他，有一只飞到窗台上，扑棱棱几下，继又飞走了。

他站起身，拿起木条——此时已不能称作木条，它是一支古老的簪子，放进口袋。他走出门去，拄着拐杖，下楼穿过几座楼之间的空隙，穿过几条马路，背后是一座小巧的火车站。一路上，他走一会儿停一会儿，停是为了继续走。走到北水门，抬头望一眼，好像看到了一些什么。

最终，他到了湖边。

他确认了自己小屋的位置，旁边是隗老爹一家人的小院。一溜排开的房舍，背靠城墙，面向湖水，街道在房子背面，街门朝南开。湖民虽只有一百多户，却分了好几个村，由东向西，像一条线被串在北城墙根下，分别是：隗家庄、刘家庄、赵家庄、周家庄、胡家庄。住户多了，街道会有不同的名称，北极庙以东到北水门，叫北极庙街；铁公祠以东到北极庙，叫北城根街；铁公祠以西叫铁公祠街。在杨明的记忆中，街名并不显，很少有人提及，平时都以地名代称。

过去的房舍消失不见了，岸边也不再是泥土和水草衔接的原生泥地，而是由标准四方的石砖垒成，人和水之间隔了距离，很难直接接触到。这些石砖，是有一年拆除北城墙后的城砖。他站在石砖旁，仿佛站在城墙上。

城墙早不存在。

但他有足够的能力建造一座城墙，以及城墙下的房舍。果然，一闭上眼，那些久违的亲人便在回忆中鱼贯而出。城墙是亲人，过去的村庄也是。其实不用闭眼，他走到哪儿，哪儿就消失了花草和楼阁，消失了公园里络绎不绝的游人，几十年前的人和事便飞进他的眼睛。

他从口袋里掏出簪子，放到眼睛的位置。眼睛、簪子、水那边的历下亭或司家码头便形成一条线。簪子也恢复了最初的模样，周身散发出新鲜木料的气息。他看到了时间。

"姐姐。"他默念了一声。

花白的头发在风中乱舞，映在水上，搅乱了飘摇的阳光。

在杨明的记忆中，那个被称为20世纪40年代的十年，绝大多数时间，不论是日本人侵略时，还是日本人走了之后的几年，从省到市的各级政权，仅能在这座孤城里耀武扬威，出城不多远就不是他们的天下了。出城的每个路口都有盘查，向西南不远，到了长清，除了一些大的村镇和县城，别的地方大都被共产党解放。向北也一样，向西也是，只有向东，沿着铁路线能通向大海。这是大部分时候，有几年火车开不到大海。当然，杨明不坐火车——即便车站离他不远，只有一墙之隔。那座名为北关车站的小站，就在城墙外面，距离他住的房子不过一两里地。他经常站在城墙上，呆呆望着车站里进出的人群，有时候火车开过来，向东边奔驰而去。他知道，继续向东，会开到海边。

他从没见过大海，距离大海最近的时候，已能闻到海腥气，但他从没看到那广阔的湛蓝。

时值民国三十三年，国民党的省主席韩复榘弃城逃跑已有近七年，日本侵略者的痕迹越来越多。表面上，物资还算丰盈，商埠表现出繁荣的景象，八卦楼更是一派歌舞升平。这和邻省的一场大饥荒形成鲜明对比——两年前，饥荒持续蔓延，据说出现了"吃人"的景象。但随着城市的进一步封锁，丰盈的外表下，一些暗流正在涌动。

杨明开始撑船，老爹跟了一段时间，后来就不跟了，让他自己去。他问老爹："不撑船了以后干什么？"老爹说："晒太阳也行，捕鱼也行，这条船就算传给你了。不，不是传，是租给你。"

这似乎有种隐含的意思，杨明仿佛察觉到了什么。

早晨，他早早起床，到湖边去擦洗那条千疮百孔的破船。如槿也出门，站在一旁观看，给他递抹布。天越来越暖和，一股舒爽的感觉沁满他的周身。

如槿每次靠近，他都能闻到一股荷花的味道。有时候是实实在在的荷花，有时候是大脑中的荷花。不论是哪种，好像都是同一种味道。"姐"，他经常叫出第一声的时候就感觉自己脸上颜色发生了变化，不敢正眼看对方，说话总是低着头，或把眼睛伸向湖面。以前不是这样的，小时候他们甚至睡在一起，他对她的一切早已洞悉，而今却分外陌生。过去有多熟悉，现在距离就有多远。姐也不再像以前那样对他大呼小叫，而是小心翼翼地关心他。他感觉到了自己的变化，也感觉到了对方的变化。

他撑着船出门，湖上的一天终于开始了。他好像长出了一口气，又好像被身后的某双眼睛盯着，期待迅速离开，更大的期待是早点儿回来。此时的撑船和过去又有不同，以前是陪衬，是老爹的下手，现在他要独立面对一些事，比如做导游。他口讷，不太会讲话，湖上的风物虽熟悉，却不能像别的船家一样，把许多掌故一股脑儿抖搂出来。 他很苦恼，但也没办法，只能尽力去做。 后来他也学会了一些顺口溜，比如"北极庙里有水神，龟蛇二将把大门，还有大鬼吃小鬼儿"；比如"明湖居过去的一些往事，白妞黑妞的梨花大鼓曾迷煞了人，那个叫老残的说书人，现在已了无痕"；比如"历下亭，是最有文化的地儿，杜甫来过，写过诗，'海右此亭古，济南名士多'，乾隆爷也来过，写鬼写妖的蒲松龄也来过"……

"还有一个古人，叫曾巩。 大明湖的北水门就是他修的，趵突泉也是他命名的，作为济南历史上著名的主政者，在大明湖东北角，有关于他的纪念祠堂。"

有些不懂的问题，没有客人的时候，他就去问觉新。

觉新早过了娶妻的年龄，听说在朝山街有一个家，但他并不承认，每日就在汇泉寺诵经，穿一身白褂子黑裤子，极少穿僧衣。 他是受过戒的，头发少时能看到戒疤，但他又不太剃头，大部分时候顶着寸许长的头发，加上衣着，更像一个普通的教徒。 只有在大型法事的时候，他才会让寺里的沙弥帮他刮光了头，穿上僧衣，混在几个和尚中，在住持的带领下念经。

入世与出世，觉新身上暗藏了诸多神秘的色彩。 他还是杨明的某种期待，自己生命的另一个影子。

汇泉寺在一座岛上，岛上不仅有寺，还有参天的古木，铺地的芳草。 说是寺，也不全是佛教的营生：佛殿是和尚做功课的地方；还有一座关帝庙，人们去求财；一座文昌阁，文人在此雅集；公输子祠供匠人前来祭拜祖师爷；薛荔馆是一家饭店。 可以说，一座岛上汇集了人间百态，信仰、财富、才情、手艺、口腹，一个人若具备了这五种东西，便会显得饱满。

杨明把船停在岛的北岸，下船走进寺去。 迎头看见觉新，正坐在石凳前和人对弈。 那人也面熟，是趵突泉吕祖殿的道士，一僧一道，前者笑眯眯，一双细眼盯着对方，后者苦着一张脸，对着棋盘发呆。 杨明走过去，站在觉新身侧。

第一次见面，不，应该是第二次的时候，觉新问杨明："你不是前些天来过的小孩吗？"杨明说："我不认识你。"觉新说："你来过，和你一起的是你父亲吧，他跟我交流了围棋，应该是个高手。 但因为时间紧，没有下一盘。 怎么，今天他有空吗？"杨明说："他已经死了。"那时，他对于死亡还没有太强烈的概念，以为父亲早晚会到湖上来找他。

那时，觉新只有十几岁，还是一个小沙弥，跟着师父念经，闲时打扫庭院。 他喜欢吃蒲菜，杨明不时送一些来。 不仅送蒲菜，还送鲫鱼、虾，觉新也收了，念一声阿弥陀佛，说要去放生。

终于，觉新赢了。 道士有点气馁，要重来一局。 觉新摆摆手，说："不下了，再下也是赢。"道士说："你这个和尚，对弈也是功课，也是礼佛，可以广结善缘。"觉新说："你看，我已经礼过这个佛了，该去礼别的佛了。"道士站起来，伸了伸懒腰，说要去文昌阁看看，里面有些新的字画。 觉新转向杨明，道："小明子，你有些时日没来了。"

"撑船到了这里，闲着没事，来坐一坐。"

"我觉得你有心事。"

"这你都看出来了。"

"说来听听。"

"其实没什么事，就是找你唠一会儿。"

觉新眼睛眯了眯，端起一旁的茶杯，抿了一口。 透过围墙的拐角，能看见不远处的历下亭，正处在一片氤氲的雾气中。 这座亭子，自是游人必去的所在，觉新曾查阅各类典籍，以及时人撰写的游记小品，那些新派文人竟然也喜欢这座亭子。 看到历下亭，觉新就想起杜甫，心里升起一股抑郁之气，所谓"国破山河在，城春草木深"，自己虽已遁入佛门，但终究尘缘未了，每天于棋艺上做些文章，充其量只是打发时间。

觉新说："前几日我看到了你们放的风筝，上面挂的字是怎么回事？"

"不知道是谁挂上去的，赵老爹说了，他本来准备的是'一城山色半城湖'，往年都是这个。有警察来问过，没问出什么，宪兵队也来了，整个村子人心惶惶。"

"宪兵队也来了？"

"据说是，好像又不是。"

"这怎么说？"

"一些人把赵奎带走了，昨天才回来。回来后他一句话也不说，好像有事发生了。先不说他，我还认识了一个人，你帮我琢磨琢磨。"

杨明在清明那天结识的年轻人，自称姓也，挺少见的一个姓，叫加成。那天伙伴们都走了，只剩了杨明和如槿，警察过来盘问。杨明没敢说话，也加成跑过来对警察说，他们是看热闹的，自己可以作证。本地人知道湖周围有放风筝的习俗，一看杨明的打扮，肯定不是外地人。也加成把为首的一个警察拉到一边，耳语了几句，警察将严肃的面孔卸下，露出一丝微笑，转身对杨明说："赶紧回家去，别再到处转悠。"说完招呼一旁的两个警察，朝路边的三轮摩托车走去。

杨明诧异地盯着也加成，对方面孔白净，颧骨突出，透着一股稚气。也加成道出自己的姓名，并做了一番解释，问他："你是在湖上长大的吗？"杨明点头。对方说："太好了，我去找你玩吧，听说湖上能滑冰，能捉鱼。"杨明不好推脱，答应了，问他是干什么的。他说自己的父亲在商埠经营一家照相馆，他也会照相。他盯着如槿扫了几眼，又问了杨明和如槿的名字，以及找他们的话该去哪儿，之后道别，顺着刚才摩托车消失的方向走去。

觉新说："他真是开照相馆的？"

杨明摇头，对于那个人的身份，他仅限于对方的自我述说。

觉新沉思了一会儿，说人的身份可以有许多，且有着许多身份的人越来越多了，不说别的，常来这里下棋的一个崔老板，无意间说到洑源公馆时露出神秘的表情。一个教书先生，曾对崔老板的身份表现出兴趣，结果过了些时日就不再来了。觉新不知道那个先生遭遇了什么，但他是知道洑源公馆的，又有谁不知道呢？那是每个人谈之色变的杀人魔窟。但普通人毕竟离之较远，表面看去，洑源公馆所在的那座端庄的小楼也是以正经营生面世，就如同这日日笙歌的城市，到处是光影与阴影的结合体。

觉新说："下次见面，你带他到我这里来。"

"你见到他能察觉出什么？"

"不知道，见一见总是好的，照你说的，也不过是个未经世事的年轻人。"

杨明当时不知道还会不会见到也加成。没想到，几天后还真见到了。

撑船赚的钱确实多一些，他把多数钱交给娘保存。娘一分不动，给他单独放着，玩笑道："等你娶媳妇的时候用。"以前他坚持不娶媳妇，觉得有娘在，有老爹在，有姐姐在，日子一天天过，挺好。现在，娘再说起来，他便默不作声，不说娶，也不说不娶。如果不出意外，他会娶一个湖边长大的女子，湖边的人都这样。也有娶城外的，是极少数，城外人愿意嫁进来，城里却很少有人愿意娶一个农民的女儿。

平日里，晚上吃了饭，他会到湖边坐着，看南岸的星星点点。如槿大部分时候会过来看看，好像是陪他一会儿，又好像不是。她忙自己的，洗刷，或也坐着看南岸。这天晚上，如槿对他说："明天一起撑船吧，憋在家挺闷的。"他说："嗯。"姐说："明天去买个发卡，簪子也行，你看我的头发，长了铺在脸上像鬼。"他说："嗯。"姐说："明天我想去爬山。"他说："嗯。"如槿站起来，用手摸摸他的额头，问他："你没发烧吧？"

他抬起头来，感觉那只手还在自己额头上，摇摇头。

如槿说："明天我们到底是去撑船，还是去爬山？"

杨明说："你说什么？爬什么山？"

如槿"哼"了一声，说："你就没听我说话，你在想什么？"

他的脸红了，低下头嘀咕道："没想什么。"如槿凑过来，借着月光盯住他的脸，问他："你的脸怎么了？"他感觉更蒙了，转过身站起来。如槿也要站起来，伸出手让他拉。他没有拉，而是朝自己的小屋走去。如槿自己站起来，跟着他进去。他说："我要睡了。"如槿说："我跟你一起睡。"他说："不要。"如槿："以前你都是跟我睡的。"他说："那是以前。"如槿咯咯笑了，小声嘀咕："傻弟弟。"然后转身走出门去，留下一句话："明天我们不爬山，我们撑船，然后进城买东西。"

窗外的湖静止不动，刚才还在照射他们的月光，现在铺在水上。杨明也和月光一样，铺在水上。摸摸额头，好像真的发烧了，他终究没往别处想，慢慢睡着了。梦里却不同，他控制不住自己，冥冥中有个声音告诉他，这是梦，什么时候醒来由他自己决定。他醒来了，但更愿意深入梦里，半睡半醒之间，感觉姐姐还躺在他身边，她的腿压在他身上。他不敢动，但又不能不动，他试图动一动，但动不了，身体被牢牢钉在床上。

第二天，如槿早早等在船沿上，两条辫子搭在肩上，脸庞映在水上。已是四月末，春光很好，有些热了。杨明走到船边，脑里还是昨夜的梦，看到姐姐，有些不自在。但没过一会儿，不适感就消除了。他们离开布篷船，穿过北门，到了城外。

向北望去，除了一座标着"北关"字样的火车站，周围是一望无际的田地，藕池更多，就数量而言，超过了城内湖上的水田。 紧靠北门的路边，一溜摊贩正在忙活。 他们走到一个小摊前，要了一碗豆腐脑，一碗甜沫，几根油条。 杨明喝豆腐脑，不放麻汁，如槿喝甜沫。

甜沫、油条、豆腐脑，是本地早餐的经典搭配。 甜沫不是甜的，而是咸的，主料为小米面，调味料有姜末、胡椒粉等，搭配花生、豇豆、豆腐干和蔬菜。 还有一种本地特色食品，外皮酥脆，内瓤柔嫩，葱香透鼻，形似螺旋，油润呈金黄色，故名油旋。

杨明记得小时候，如槿隔三岔五就会带他过来，吃了早饭后，登上城墙。 这座古老得近乎坍圮的城墙，正在最后的时光中展露出一股沧桑之色。 似乎，这座城已不需要城墙来束缚，新的建筑已修到了城市四周，就连火车站也远远离开老城，近处这座火车站只是临时的小站，更西边的两座火车站才叫气派。 他和如槿、春来跑去看过，远远地就能看到高高的钟楼，高度超过了所有的建筑。 他们守在铁轨旁，盯着一列喘着粗气匆匆进站的火车。 杨明心中迸出一股异样的感觉，有些模糊的记忆在复苏。

吃过了早饭，他们又回到湖边。 如槿钻进船舱，杨明撑起长长的木篙，缓缓离开岸边，朝湖心进发。 芦苇已显示出苍翠之色，嫩绿的枝叶逐渐覆盖了过去枯黄的躯体。 田埂上的柳树和芦苇一样，使劲把嫩绿释放出来。 柳絮开始飘扬，粘在人脸上，落在水中央。 经过自家的田地时，他们没有停留，直奔司家码头。

清明已过，游湖的人多了，日本游客也多。 有的是一家人来游湖，男人昂着头，女人身着和服，踏着小碎步跟在后面，手里牵着一个小男孩或小女孩。 城里日本人多，尤其是在商埠，也不会有前些年那样抵制东洋货的情况了，毕竟东洋货已进入人们生活的方方面面。 想必这些游湖的日本人，大都是从商埠来的吧。

邻船的周喜儿朝这边喊："小两口开始过日子了，一起撑船耍手艺。"

杨明拎起木篙，朝他杵过去，没真杵，只是吓唬一下。周喜儿三十余岁，身材粗短，善与人玩笑，继续调侃："如槿，什么时候吃你们的喜酒？"如槿从船舱里探出头来，喊杨明："明子，你一杆子把他的嘴捣到水里去。"杨明朗声答应了，把木篙举得高高的，作势要跳上对方的船。周喜儿往舱里躲，说："明子你别心虚，我是看你们好，给你们撮合撮合。"杨明说："那是我姐。"周喜儿说："你姐怎么了？谁不知道你是捡来的。"如槿说："明子才不是捡来的，看我撕了你的嘴。"杨明说："姐，你从船舱过去，我从舢板上过去，我们把他摁到水里。"两个人跳上周喜儿的船，杨明捉住了他的一只胳膊，如槿捉住了另一只，把他推向窗口，头伸到外面。

周喜儿求饶道："明子，赶紧让你媳妇松手，你也松手。"

这时，几个游客来到船边，向他们打招呼。他们松开手，周喜儿慌忙逃走，跑到游客面前，问是不是要坐船。游客中的一个年轻男子观察了两艘船，又盯着他们看了几眼，看到如槿，又看到杨明，惊喜道："终于找到你们了，杨明你好。"

是也加成。

也加成跳上杨明的布篷船，没站稳，身体左右扭了几下，抓住了船舱上方的横梁。和他一起的，还有一个中年女人，一个中年男人，一个十几岁的女孩。他们没跟着走上杨明的船，而是上了周喜儿的船，有点儿同时照顾两方生意的意思。

也加成不进船舱，而是一手扶着舱门，站着看杨明撑船。船缓缓驶出了码头，朝不远处的历下亭奔去。也加成说："杨明，你要带我去历下亭吗？"杨明点头。对方说："历下亭我去过了，你带我去看点儿新东西。"杨明问他想看什么。他沉吟一会儿，说："去你们平时玩的地方。"杨明有点儿犹豫，带他玩一天，湖上的生意就荒废了，不划算，但又一想，前几日对方也算帮了自己，随他去吧。

他们划着一叶布篷船，钻进芦苇荡深处。如槿长得标致，若换到湖南岸的大户人家，细细打扮了，并不输别人，但从穿着看，却显得有些不足。在也加成看来，这二人有一股新鲜感，自己对他们的生活闻所未闻，毕竟整日无聊，到湖上一游也是别有风味。听说捉鱼十分有趣，他便吩咐杨明带他去捉鱼。

这一日，三个年轻人在湖上玩了大半天，时光在愉悦中一闪而过。就说鸟吧，也加成平日从没见过这么多种类的鸟，当然有些也见过，但集中认识这么多鸟还是第一次。有了向导，那些平日里的鸟儿就有了魂魄，直朝他的眼里飞。光白鹭就有很多种，小白鹭、大白鹭、黄嘴白鹭、岩鹭，还有几种杂色鹭。杨明指着芦苇丛中站立、低飞的白鹭对也加成说："它们和我们一样，也是湖上的捕鱼人，吃饱喝足了，晚上去南边的珍珠泉，睡在树上。"除了白鹭，还有鹳、鹤、鸥、野鸭、鸳鸯，尤其是一对鸳鸯，停在一圈芦苇围起的静水中，好似待在一个小型的家园里，自得其乐，互相抚慰。

沿着曲曲折折的河道，他们把布篷船驶到北岸的一处浅水中。三人下船，换乘一条渔船，又回到湖中。也加成坐在船头，用手抓紧船沿，手里拎着一部相机。杨明和如槿坐在船尾，一人握一支船桨，缓缓划动水波，小船再次进了河道，却不是刚才那条道。河道分上河道和下河道，两侧被密密麻麻的芦苇包围，不熟悉的人进去肯定迷路。

迎面碰见几个下卡子归来的少年，每人坐在一个木盆里，像一艘艘小快艇，朝他们冲来。也加成忍不住欢呼起来，朝他们挥手乱叫。杨明跟几个少年打招呼，问他们收获如何。一个少年拎起手里的鱼篓，沉甸甸的，问他："明子哥，你昨晚没下卡子？"杨明摇头，说好久没下了。一个说："明子哥谈了媳妇，就不下卡子了。"如槿将手里的桨举起来，正好碰到对方的木盆沿，差一点把木盆打翻。那少年将手中的木板一划，木盆飞出去几米，几个人欢笑着飞走了。

也加成问："杨明，你要结婚吗？"

杨明脸红了片刻，道："别听他们胡啰啰，没那回事。"

如槿说："我们快划。"

渔船进了芦苇荡，闪进一片水域。两人把桨放到舱里，杨明抽出一根叉，双手握了，站在船沿，眼睛紧盯着湖面。几丝波纹荡来荡去，一些小鱼聚成群，朝他们游过来。也加成叫道："有鱼！"

杨明没有动，聚精会神地盯着水面，眼睛一眨不眨。鱼群游过去了，他没有动；又游回来，向刚才来时的方向敞开怀抱。也加成叹了口气，身体瘫下去一截儿。刹那间，杨明身体猛然前倾，手中的渔叉奋力向前叉去，钻入水中，一只手握住手柄的最后端。渔叉搅动的波纹继续扩大，带动渔叉左右摇晃。杨明的另一只手也抓住手柄，轻轻一提，一条摆动尾巴的鱼随着渔叉跃出水面。

这是一条两三斤重的鲤鱼，渔叉不偏不倚，正好插进了鱼的脊背。杨明伸出一只手，把鲤鱼摘下来，甩进船舱。也加成蹿上前，抓住鲤鱼，用羡慕的眼神望向杨明："杨明，你太厉害了。"他放下鱼，掏出怀中的相机，对着举起渔叉的杨明拍了一张照片。

等了一会儿，他们又捉了两条鱼，但都比第一条要小，是两条鲫鱼。已近晌午，杨明邀请也加成到家里吃饭，对方欣然同意。也加成以前只在湖上和南岸游玩，北岸也去过，登上过北极阁，但还没在北岸的村巷里走一遭。他感觉一切都是新鲜的，这次游湖和过去不同，应该是游了一个别的湖，自己从未见过的湖。

回去的路上，也加成让杨明和如槿并排坐好，给他们拍一张照片。杨明不太好意思，表情有点拘谨，如槿面对镜头，娴静如一旁的湖水。

走进隗老爹的小院，也加成看到里面的摆设，简朴又不失雅致。三间北屋，屋内摆放着八仙桌、长条几，两把太师椅放置在八仙桌两旁，和南岸的房舍没太大区别。 院子里，特意辟出了一块地种菜，小油菜已长到一拃长。 角落处，是渔网和未曾用的卡子，还有杨明刚带回来的鱼叉。 整个院子的特殊之处，是在北屋旁开辟了一个正门，对着街道，以及对面的城墙。 在南边还有一个门，虽是小门，却最常走，推开门就是湖。 湖在岸边，岸在湖边，人在山水自然之间。

娘接过杨明手里的鱼，去厨房忙活，如槿去打下手。 也加成盯着如槿的背影，直到对方消失于西墙边的灶屋。 两个人坐在湖边的凳子上，盯着水里的山。 那山有讲究，是城南的千佛山。 "佛山倒影"是湖上的有名景致，一般看不到，只有在风和景明、天朗气清之时，才能在北岸的特定地方撞见湖里藏着的山峰。

也加成告诉杨明，自己出生在东北，现在叫满洲，四岁的时候跟着父母来到这座城市。 杨明也想起自己的四岁，他们同一年来到这里。 杨明问他："那时候有没有赶上打仗？"对方说好像没有，父亲先来的，半年后他才和母亲、妹妹乘火车过来。 "没遇上日本兵？"杨明问。 也加成犹豫了片刻，说："没遇上，我来的时候已经和平了。 我父亲赶上了，但后来很少跟我提，我也没问。 从那时候到现在，我一直住在这里，只有几次外出。"杨明喃喃道："我和我父亲一起来的，他被日本兵打死了。"

也加成转头望着他，看不出表情的变化，沉默良久，说："你不是湖上长大的吗？"

"是，但我不是在这里出生的，我父亲带我来教书，他被打死了。"杨明说完有点儿后悔，想着不该把自己的身世轻易告诉别人，但眼前这个同龄人给他一种亲近感，具体原因说不上来。

如槿出来叫他们吃饭，两个人站起身，跟着回到院子。

院子中央的石桌上，摆了几个菜，都是湖中特产做成，凉拌白莲藕、茭白炒肉片、奶汤蒲菜、干炸湖虾、炸藕盒。 也加成有的见过，有的没见过，分别问了名字，发出几声感叹。 隗老爹回来了，杨明给

064

他介绍也加成。 老爹乜了对方一眼，没说话。 游人到湖民家中做客，本身就是船家招揽顾客的一种生意，他以前也多次带客人回来，只不过杨明第一次带回来的只有一个人，令他有点儿诧异。 三个人围着桌子坐下，如槿最后端来一道菜：糖醋鲤鱼。 焦黄的鲤鱼，以跃龙门的姿势站立在盘中，好似要发出一声呐喊。 这道本城名菜，也加成自然吃过，待到夹一筷放进嘴里，他却感受到了一股异样的味道，滑丝丝、甜丝丝、鲜丝丝，丝丝入扣，忍不住大口吃起来。

如槿和娘没有上桌，也加成想去邀请，被老爹拦住了。 他有点遗憾，往嘴里送菜的速度慢了些。 老爹问了他几个问题，无非是家在哪里，做什么的之类。 他一一回答，很谦恭的样子。

老爹分别介绍了几道菜的特色，尤其是奶汤蒲菜和茭白炒肉片，他说："在济南，奶汤蒲菜是顶好的汤菜。 你们看这湖里，每年才能产多少蒲菜？ 鲜嫩的蒲菜，配上菜花、蘑菇、火腿，再加上奶汤，甭提有多鲜了。"

"湖里茭白也多，小肉片一炒，滋味无穷。"隗老爹又说到茭白炒肉片，"大明湖有三宝，莲藕、茭白和蒲菜。"

也加成问："这些都是湖里长出来的吗？"

"废话，当然是了。"

"那我要好好尝尝。"

"不过，自家做的，肯定不如大饭店做得正宗。 湖南岸司家码头边上，有一家庆生平饭店，那里做的奶汤蒲菜和茭白炒肉片不错，有时间可以去试试。"

说着话，也加成已经将每一道菜都吃了一遍。 不一会儿，湖里的白的绿的黄的特产纷纷进了他的胃里。 他拍着肚皮，很享受，站起身走到门口，对着湖舒展身体。

返回的时候，也加成提出了一个要求：不用杨明他们送，他自己回去就行，并指了指岸边的一只木盆。 杨明笑道："我们是在湖边长大的，从小待在木盆里。 你没有经验，坐在木盆里很危险。"也加成看看一旁的布篷船，又看看一条小渔船，最终选择了渔船。 他把几块银圆塞进杨明手中，算作今天的船钱和饭钱。

杨明驾着小船，也加成坐在船尾，两人朝南岸划去。

如槿和老爹站在岸边，目送小船驶远了。 杨明坐在船头，划动船桨，突然想到今天忘了给如槿买簪子，又想到忘了带也加成去汇泉寺。 时间已经晚了，再去不方便，只好等下次了。

回来时，老爹仍端着烟袋站在岸边，皱着眉头，嘴巴咕嘟咕嘟。 待看见杨明，他把烟袋塞进嘴里，狠吸了一口，说："以后和这个人交往要小心点。 他是日本人。"

杨明没反应过来，问："谁是日本人？"

"也加成。 我记得是叫这个名字。"

第五章

大败局

1920 年，也就是日本纪年的大正九年，二十岁的长野县青年山内幸郎失手打伤了一个警察，后化名野田茂，从居住的村庄辗转去往东京，先乘车抵达神户。他在神户住了一晚，夜里失眠了，望着窗外深邃的大海发呆。母亲焦灼的面孔在眼前闪过。他想，自己离开后，母亲也许会饿死。后来母亲真的死了，等他赶回时，坟茔上已满布荒草。第二天，他购买了一张去往大连的船票，随着船驶入茫茫大海。几天后，他踏上大连的土地。他本也可以购买一张从下关到釜山的船票，但他一生都没有踏上朝鲜的土地。

那时候，从日本到中国或从中国到日本不需要任何手续，需要的，仅仅是一张船票。他一直担心会被抓住，但担心是多余的，之后的许多年，他逐渐忘记了自己原来的名字。

他在东北生活了几年，起先在大连，后来去了长春，最后在哈尔滨。他加入了当地的侨民会，拥有了一支短枪，又和几个日本人一起，从某位落魄白俄贵族手中低价购得大批古董，变卖后分得了一笔可观的钱。有了钱，野田茂便向一个来自山口县的女子求婚，后来他们结婚了。白俄贵族的财产中有一部相机，他爱不释手，经常拿出来摆弄，学会了照相。儿子四岁时，他做了一个决定：离开东北。

济南的日本侨民会发出一封求援信，希望在东北的日本人前来支援。

1928 年春，野田茂乘上了南下的火车。

抵达济南后，休整几日，他加入了当地的"义勇队开拓团"。 张宗昌败北，南方的革命军占领了这座城市。 在团长高岗谦吉指示下，他们去各处散发传单。 没多长时间，一张《警告革命军将士书》贴到了街头的电线杆和墙壁上。 在野田茂的观念中，他并不想成为真正的军人，但在军和商之间寻得一个位置，很有裨益。 那年 5 月，他奔走在战火中的济南城，为自己的命运创造机会。

一天上午，十几名团员携带照相机来到一处青岛新闻贩卖部，将店铺打砸一通，把屋里的物品拎出来扔到大街上，然后拍照。 他举着相机，将这些场景摄入镜头。 这天下午，一支日军开始进攻革命军，他拍摄的照片出现在日侨的各大报刊上。 他转而去做后勤，为军队运送弹药、食物。 他还举着相机，跟着一群人，引爆了火车站旁的一座弹药库。

战斗持续时间很短，没几天就结束了。

他决定留下来，写信给东北的妻儿，让他们变卖家产前来会合。但只过了一年，日本人建立的临时政府便撤销了，这座城市重新回到中国人手中。 他有过离开的想法，尤其是几年后东北发生巨变，他更想回东北去，但一直没成行，连他自己也没想到会在这座城市生活那么久。 他的年龄慢慢大了，妻子也想要稳定的生活，而这座城市里日本人甚多，还有一条铁路连通青岛，回国也很方便。 更重要的是，他在这里开启了新的人生，购置了过去德国人建的一座小楼，有了自己的照相馆，又有了一个女儿。

后来，他回过两次国。 第一次回去，他带着妻儿去了长野县的故乡，跪在母亲坟前痛哭。 想起过去的岁月，没有粮食，只有母亲。现在，他衣食无忧，却再也没有母亲了。 第二次回去，属于公私兼顾，他加入了一个请愿团，恳请政府再次发兵，来一场真正的决战。

他带着儿子去丰桥的陆军学校，去横须贺，站在军港里，望着海面上排列的无数战舰，告诫儿子将来要做出一番事业。

他的国家正在膨胀，他也成了膨胀的一分子。

1937年，战争真的来了，他又有了一次上战场的机会。他被军队征召，参加了报道班。先到天津，一路尾随军队南下，拍摄了许多战况。到达黄河时，过去的铁路桥已被炸毁，军队在桥旁新修了浮桥。踏过浮桥，重新走进济南，已是别样的心情。一开始，战事的节节胜利让他大开眼界，甚至产生幻想，但后来参与了一些残忍的事件，他便开始感到恐慌。在济南短暂休整后，他又跟着去了台儿庄、徐州，那里刚发生过一场大战，中日双方的尸体遍布荒野，第一次让他的镜头产生震荡。直到进了南京，他不自觉地放下了相机，不再拍摄。那时候，一场旷古的屠杀已结束，断壁残垣间，能看到尸体存在过的痕迹。他看了一些同行拍的照片，胸中产生一股巨大的困顿。他第一次感到战争的可怕，自己的族群所呈现的变态的残忍，让他陷入深深的迷惘。

后来，随着"帝国"铁蹄踏过更多的土地，在新闻上看到了南洋的椰子树，太平洋深处的雨林，他愈发觉得自己是个多余的人。到现在，自己已经四十六岁了，战争的触角已伸到太平洋深处，可能要把每个人吞噬。

他担忧自己的儿子。

文弱，甚至是懦弱。这是他对儿子的评价。儿子就读的是日本学校，和这座城市联系甚少。两年前，儿子中学毕业，即将长成自己最初来到中国的年龄。他想让儿子接过衣钵，继续经营照相馆，但还有一个隐秘的心愿。

思谋良久，他决定让儿子跟随自己经商。经商只是外壳，真正要做的，是一件大事——探寻战争的罪恶，揭露战争背后的阴谋。儿子还年轻，虽不会如他这般想，但战争不会放过任何一个人，直接参与和间接参与，没什么本质区别。

野田加成的童年几乎是在一个个房子里度过的，或者院子，很少接触外界的事物。 他学习日语，在家里和父母说日语，也跟佣人学会了中国话，甚至能讲一口流利的当地土话。 这一年，有的同伴回国去了，据说登上了军舰，开赴太平洋上的岛屿。 他并不想回去，那个国之于他，只是一个位置。 他也不属于眼前这座城市，总有一种隔阂，把他和这里的泉水隔开。

如果没有战争，他也许会在故乡的村里，和父辈一起操持几亩稻田。 父亲曾讲起奶奶，母子两人在稻田里劳动，奶奶也葬在稻田里。 第一次回乡时，父亲跪在奶奶的坟前号啕大哭，像一个无助的孩子。 他觉得，自己应该继续读书，但没有学校供他就读。 回国倒是可以，可又惧怕再次乘船渡过茫茫大海。 况且，有消息传来，海上已经不安全了，很多海域已被盟军封锁。

一年前的一个清晨，野田加成走进了新成立的洌源公馆，孤独的身影穿行在几条以经纬命名的马路上。

洌源公馆在西门大街上，因靠近西门（又名洌源门）而得名。 在公馆里，野田加成年龄最小，已学会了一些照相之外的技能。 比如审讯时，有时他代替翻译，坐在一旁记录。 他懂汉语，能迅速将嫌疑人说的话以日语的形式记录下来。 第一次审讯嫌疑人的时候，一个叫堀井的日本人主审，他坐在堀井的左侧，中国翻译坐在右侧，两个宪兵押来一个男人。 据说，这个人有共产党嫌疑。 堀井直接问对方是不是共产党。 对方否认，说自己从没见过共产党，只是一个在政府办公的职员。 堀井问了几次，对方就否认了几次。 堀井有点不耐烦了，对两个宪兵使了眼色，宪兵们便用拳头和脚在这个男人身上留下了许多痕迹。 男人依旧闭口不言，或摇头否认。 堀井彻底不耐烦了，站起身，命令宪兵把他推到隔壁的浴室，将这人的四肢绑在一架特制的小梯子上，仰面朝天，用纱布蒙住面部。一个宪兵舀起一旁的洗澡水，灌进这人的嘴里。这人浑身颤抖，肚子成了一个巨大的皮球。堀井走上前去，抬起脚，用皮靴猛踩。皮球慢慢瘪了下去，带着血丝的水从这人的嘴里流出来，在地上洇成一片。野田加成错愕地看着这一切，握笔的手不住颤抖，一个字也写不下去。他感到恶心，又陷入深深的恐惧。

那是冬天，刚下过一场大雪，又吹了一夜寒风。第二天，野田加成再次走进公馆，穿过大厅，走到南边的院子，积雪深处，一个凸起的暗影一动不动。太阳挂在东南方的天上，风没有停，像刀子划着他的脸。

一些人从院子走过，没人在意角落里的那个凸起。他默默退回大厅，朝门外走去。堀井喊了他一声，他没有听见。

他想回到照相馆，回到父亲身边。出了西门，站在护城河边。泉水汇聚的河，没有结冰，一团雾气飘浮在水上。他在河边站了很久，等晚上回到家，堀井正坐在桌前，和父亲对饮。野田加成走进去。堀井端着酒杯，口中念念有词："五月的滂沱大雨，覆盖了一切，除了那座长长的濑田桥……"现在是冬天，他想起了五月："濑田桥，好多年没见了……"眼泪濡湿了他的眼眶。

野田加成隐约记得，这是日本俳句大师松尾芭蕉的作品。原来，父亲和堀井在谈论文艺。父亲也陷入感慨，想到了让人舒心的天气："田间倩人影，犹如陆奥信夫衣，我心已缭乱。"读完，瞥见野田加成，感叹道："我们老了，还想起年轻的事。"二人又谈到松尾芭蕉，谈到江户时代。

野田加成坐在一旁，盯着父亲的这位老友。堀井比父亲小十岁，年龄介于父亲和自己之间，尖尖的下巴，眼睛小，眯成缝的时候，像两条小虫。眼前这个人与昨天判若两人。暴怒的堀井，一旦陷入俳句的温柔之中，竟多出一丝让人捉摸不透的温情。

野兽哪里来的温情？ 野田加成停止自己的联想。

他后来得出结论，真正的野兽并无温情，表面看起来的温情其实十分虚假。

野田加成继续留在洺源公馆，但不是每天都去，算是编外人员，偶尔也去完成照"良民证"的任务。 作为照相同业公会的一员，父亲在几年前就和公会的其他成员一起承担了这项任务。 照相的时候，八个人分两排站定，后排人站在凳子上，一个有八个格子的木框把他们的头和上半身容纳进去。 按一下快门，一张照片上就能洗出八张证件照。

他遇见了大量死亡。 人的死法各不相同，有的被饿死，有的被打死，被砍头的也有。 他见过一个人的心脏，可以在离开身体之后继续跳动。 有一次，大家讨论心脏离开人体后能存活多久，争论不休时，一个翻译说很简单，试验一下就知道了。 翻译不多时就找来一个人，当众剥了衣服，用刀熟练地剜开了他的胸膛。 果然，心脏离开人体后还可以再蹦跳一会儿。

这个翻译叫许光山，一个四十多岁的中国人。

一次，他旁听公馆里的审讯经验总结会，几个人坐在一间茶室里交流。 堀井指出，用湿布蒙在脸上进行水攻时，对方会拼命反抗，绑在梯子上更有效果。 许光山插话道，用棍棒打人，打关节，不会出血，人也不会昏过去，但会使被打的人疼到撕心裂肺。

这些手段在审讯中都使用了，果然像他们说的那样。

但野田加成从未参与过，即使有人将刀子递到他面前，他依然不为所动。 他会满脸发白，手臂不停哆嗦。 身边的人哈哈大笑，他成了洺源公馆里的笑料。

接下来一次亲临战场的经历，彻底改变了他。

从大明湖回来后不久，驻济南日军准备向山东省东南部发起一次新的进攻，消灭那里的游击队和共产党。 不仅有军队前往，添源公馆也抽调了一些人随军前去。 他本不想去，父亲考虑了一夜，第二天把他叫到房间，说："你应该离开这座城市，到外面去看看。 现在战事越来越紧，你要多了解一下。"他不想参军，但父亲说可以到外面看看，是时候出去走走了。

火车开动，他看到外面欢送的人群——一群和自己、父亲一样的侨民，举着小旗，向火车的方向呐喊。 这些孤独的侨民，和这座城市越来越不搭调。 他的好奇和不安持续增加。 火车一路东行，车轮摩擦铁轨发出金属的撞击声，最终抵达一个叫张店的车站。 晚上，人们睡在一间高大的厂房里，门口有人喝酒，有人唱起了歌。 他没听过，歌词大意是有一个美丽的舞女，第一次见就让人不舍，但男主人公要走了，去当海军，舞女后来死了，在春天里化成一抔土。 唱歌的人唱着唱着哭起来，被一旁喝酒的人打了一巴掌，两个人扭打在一起，发出阵阵哀号。

他想起前几天的那座湖，和湖上的姑娘。 他让自己不去想，但又忍不住，他渴望有一个这样的姐姐。 还有那撑船的少年，他们可以成为兄弟。

前一阵，坐在大明湖北岸的小院里，品尝湖上的美蔬，阳光轻抚着他的身体，他觉得时间好像静止，又流动起来。 他盯着那个天真的少年，感觉似乎之前见过；而那个少女更是见过，肯定见过。

他问少年和女孩上过学没有，女孩说上过，读了三年。 他邀请他们到自己家里玩，说完就后悔了，改口道："我以后再来找你们。"女孩满口答应，问他有什么心事。 他的心事常存在心里，说不出口。 趁女孩不备，他举起相机，摄入了对方的侧影。

他眼前闪现出一个镜头：一个士兵端着枪，闯入一片丛林，一团迷雾锁住视线，什么也看不清。 他经常做这样的梦，士兵是自己。 但此刻出现这个镜头显然不合时宜，他不知道为什么会想到端着枪的士兵。 他躺在床上，想起士兵和女孩，忍不住抬起手拍了拍自己的脸。

第二天，他乘汽车，混在一群日本兵中向南进发。 他没有穿军装，而是穿着便衣，腰上别着一支从未开过火的手枪。 他讨厌枪，不知为何，这件杀人的武器总让他发怵。 过去能接触到枪的机会，他都避过了，但这次没有拒绝。 此刻，那支手枪又像一个累赘，挂在腰间。 虽是杀人的利器，但总归是一个摆设。

堀井多次试图教他打枪，都被他拒绝了。 "废物！"堀井踢他一脚，让他滚到车厢最里面的角落里。

经过几座煤矿，车子进了山区。 山的形状各异，有一种很特别，山顶是平的，向下一圈儿悬崖峭壁，再往下又是很缓的山坡。 这是崮，鲁东南特有的一种地貌。 山坡上，颜色各异的野花在开放，但没有人。

行进了几天，一直在山里，一直没有人。 有时走进一个村庄，只有房子，偶尔蹿出一条狗。 他对一切感到新奇，很难想象有人会生活在类似于草棚的房子里，但看房间里简陋的摆设，锅碗瓢盆，分明有人生活的痕迹。 有人举起枪，一枪放倒一条狗，众人围上去，抓住奄奄一息的狗。 晚上，他闻到了狗肉的味道。

他试图用自己的方式恢复一些景象：看到道路边正在成长的植物，想象它们被种植时的情景；看到路过的村庄里那些低矮、简陋的房舍，想象里面生存的人的状态；看到一些衣服的碎片或者残旧的棉絮，想象这些破败的衣料披在人身上是什么样子。 他的想象并不完整，大部分所见超出了过去的认知。 堀井提醒他，随时注意安全，刁民和游击队不知何时就会冒出来，他们神出鬼没，会随时发起进攻。

焦虑情绪在日本兵中间蔓延。 行军途中经常听到枪响，那是无法忍耐的人朝山谷中的桃树、村庄、野花开枪。 枪声在山谷中回荡，嗡嗡响，持续打击山间柔美的草木。 有小队长向枪响的地方咒骂，勒令不许开枪。

天逐渐热了，但夜里很凉。 白天出一身汗，衣服湿透了，夜里会贴在身上，让人瑟瑟发抖。 露营时，每个人身下垫了厚厚的高粱秸，但还是冷。 夜空很美，星星好像要掉下来，落在一旁的山顶上。 一次，一颗手榴弹在露营地附近爆炸，所有人都惊慌失措，一夜未合眼。 不时还有手电筒在山上打出交叉的光——游击队无处寻找，又无处不在。

也有自得其乐的游戏，比如此刻，野田加成身边的两个队员在讨论一把军刀。 那是其中一个队员的，刚接手，还没用过。 对方不以为然，说这把刀砍不动东西，只是摆设。 持刀者否认了他的观点，认为这把刀很锋利，能一刀砍断一个人的身体。 对方哈哈大笑，说他是自欺欺人，连手都不能砍断，怎么会砍断一个人的身体。 持刀者拔出刀，一束闪亮的光从刀上划过。 他举起刀，朝对方比画。 堀井大喝一声："你们在干什么！"持刀者悻悻把刀插回刀鞘。

此时正经过一个荒芜的村庄，刀入鞘的同时，一声隐约的动物叫声传过来。 众人停住脚步，细听，叫声消失了。 他们蹑手蹑脚地朝巷子里走，一扇大门半开着，里面黑洞洞的。 继续朝前走，到了一处街角，终于碰见了活的人。

一个人，一头驴。

无法辨认此人的年龄，大概五六十岁。 他身着土灰色的衣服，裤子很奇特，裆部很低，几乎低至膝盖。 头发胡乱散在头顶，脸上有皱纹，胡须掩盖了部分面目。 那头驴也是，又瘦又小，很难想象人能骑在上面。 人和驴显然受到了惊吓，缩着脖子站在一片低矮的房舍旁。

便衣队把他围在中间，玩味地观赏着。

刚才争论刀锋利与否的两人交换了一下眼神，持刀者握着刀走上前，顺着驴的脊背抚摸了几下，然后双腿站稳，拔出刀来，双手紧握，举至头顶。 一道寒光闪过，驴的头颅和身体便分割开来，一柱血喷射到周围的石缝中。

众人叫好，刀果然锋利。 落败的那人朝持刀者竖起大拇指，并接过对方递过来的刀，上面还在滴血。 他看了一眼目瞪口呆的驴主人，依旧是站稳双腿，举刀至头顶，手起刀落，又有一具身体和头颅分割开来。

噗的一声，几滴血溅到野田加成脸上。

他向后趔趄了几步，扶住一侧的墙壁，用手抹一下脸上的血，是驴血？ 是人血？ 分辨不清，但他能分辨出自己的血，正在血管里惊慌失措，试图钻出胸膛。

堀井对刚才两人的鲁莽做出批评，好不容易见到一个人，应该先审问出有效信息才对。 作为惩罚，那两人今晚无权享受驴肉。

似乎要走出这个省了，遇到的人逐渐多了起来，但预期的战斗没有打响，敌人依旧没有踪影。 野田加成有时站在一座山顶，望着莽莽群山。 他感到渺小，以及茫然。

一次，有可靠情报显示，中国军队正在一个小村子里休整。 日军在夜晚悄悄埋伏在山上，能俯瞰那个村庄。 黎明时，几家人的烟囱升起炊烟。 五点，开始进攻。 一发炮弹准确击中了一座房子，野田加成清楚地听到了杂乱的鸡叫。 他从未见过如此多的小鸡，由于被炮弹惊扰，它们像乌鸦一样飞到半空中。 同时，出现了几个人影。

等到部队完全占领村子，便衣队跟在后面也进去了。 令人失望的是，村子里并未发现敌人，收获也寥寥，仅发现了几截电线。 这里的农村没有电，他们猜测这应该是无线电器材的一部分。 然后，他们又在高粱垛里发现了中国军队常用的四颗手榴弹。

没有找到中国军队，日军也就无法一决雌雄，但抓到了几十个农民。 按照习惯，一些年轻的女性很快便被瓜分，这些小脚女人很难逃脱追击，下场会很凄惨。 在村里吃了饭，休整一番后，日军撤出村庄，几辆农民的大车跟在后面，拉着青菜、小麦、小鸡。 最终，在未和中国军队的主力血战一场的遗憾下，他们踏上归途。

后来，野田加成记住了那条河——沂河。

几十天来，他们经常行走在这条河边，有时从东边渡到西边，有时从西边渡到东边。 有时河很宽，波浪冲击着一条条小木船，有时河很窄，徒步涉水就能渡过。 最后一次，从东边向西渡，河不宽不窄，徒步有点儿深，乘船又有点儿多余。 正当军官们为如何渡河争论时，四周的山上响起了密集的枪声。

听不出是什么枪，有的响亮有的呜咽，有的高亢有的低沉。 早已从搜寻的兴奋顶点滑落下来的日本兵，突兀步入战场，顿时陷入慌乱。 他们第一时间望向枪响的地方，却没有找到具体的某个方位，四周皆有枪声。 作为战场，河边的开阔地显然让日军处于劣势。 经过最初的慌乱之后，日军开始向东南方向的一个山坡集中进攻。 但中国军队的火力显然超出了之前的预想，更多的子弹呼啸而至，其间还夹杂炮弹的呼啸声、炸裂声。 激战持续很久，天逐渐暗下来，一队日本兵抢占了半山腰一块巨石后的空地，电台、指挥部赶紧转移过去。 枪声逐渐稀了，便衣队的队员躲进河边的一片树林。

晚上，战斗依然在进行。 对方有人用喇叭喊话，野田加成隐约听到了一些，那人的中国话带有男低音的磁性。 没有人睡觉，不时有子弹呼啸而过，打在石头上发出砰砰的响声。 抬头能看见星星，一条银河挂在天上，让他想起过去宁静的岁月。 月亮很大，照亮了一些山和树。

艰难挨到天亮，有几个士兵趴在地上一动不动，堀井上前踢了两脚，翻过身来看，身体不同部位各有弹孔，已经被流弹打死了。 土地本来就是黄和红相间的颜色，血洇进黄红相间的土地里，有的地方已经凝固。 旁边，那些还没有化为泥土或正在化为泥土的石头，正用怪异的目光注视日军的尸体。

野田第一次看到了中国士兵，那是一群冲在前面的年轻人，服装各异，持的武器也各异，甚至还有人拎着砍刀和长矛。对方武器处于劣势，不是对手。对方倒下去一大片，这边才有几个人倒下。但他们倒下后，后面的继续冲锋。终于，有人冲到了便衣队面前。堀井高举着手枪，呼喊一声："攻撃する（攻击）……"朝第一个奔过来的青年射击，那人刚冲进树林，就扑倒在地。

双方混乱地厮杀在一起。一个握着大刀的中国士兵，只用几片破布裹着身子，头发刺棱棱竖着，脸上肌肉和胡须扭曲成一团，额上的青筋暴起。他的大刀不断挥舞，几个日本兵的身体好似小虫一般，萎到地上。先前砍掉驴主人脑袋的日本兵抽出那把闪着银光的刀，和此人战在一处。两把刀在树林里激烈撞击，火星四射。对方显然占了上风，将大刀挥舞得气势如虹，压制住日本兵尖刀的气焰。两刀相接，日本兵一个趔趄，后退几步靠在一棵树上。大刀汉子趁机高高举起大刀，做一个飞天入地状，划出一道完美的弧线，那个日本兵便瞪着眼珠，发出几声咕嘟，脖子上洇开一条线，头颅晃了晃，滚落在地上。

大刀汉子旋即再次举起刀，朝近旁的野田加成劈来。野田加成慌忙躲避，手伸向腰间，脑子里想的是那把还不会使用的手枪，手却举起了相机。就在这时，一颗子弹射入大刀汉子的脑袋，他晃了晃身子，噗的一声倒地，刀刃砍在树上，刀柄上的红绳晃了晃。那人圆睁的怒目，以及怒目旁的弹孔和鲜血，恰好落在野田加成的相机里。许多年后，这双怒目，以及怒目所在的面孔一次次闪耀在他面前。恐惧只是暂时的，后来他甚至对这个人产生了一些感情，一想到"英雄"这个词，脑海中就会出现这个人的身影。

日军开始了反攻。日本兵举着枪蹚过沂河，有的抵达了对岸。河水慢慢改变了颜色，一些漂浮的尸体顺着河向下游流去。终于，野田加成跟着部队过了河。天又黑下来，周围群山上，人影幢幢，枪声断续，彻夜不停。

又艰难熬过了一夜，第二天早上，几架日本飞机出现了，投下一些食物和弹药。日军指挥官草野青大佐指示援军马上到了，命部下继续抵抗，等待突围。果然，这天下午，更远处响起了枪声，周围山头上的人越来越少。两股日军会合后，随即准备撤退。野田加成跟跟跄跄地跟在队伍后面，沿着凹凸不平的山路前行。他庆幸自己没有受太大的伤，只是被一颗子弹贯穿了手背。这不算什么，虽然会留下伤疤，但不至于丧命。

一个简单的仪式开始了——草野青大佐站在一片山岗上，为死难者默哀。他命令砍下所有死去日本兵的一只胳膊并带走，将尸体火化埋葬山野。

经此一役，日军损失惨重，阵亡过半，电台丢了，重武器几乎丧尽，要不是援军及时赶到，恐怕所有人都要葬身于此。便衣队也不乐观，死伤大半。堀井曾带着几个人，冒险返回之前的树林，想砍下那个大刀汉子的首级。但等他们赶到时，那人以及他的大刀已不知去向。

终于又到了济南火车站。没有人接站，日本兵依次走下火车。野田加成捂着自己受伤的左手，看着火车站那座高高的尖顶，仿佛重获新生，又仿佛坠入地狱。他想回家，却不自觉地向大明湖走去。

他脑子里是这些天的一些遭遇，是一张愤怒的面孔，那双眼睛，那些群山，那片丛林……他想起回来的路上，每个日本兵都像疯了一样，洗劫着沿途的村庄和城镇，熊熊大火燃烧在明晃晃的太阳底下。他看见一片桃树，一些青绿的枝叶和果子挂满枝头，一个在桃树底下痛哭的孩子，被一把刺刀终止了哭泣。

他看见了荷花。大明湖上的荷花正冒着骨朵，准备盛开。

他决定，和过去的自己做一个告别。

第六章

弄青梅

　　杨明常想起一家人坐在水边，消磨每个清亮的夜晚的情形。也不只是一家人，街坊四邻也会三三两两地加入，聊着天，看着湖，月亮大圆时，能在水里照出佛山倒影。

　　小时候，娘哄他和如槿睡觉，对着湖水唱起儿歌。娘一唱，他们反而更不睡了，一边一个依偎在娘身边，听娘唱《油一缸》：

　　　　油一缸，豆一筐，
　　　　豆筐放在油缸旁。
　　　　小老鼠，嗅着香，
　　　　探头探脑溜出墙。
　　　　爬上缸，跳进筐，
　　　　偷油偷豆十分忙。
　　　　又高兴，又慌张，
　　　　贪多吃得肚子胀。
　　　　脚一滑，身一晃，
　　　　扑通一声跌进缸。

　　杨明问她："小老鼠为什么要偷油？"如槿说："小老鼠没有偷

油，偷的是豆子。"杨明说："不对，它最后跌进油缸里去了。"如
槿说："你真笨，不是它愿意跌进去的，是不小心跌进去的。"娘微
笑着看他们俩，再唱一首《当年忙》：

说了个大姐本姓黄，
一心要嫁刘二咣当。
正月里提媒二月娶，
三月里得了个小儿郎。
四月里会坐五月里走，
六月里学着叫爹娘。
七月里送到南书房，
八月里学着做文章。
九月里进京去赶考，
十月里得中状元郎。
十一月里得了病，
十二月里发了丧。
人说这个孩子真命苦，
一辈子没喝过饺子汤。

杨明问："三月生的孩子，怎么十二月就死了？"娘说："哪里
是十二月，是人的一辈子。"杨明还不懂。如槿说："人的一辈子就
相当于一年。"娘点点头，说："一辈子很长，也很短。"

唱到第三首的时候，杨明和如槿已经长大了，就在这个草木葳蕤
的季节，在一个晚上，娘守着他俩唱起一首《小大姐》：

小大姐，好看会，
青丝手帕耷拉穗。

郎看见，笑盈盈，

郎问俺，几月生？

三月三，唱东风，

园里的仙桃，湖里的藕，

指甲桃，配石榴。

天上的大星配小星，

金莲花，配银灯。

家里的枣树枝儿细，

开花结果甜似蜜。

打一竿，落一地，

打一篮子满了意。

小大姐过来劝女婿：

"丈夫丈夫你别恼，

前天的枣花今天的枣。

男人们想要成名早，

欢乐的夫妻难到老。"

　　娘唱得婉转低回，不失幽默，唱完咯咯笑，把杨明和如槿唱出了红脸，唱出了躲闪，唱出了一些躁动的情绪。

　　一首首儿歌，陪伴了杨明许多年。

　　天气愈发炎热，湖水和植物葳蕤在一起，卓有生机。有孩子开始游泳，在湖里扎猛子。他们到杨明的小屋前喊他，要他去水上表演潜泳。往年的潜泳比赛中，杨明是潜得最远、时间最长的。他拒绝了。天气很好，湖上的生意也差不了，他撑起布篷船，在孩子们失望的眼神中，沿着曲折的河道，向司家码头划去。

　　到了码头，已有一些游客在聚集。有的船家在船头摆上冰棍，装在盒子里，盖上厚厚的小棉被。赵奎坐在船头发呆，杨明跟他打招呼，他没有回应。现在他见了赵奎有点儿小心翼翼，宪兵队的事逐渐消散了，新的隔阂横在两人之间。周喜儿还是嬉皮笑脸，问他订婚的东西准备好了没有。他只说了一句："什么都没有，你以后别问这个了。"好像是说给赵奎听。

杨明接待了几拨客人。一拨是学生，来踏青。学生们叽叽喳喳，对芦苇荡里戏水的孩子感到新奇，嚷着也要下水。杨明告诉他们，水的深浅不同，不熟悉的人很容易溺水。学生们到了历下亭，听说杜甫曾来过，一个学生说："我知道他，写的诗很苦，不好懂。"一旁的一个老头盯着这个稚气未脱的学生，告诉他："杜甫是一个伟大的诗人，'国破山河在，城春草木深'，你看他写的是不是很符合当下的时局？其实他也不苦，'会当凌绝顶，一览众山小'，写的就是我们这儿的泰山，是不是很有气势？"学生抿着嘴思考了一会儿，盯着这个戴眼镜的老头，问他什么是时局。老头说："好好读书，就是时局。"

老头也跟着上了船，他要到北水门。杨明和他攀谈了一会儿，讲了一些湖上的特产，告诉他北水门旁边有小门可以出城，也可以从北极阁旁登上城墙，沿着城墙上的马路绕城一周。老头问他叫什么名字，不像本地人。杨明笑道："你怎么看出我不是本地人？"老头盯着他和普通年轻湖民无异的打扮，摇了摇头说："可能是我看错了，你让我想起一个人。"未及回答，船已到了北岸。学生们一拥下船，去野地里撒欢。老头也跟着下去了，回头向杨明笑了笑，递给他船钱。

有游客过来登船，把老头的身影挤在后面。杨明待游客坐定了，撑起木篙，向历下亭划去。他突然有了一个疑问，想再找到那个老头，问一些话，但回身北望，老头已没了踪影。

他把游客带到历下亭，又带到汇泉寺，觉新不在。待到把游客都送走了，杨明把船泊在司家码头，上了岸。

他顺着岸边向西走了一会儿，过鹊华桥，沿百花洲西侧向南，经曲水亭街、东花墙子街、文庙，到了芙蓉街。这条南北长不足二里地的小街，分布了许多店铺，从文房四宝到小吃杂货，卖什么的都有。他先去了一家首饰店，买了一支簪子、一把木梳。他在一家小吃店点了一碗甜沫，几个油旋。经过金菊巷里的燕喜堂时，碰见伙计百会，百会问他："多日没来订菜了，是不是选了别家？"杨明说："我现在纯是拉客，他们不在船上吃饭。"百会说："这样才赚几个钱？"杨明说："赚那么多钱干什么？"百会说："娶媳妇啊，咱们这个年纪，该娶媳妇了。"杨明说："你找好媳妇了？"百会说："我上哪儿去找，把你姐介绍给我吧。"杨明说："想当我姐夫，饭店伙计可不行。"百会发现了他手里的首饰，说："准备送给谁？别说是你姐姐。"杨明说："就送给姐姐。"

　　百会不再跟他对话，转身钻进饭店，迅即又出来，把他拉到街角，低声问："赵奎回来了吧？"杨明点头。百会又问："风筝标语的事，现在还有没有人查？"杨明摇摇头。百会皱了一下眉头，转身要走，杨明把他拽住，问："你问这个干什么？"百会不回答。杨明又说："难道是你干的？"百会说："怎么会是我？"杨明考虑了一下，说："现在还不知道是谁干的，有可能是你。"百会说："也有可能是你。"杨明说："我怎么可能？"百会说："我们别说这个了，你走吧。"说完转身离去。

　　杨明把首饰揣进怀里，回到司家码头。已是下午了，赵奎和周喜儿都不在，可能在湖上游荡。他拒绝了一拨客人登船喝酒的要求，说今晚不待客，但又拉上了两个去往北极阁的客人，事先同他们说明，只负责送，不负责接，到了北极阁，他就收工回家。

　　那是两个中年男人，坐在船上一言不发，也不看外面的风景，各自低了头，面无表情。到了北极阁，两人付钱下船，就奔城墙上去了。杨明想，每个人都各有心事，不知到底藏的什么。回去的时候，船行得很慢，甚至在夕阳的余晖中停了一会儿。他又看见了上午的那个老头，正站在城墙上对着远方发呆，刚才的两个男人一左一右站着，三人冷峻的面孔被夕阳盯住，隔着一段距离，闪进他眼中。

那三人的面孔在杨明脑中回环了几天，后来便忘记了。

晚上临水吃饭，就着一盏油灯，四个人一边吃，一边不时抬头看波光粼粼的湖面。老爹给杨明倒了一碗酒，要跟他一起喝。杨明不常喝酒，觉得太辣，不适应。老爹说："你迟早会喜欢喝酒的，男人没有酒太寂寞。"娘说："你怎么不教点儿好？"如槿说："明子才不像你。"老爹嘿嘿笑了几声，端起酒喝了一口，吱溜一声，很享受的样子。杨明也喝了，一股辛辣的味道直冲进胃里。

老爹每天除了照顾水塘里的藕和蒲菜，晚上偶尔去下卡子，平时没什么要紧的事。城里的馆子去得多了，他又觉得不划算，便时常买了散酒回家喝。

喝了酒，老爹爱回忆过去的一些事。他的船上拉过不少名人，有的叫得上名字，有的叫不上。对那些写字的人，他这样形容他们：爱在船上慨叹历史，骂一些不着边际的话。老爹又一次谈起年轻的时候，和赵老爹一起打工，押一批货去青岛。"你们没见过大海，可比大明湖大多了，一眼看不到头。"他陷入回忆，"青岛的洋房多，很漂亮，都是外国人住的。"他们在青岛待了半年，给一个德国人修庭院。德国人家里的电灯、收音机、录放机让他们大开眼界，一个年轻的德国女人教他跳舞，握着他的手，让他把另一只手放在她的腰上。这件事几十年来一直未褪色，是老爹一生的骄傲。当然，他不会在饭桌上公开说，而是私下里向杨明炫耀。

德国女人认为老爹是聪明的东方小伙，要不是因为地域阻隔和语言差异，说不定能嫁给他。后来工期结束，老爹最后一次见德国女人，对方给了他一个吻。他们从未听懂对方的话，但他能感觉到离别的伤感。当然，这些都是老爹的自我感受，至于是否真的有一个德国女人曾对他倾心过，鬼才知道。

老爹喝了三碗，杨明破例喝了两碗。老爹没事，脸红扑扑的，又接着出门下卡子。杨明有点儿站不稳，跟跄着朝门外走，没跟老爹乘船去湖里，而是一个人上了城墙。

对他来说，城墙意味着什么？他无数次登上来，一个人发呆，或两个人发呆。下午那三个人站的地方，现在空荡荡的，他走过去，看到湖里隐约有小船在划动，那是老爹，或别的湖民在下卡子。

忘了一件事，今天买的簪子和梳子还没有给如槿。酒劲散了一些，杨明回到自己的小屋，从枕头下拿出两个木头的小玩意，往外走。隐约中，他看到湖边有一个身影。走近一看，正是如槿。

他喊了一声姐。如槿回过头来，招呼他过去。两人一起坐在湖边的一根木桩上，四只眼睛望着眼前的一轮月亮。不，是两轮，一轮在天上，一轮在水中。清爽的微风吹拂水面，月影微微晃动，朝他们挤眼睛。

如槿转过头来，盯着他。月亮爬上了她的脸。她又继续看水中的月亮，用脚踢一棵杂草。过了许久，她开口说道："你知道今天谁来家里了吗？"杨明没说话，等着她继续说下去。她说："赵大娘找人来提亲。"杨明心里咯噔一下，问："给谁提亲？"如槿说："还能给谁？"杨明说："不知道。"

如槿握起拳头，伸手打在他肩膀上，像一只蜻蜓落在上面。她说："娘说要问我，她不能做主。"杨明说："哦。"如槿说："我不喜欢奎子，打小就不喜欢。"杨明说："都是从小一起玩大的，他人也不错。"如槿说："你知道爹是什么意思吗？"杨明说："爹什么意思？"

如槿说："傻弟弟。"

杨明觉得他真的喝醉了，酒意涌上来，水里的月亮跟着旋转。有一股气流涌在喉咙口，他忍不住咳嗽几下，眼眶里的泪花冲了出来。 如槿问他怎么了，给他拍背。 他收住咳嗽，说没什么，呛了一下。 如槿说："叫你别喝这么多酒。"他说："没喝多少。"

又是无话。 杨明理了理思绪，觉得嘴巴有点乱。 他忍不住说："我觉得赵奎和你不合适。"声音硬硬的，像石头砸在石头上。 如槿说："那我和谁合适？"杨明说："反正和他不合适。"如槿继续追问："谁合适，你赶紧说。"

杨明涨红了脸，不知该如何说，伸手摸到藏在胸口的梳子和簪子，拿出来，递给如槿。 这两个木头的小东西，解救了他的无所适从。

如槿接过去，一手拿着梳子，一手拿着簪子，举到月光底下盯着看，继而伸手撩过肩后的辫子，解开，用梳子梳头。 她的动作很慢，杨明用眼睛的余光看着，月亮底下，那张圆圆的小脸，仿佛真的成了月亮。 如槿很快把头发束到脑后，形成一个髻，伸手把簪子递给杨明，要他给自己插上。

他靠近如槿，一只手握着簪子，试图插进对方的头发，但几次都没成功。 如槿嗔怪道："你怎么这么笨。"说着向他靠得更近了。他闻到了她头发上淡淡的味道，也闻到了她的鼻息，心跳加速，手有些抖。 终于，他把手放到她的头上，作为支点，另一只手顺利将簪子插进头发里。

如槿伸手到脑后，摸了摸簪子，问杨明："好看吗？"杨明呆呆看着，束起的头发使她的脖颈更显修长，白净的面庞呈现在面前，愈发清秀。 如槿用手打了他一下，又问了一遍。 他说："嗯，挺好看。"如槿哼了一声，继续看水面，喃喃道："爹要把我嫁给你。"说完，舒了一口气。

杨明好像没听见，但又感觉整个身体都被这句话撅住了，一股强烈的膨胀感让他仿佛飘到空中。 他终于鼓足勇气，对一旁发呆的如槿说："姐，你等我娶你。"如槿扑哧笑了，剜了他一眼，说："傻弟弟。"

之后，他们并排坐着，没人说话。直到月亮落到了西边城墙上，藏了下去。水面上顿时暗了，一艘小船缓缓驶过来。老爹跳上岸，把缆绳系到一棵柳树上，问他们："这么晚了怎么还不睡觉？"如槿说就去睡，便站起身准备走。等老爹进了院子，她又坐下，对杨明说："我们明天去看电影吧。"杨明问："你怎么想起看电影？"如槿说："你真傻，我以前跟你说过，想跟你一起去商埠看电影。"杨明想起来了，商埠有一家小广寒电影院。在他们过去的经历中，看戏是常事，也去过几次剧场，听过相声，但没进过电影院。

如槿说："你睡觉吧，我们明天下午去。"

说完起身向院门走去。

走出几步，又回来，俯下身，附在他耳边，轻轻地说："傻弟弟，傻弟弟。"

夜色里，微波荡漾着湖岸。

躺在床上，听着外面的风声，杨明久久没睡着。脸颊滚烫，他轻轻摸了摸，好像摸到了姐姐的脸，耳边不断回响三个字："傻弟弟，傻弟弟……"

这晚好似又做了梦。一个与他年纪相仿的女孩，走在一座湖的岸边，朝他喊话。他奔过去，想拉住对方，但她立刻漂到湖上，站在远处对他微笑。又出现了白天的那个老头，对方很偏强，一撮儿白胡子在空中飞舞，对杨明说："你还好吗？"醒过来，夜还浓。他坐起身，周围除了床铺，还有如槿先前送来的一些吃食。梦和现实是相连的。比如，他记得在梦里，有一个杯子掉在地上，差不多要碎了，但没碎。白天的时候，那群叽叽喳喳的学生中，有人用一只杯子喝水，杯子不慎落在了船舱里的桌面上，发出"咚"的一声。他再也睡不着了，披衣下床，推开门出去。门口几米外就是湖岸，他坐在木桩上，看起了湖水。

无始无终，这样的日子持续了好多年。他经常一个人坐在湖边木桩上，静静地盯着湖水。纹丝不动，凌晨的湖水像结了冰，一点儿动静都没有。他做了一个决定，他觉得过去的岁月慢慢结束了，他要开启新的人生。

眼睁睁看着太阳升起是一件挺难熬的事，要知道，从天蒙蒙亮到太阳完全升起，要经过很长一段时间。他熬过来了，新的一天开始了。

上午，杨明跟着老爹去取昨晚下的卡子，收获不少，大概有几十斤鲫鱼，还有几斤虾。他们带着这些鱼虾去了燕喜堂，送到后厨。百会没搭理他，见了隗老爹却兴奋起来，问他何时再撑船，说杨明这小子偷奸耍滑，不在船上卖酒食，赚不到什么钱。他对老爹重新出山的期待，让老爹发出几句感慨："人老了，干点儿清闲的，至于还回不回船上，肯定是要回的。杨明不错，将来继承我的家业。"百会说："您老可要选对人，别赔了夫人又折兵。"老爹哈哈大笑，指着杨明说："他敢。"

杨明没听见他们的对话。回去的路上，老爹直接问他，想不想做自己的女婿。他没有回答。老爹调侃道："一个女婿半个儿。你现在是我儿子，当了女婿倒成了一半儿子，不划算。"杨明想让老爹明白，自己只是一个外人，虽然在这里生活了这么久，但身世还是不清不楚。而以赵、隗两家的关系，如槿嫁给赵奎更恰当。但他没说，说了，等于把姐姐让给别人。

他们坐在一条小船上，行至自家的藕池旁，四下无人。老爹好像明白了什么，说："我懂如槿的心思，听她的，别的你不用管。"老爹又回忆起杨明的父亲，说他虽不知那人的名字，但一看就是有学问的人，按照正常推断，若当年不是遭遇变故，现在的如槿是高攀不起杨明的。杨明说："哪有什么高攀，是我高攀。"老爹说："你想去找你的家人吗？"杨明努力在记忆深处搜寻一些什么，早年的星星点点，大多都化为了一团糨糊。他想到火车，一个戴眼镜的男人，一个模糊的女人，一个像如槿一样的姐姐。现在只剩了那副眼镜，镜腿生锈，镜片模糊，一直在他的抽屉里放着。他偶尔拿出来端详，父亲，眼镜，从前的事混杂在一起，一些也许一生都无法抹除的疑惑，在眼镜上聚集。

杨明叹一口气，说："再也找不到了。"

老爹说："一切都不一定，冥冥中还有天意。"

杨明说："不想这个了。"

老爹说："嗯。"

他们划着船，回家去了。

吃饭时，如槿不断催促杨明，让他快些吃。他囫囵咽了几个饭团，就被如槿拉起来向外奔去。杨明问她为何这样着急，电影晚上才演。她说先去逛街。两个人没有上船，而是从北极阁旁登上了城墙，并排向西走。路很宽阔，能看到城外的北园，稻田藕池相连，一派生机盎然。

如槿说："我打听过了，今日演的是《渔家女》。"

杨明说："什么《渔家女》？"

她说："就是电影啊，主演是周璇。你知道周璇吗？"

他说："不知道。"想了片刻，又说："有一次船上来过几个女学生，好像谈起过。是不是上海滩的歌星？"

她说："就是她，不仅是歌星，还演电影。她长得可漂亮了。"

他说："是吗？有你漂亮吗？"

她立定了，表情严肃，嗔道："弟弟，你啥时开始耍滑头了？"

他咳嗽几声，躲开她，朝前走。她追上来，喊他："明子，明子，你看那边。"说着，手指向西小北门北侧，大赵家庄的那段铁路上，一列火车正自西向东徐徐开过去。两人靠在墙垛上，注视着火车慢慢远去。她说："以后我们坐火车，去海边。"他说："还要去南边。"她说："对，去南边。"

她拉起他的手，向南走去，像是对刚才的话的回应。 过了乾建门，看到电灯公司的厂房，两人又谈了一会儿电灯，说这是挺神奇的玻璃泡，发出的光亮可以把黑夜照成白昼。 他们在西门下了城墙，过护城河，拐进了东流水街。

西门外一带，因趵突泉等一众泉水的缘故，街面上很是温润。有那么几条街，不论天旱天雨，总有许多泉水流淌。 街上铺着石板，石板与石板之间留出了足够的缝隙给泉水，水中青草和青苔遍布，游鱼遨游其间。 掀开任何一块石板，便有新的泉水汩汩冒出。 夏天时，泉水冰凉，连带周围也变得分外凉爽；冬天时，水变得柔软，让人倍感温暖，有如温泉，水面上还会蒸起一层雾。 有的人家平时做饭，不备菜肴，烧菜时，只需在石板间顺手一捞，便是一条足够斤两的鲤鱼、鲫鱼或草鱼。 花墙子街、剪子巷，都是如此。 东流水街虽不至于"街在水上，水在街上"，却也是众泉汇流之地。 五龙潭、江家池、月牙泉、东流泉……无数泉水在街边发源，向东流入护城河，街名由此产生。 泉水多，有人别出心裁，想出了豆芽生意。 往往，豆芽坊是这样的：几口水缸、几个竹筐、几把笊篱，就是全部工具。一眼眼泉池里，浸泡着盛满豆芽的竹筐。 月牙泉旁有一家人，房子里就有一眼泉，在他家方桌底下。 一家人平时足不出户，用水、泡豆芽、卖豆芽全部在房里解决。

此处闹中取静，有闹市，也有僻巷。 街上阿胶店甚多，宏济堂、延寿堂、同兴堂……难以计数，也有经营各类其他生意的。 护城河边的电灯公司是本城最早的发电厂，有船从北边的火车站运来煤，在此处上岸装卸后运去发电。 后来，大明湖西岸的城墙下修了一小段铁轨，人力运煤车在铁轨上穿行。

有了水和电，厂子多了起来，面粉厂、酒厂、印染厂、造纸厂、制革厂、硫化钠厂等一批工厂落户于此。 现代工厂和一墙之隔的老城形成鲜明的对比。

二人在街上逛了一圈，在印染厂门口朝里张望，又去五龙潭边看水。潭池既阔大又深邃，不断有气泡从池底蹿上来。如槿问杨明，等明年是否可以到这里的厂子来干活。杨明觉得工作很遥远，机械化的工厂并不在自己的认知范围内。

如槿说很多姐妹都进了工厂，自己却还在湖上打发日子，应该出来见见世面。她畅想走进工厂的快意，一台台轰隆隆的机器，一排排统一制服的女工，想一想就让人兴奋。杨明说："以后我养你，你不用出来做工。"如槿哼了一声，说："我才不要你养。"

出了东流水街，便到了东西向的估衣市街上。和绝大多数街道不同，这条街上铺的是柏油，路面平整，街上店铺也更多，如盛锡福帽店、广顺和百货店、仲三元杂货铺、经文布店、植灵茶庄、玉美斋点心铺、老茂生糖果店、泺源包子铺、王家粥铺、城顶水产店、北厚记酱园、仙宫理发店、万和堂药店……这是连接老城和商埠的主要道路，如果回到杨明初来济时的民国十七年，国民革命军就是从此地经过，经泺源门进的老城。他们和日军的战斗，也是在这里打得最激烈。

估衣市街，自然以估衣店命名。富贵人家穿旧的衣服，成捆地堆在店里，供平民百姓购买。过去的一些年月，曾兴起过多次抵制洋货风潮，尤其是日货。然而，如今的估衣店，数日本人的旧衣物最多，长衫、裤子、布片、腰带，应有尽有，捆成一二尺的一束，论斤卖。平民和周边的乡民专来买这种衣服，比买新布便宜多了。有人吓唬他们，说这是从日本死人身上扒下来的，他们也不为所动。

二人经过一家估衣店，见门口停了一辆驴车，一个乡下人模样的人把几捆旧衣扔到车上，拉着驴儿的缰绳朝前走。驴车上，一件白花图案的女式和服露出来，胡乱盖在几捆旧衣上，随着车的前行，飘扬起一个角来。

两人这个店看看，那个店逛逛，最终在一家饭庄坐定，吃了饭。时间差不多了，他们朝西北去了经三路。 商埠的网格路很有特色，大多以经纬命名，经是东西，纬是南北，从一到十二一字排开。

小广寒电影院，在经三路与小纬二路的交叉口。

电影来到这座城市已经差不多四十年了，最早是在光绪年间。后来电影院逐渐增多，颇有代表性的有小广寒、青年会、日本人俱乐部。 风靡上海的影片，传到这里时往往已过了半年。 初时，观众以军人和妓女为主，后来各个行业的人逐渐走进了影院。

小广寒电影院久负盛名。 影院分上下两层，能容纳五百多人，分楼下、楼座、池座和包厢。 票价很贵，包厢三元，楼座一元，池座五角，楼下三角。 这是什么概念？ 当时一元大洋可买一担米或吃顿涮羊肉，五元则可买到一头牛。

日本人侵占这座城市后，做足了表面文章，使街面显得繁华，电影院也比过去多了些，但小广寒依然还是很多人看电影的首选。

杨明去售票处买票，六角钱两张，最便宜的票，晚上八点的场。人群慢慢聚集，朝大厅走去。 两人走进去，黑暗中好不容易找到座位。 杨明不断扭头，四处观察，他们的位置最低，在大厅里，座位也最多。 上面还有二楼，是一些卡座和包厢。 几个穿着妖冶的女人从他面前经过，上了二楼，留下一股浓郁的香气。 他忍不住吸了一下鼻子，一旁的如槿瞪着眼看他。 他嘀咕道："好香。"如槿正色说："不许闻。"他立即用手掩住鼻孔，憋住气。 过了好大一会儿，他张嘴嗡嗡地问："香气应该没了吧？"如槿嗔道："还有，你再憋一会儿。"

电影开始前，先放映了南洋兄弟公司的烟草广告。 一个穿旗袍的女人，摆出一盒香烟。 黑暗中，越过很多人头，他们呆呆看着动起来的画面，一种前所未有的奇异感从心底流出。

及至电影正式开始，出现了一片大水，烟波浩渺的太湖，渔家女和一众湖民划船在湖上捕鱼。远处的山、树，让他们的思绪一下子回到自己的日常生活中。一曲《渔家女》从银幕上飘下来：

天上旭日初升，湖面好风和顺。
摇荡着渔船，摇荡着渔船，
做我们的营生。
手把网儿张，眼把鱼儿等，
一家的温饱就靠这早晨。
男的不洗脸，女的不搽粉，
大家各自找前程。
不管是夏是冬，不管是秋是春，
摇荡着渔船，摇荡着渔船，
做我们的营生，做我们的营生。

渔家女琼珠拉网收鱼，说："爸爸不是常说，我跟男孩子一样有用嘛。"岸上几个年轻人在画画，水中人进了画里。这是一个穷人和富人的恋爱故事。琼珠的父亲周老头还不起张百万的债款，遭到殴打。艺专学生崔时俊路见不平，上前制止。一来二去间，时俊爱上了琼珠，张百万的女儿国瑛也对他一见倾心。时俊的父亲强迫他和国瑛订婚，他却偷偷跑到太湖边，和琼珠订了婚，之后又去上海谋生，寻找出路。在上海，时俊不愿意画高高胸脯的女人，也不画市场需要的漫画，坚守自己的创作方向，结果生活陷入困境。在时俊落魄之际，国瑛暗中帮他，买他的画，为他办画展，又以他的名义写信给琼珠，提出分手。琼珠得知后又哭又笑，跳水相逼，国瑛最终答应让步。时俊和琼珠终于走到了一起。国瑛站在船上，掩面哭泣。

杨明和如槿对其中的有些细节很熟悉，比如湖上生活。远方的太湖和近处的大明湖形成呼应，那分明就是一座湖的两个形态。也有陌生的地方，比如摩登的上海超出了两人的想象。 听到渔家女疯癫之中唱起《疯狂世界》，"鸟儿从此不许唱，花儿从此不许开，我不要这疯狂的世界，这疯狂的世界……"，如槿握紧了杨明的手，两滴泪在眼里打转。

走出影院，已经将近十点了。 人群中，一双锐利的眼睛盯着他们，但他们浑然不知。 二人沿着马路，向东默默走着，一股难以言说的感觉让他们各自陷入沉思。

后来他们站在城墙上，俯瞰黑暗中的大明湖。 虽然夜色茫茫，但他们能准确定位湖中的每一处景致。 杨明竟想起了父亲，想起枪声"啪啪啪"响在耳畔。 静静细听，耳边是低低的啜泣声。

如槿收住哭泣，问他："渔家女琼珠将来会怎样？"

"她和时俊结婚了。"

"我感觉不一定，那是电影演的，现实中没这回事。"

"现实中会怎样？"

"我也不知道。"

一场电影，引发两人对未来的茫然。 家国危亡之际，普通人梦想的安定和幸福又在何方？

时候不早了，他们沿着日间走的道路，过了西小北门，从北极阁下了城墙。 远远看到一片火光在摇曳，及至近前，出现了嘈杂的人群。 隗老爹正提着一桶水，朝火光奔去，一些人也拎了水跟在老爹身后。 那火势已越来越小，几乎要熄灭了。 等他们走到近前，只剩下一簇小火苗，被老爹用一件旧衣服扇灭了。

杨明居住的小屋，只剩了四面墙壁。

第七章

恩爱记

在济南城的历史上，曾发生过一次大爆炸，那是在咸丰九年（1859）。夏天，中午最热的时候，街上人不多。偶有几个人，多是蹲在树下，或坐在泉畔纳凉。狗儿吐着长长的舌头，蹲在水边陪伴主人。

一声惊天巨响，惊扰了昏昏欲睡的人们。大地震颤，瓦片横飞，许多人跑到烈日下，举目望去，只见一股巨大的烟尘在北城根附近升起。站在高处的人看得更清楚，以大明湖西北岸为中心，半个城被夷为了平地。

惊慌失措的人们后来得知了事情的原委：火药库炸了！

火药库设在城的西北隅，一面向城，一面临湖，有士兵看守。收发火药时，很多车辆聚集，成为湖边一景，驻足或靠近观望的游客会比平时多一些。

书生孙纪云正站在趵突泉畔吕祖庙的三星楼上，看到整个西北城瞬间塌陷。他立刻想起一个叫阎少卿的朋友，就住在那附近。于是，他仓皇下楼，叫上朋友李秋峰，去查看阎少卿有没有出事。

越往北走，街巷损坏越大，过去坚固的砖墙东倒西歪，有的横在路上，有的扑进各家的院子。迎面碰见一个浑身血污的人，两人赶忙上前询问。那是个卖油人，事件发生时正在为人盛油，忽觉烟尘扑来，眼前一片昏黑，顷刻间他被压在了倒塌的屋檐底下，随之一股巨大的憋闷攫住他。 头顶上隐约透出一束光，他大声呼救，等到被人用镢刨出，四周已是一片废墟。 卖油人抹了一把脸，脸上黏稠的液体却并非自己的血。

孙纪云他们告别卖油人，继续向北走。 路旁出现了一具女尸，周围人告诉他们，这是刚从废墟里刨出来的。 继续向前，一个个惨烈的镜头让他们不免心惊肉跳。 他们看见了许多断手断足、半片肩膀、孤独的头颅和一团团内脏，不仅人如此，狗的尸体也是一块一块的，无法拼到一起。 终于到了大明湖边，西北城墙露出一段十余丈的缺口。 湖中荷花、荷叶已落尽，只剩下一根根干茎，以及仰着肚子漂在水面的鱼。 以手试水，水温烫人。

许多士兵在现场救灾，但很少发现幸存者。 两人在人群中碰见了阎少卿的姐姐。 爆炸发生时，姐姐正倚门楼而坐，巨响过后，门楼与人俱陷入地中。 人们从地下把她刨出，竟毫无伤损，有人说是因为她守寡多年，贞操感动了上天。 另一位老太太却没有这么幸运，儿子死了，老太太趴在儿子的尸体上，发出一阵阵哀号。 一个有钱人，刚大病初愈，想外出走走，听说火药库这天要发放火药，便跑去看热闹。 家人劝他不要外出，可他执意要去，让两个随从架着他出门。 出了家门，这人竟不用架扶，行走如常，越走越快，想起忘记带遮阳伞，便叫一个随从回家取伞。 结果，爆炸时一主一仆正好赶到火药库附近，回家取伞的随从幸免于难。

他们继续寻找阎少卿，得知他并没死，但除了那个守寡的姐姐、母亲、妻子、孩子全都死了。 三人在汇波楼见面，只见阎少卿脖颈、胳膊均有石瓦碎渣嵌入，好在并无大碍。 阎少卿讲述了自己奇迹般躲过爆炸的经过。

当时他正在回家的路上，走到北极阁旁，碰上北极阁的住持，说刚才有两个游客买了两杯茶水，没喝就走了，怕浪费，请他喝完茶后再回家。 等到喝完茶，阎少卿刚欲走，一位老先生向他讨教一个疑字。 于是，两人一起翻阅字典。 这时，灾难发生，阎少卿和住持、老先生坐在地上，茫然失措。 庙中神像被炸得头臂不全，墙屋坍塌。

他躲到汇波楼，看向自家的方向，那片区域已成了一个巨大的坑。 此时，阎少卿还不知道家人已罹难。 孙纪云不忍告知他实情，只是劝慰了一番，随后便与李秋峰告别了阎少卿，往回走。

大爆炸的原因已无从知晓，因为在场的人全都死了。 据统计，这次爆炸共造成城墙坍塌十余丈，房屋倒塌不计其数，死伤四千余人。

下午，一场倾盆大雨落下，幸存者和死者一起被浸泡在水中。第二天又是烈日当头。 没过几天，周边开始暴发瘟疫，又有一些人倒下了。

那次令人心悸的大爆炸，摧毁了太多人的肉体和精神，以至于之后的许多年，本城自杀者甚多。 火药库荡然无存，新的火药库建到了更北的郊外。 直到现在，湖民挖淤泥建房子时，还能挖出一些坚硬的黑色木料，显露出曾经焦灼的痕迹。

隗老爹不识字，更没读过《续修历城县志》上署名孙纪云的那篇《山东武库灾记》。 但他的讲述和孙纪云的描述差不多，那次灾难中，老湖民死伤大半，现在的湖民，有些是他们的后人，有些是新迁进来的。

讲这些时，隗老爹和杨明坐在废墟旁边。 所幸，这次火灾只毁掉了小屋，没有延伸到村里。 杨明手握着一副眼镜的残片——倒也没大碍，本来就是残缺不全。 镜框还在，镜片少了一只。

老爹说："现在天热，三天就能再盖起来。 也许都用不了三天。"

杨明说："不盖了。"

老爹说："也行，住回家里去。"犹豫了一下，又说："还是盖吧，你还住在外面。"

次日中午，老爹请了一些人来建房子，有赵老爹、赵奎、春来、周喜儿，还有几个年轻人。人多了建房就快，到第三天下午，一座比之前的草棚更宽敞的房子就建好了。房子带了院子，小院不大，是由向湖水边延伸的两堵墙围成的，在西侧开一个小门，正对着隈老爹的院门，临湖水的那一面没墙。

这期间，周喜儿的娘代表杨明，正式向如槿提亲。杨明从娘那里取来自己攒下的所有积蓄，去城里买手镯、耳环等一些饰物。如槿要跟他一起去，说他买的手镯自己不一定喜欢，要好好挑挑。娘嗔她："按理说你们连面都不能见，还跟着乱跑。"如槿说："我弟弟，我怕啥？"娘说："现在不是你弟弟了。随你去吧，不害臊。"

周大娘带着两人的生辰八字，去了商埠，找算命的王喜婆，经过王喜婆确认，两人相差两岁，女大男小，正相宜，且八字相合，符合婚配条件。而且，王喜婆特意说，根据规定，男的未满十八岁、女的未满十六岁不得结婚，他们都已超过这个限制。

买手镯时，两人产生了分歧。杨明看中了一副两块大洋的，如槿坚持要一块大洋的，两人差一点打起来。如槿指着杨明的鼻子骂道："别以为你小我就不敢揍你，你忘了小时候我打过你吗？"杨明坚持要贵的，说："好不容易买一次，就买个好一点的。"如槿说："以后花钱的地方还多着呢，你才有几个钱。"杨明拍拍钱袋，说："钱有的是。"如槿生气了，说："不买了，你跟鬼订婚去吧。"杨明也生气，脸涨红了，丢下如槿往外走。如槿追上去拽他，他一甩胳膊，走到街上。

百会恰巧经过，看到他俩拉拉扯扯，问杨明生的什么气。杨明不想理他，让他别管闲事。如槿扫了百会一眼，说："我们要订婚，他不给我买手镯。"百会听到如槿的话，觉得有点憋闷，咳嗽一声，说："我就说嘛，杨明太小气了。"看两人不说话，又调侃道："如槿，你怎么嫁给这种人。"

如槿听言更是气不打一处来，说："我嫁给谁跟你有关系吗？"

杨明瞟了百会一眼，对如槿说："走，我们去买。"

如槿立刻转了欢笑的表情，拽着他的手朝店里蹿去。

杨明将买好的耳环包在袋子里，两只手镯，一只放进袋子，另一只戴到如槿的左手上。她举着手臂，一边端详，一边走过芙蓉街。百会还在不远处等他们，等两人到了近前，对杨明说："你们什么时候结婚？到时跟我说一声，我送一份大礼。"又把头偏向如槿："如槿你戴着手镯好美，像仙女一样。"

如槿说："是吧，还是你会夸人，别人就不如你。"

百会说："他什么都不如我，你还嫁给他。"

如槿扬起头说："就要嫁。"

百会跟他们走进巷子，说有人给他介绍了黑丫头，不知道合不合适。黑丫头也是湖边长大的，长得黑一点，性格有些野，但人心地善良。如槿建议他试一试，说黑丫头家的船是大船，在湖里数一数二。百会说："她哥经常喊女的到船上，给客人服务，也给他们父子俩服务。"如槿问："服务啥？"

杨明让百会嘴巴干净点儿，别东扯西扯。如槿用眼瞪他，让他别插话。几个人说着就拐到了一家妓院门口，一个老鸨蹲在门口，朝他们抛媚眼。杨明别过脸去，这个人他认识，先前来过几次，有客人需要的时候，老鸨会让他带妓女上船。

百会故意说："还能服务什么，杨明比我更熟悉。"

如槿当然也知道，打了杨明一拳，命令他以后不准和这些人接触。她又转头劝告百会，让他与黑丫头该见面就见面，说不定会喜欢。杨明说："让你爹赶紧下聘礼，以后你跟着老丈人撑船，服务都是你的。"

百会向南走，回了燕喜堂，临走留下一句话："我等着去闹你们的洞房。"

望着他的背影，杨明叹了口气。如槿问他叹息什么。他说："百会对你挺有意思的。"如槿说："你什么意思？"杨明说："我没有什么意思啊。"如槿说："没意思是什么意思？"杨明说："我的意思是他觉得你很好。"如槿故意追问说："他对我有意思？"杨明说："这个意思可不是我认为的那个意思。"如槿说："我也没说是哪个意思。"

两个人追打着过了起凤桥。桥下流水淙淙，那是王府池子的泉水，从这儿向北流进一些人家，又流进大明湖，至曲水亭街，过百花洲，回湖上去了。

船行在水上，如槿对杨明正色道："你知道是谁烧了你的房子吗？"

杨明说："能猜到，但不确定。"

如槿说："说说看。"

杨明说："还是不说了吧。"

如槿把桨放倒，停下来。杨明也放倒船桨，盯着她，光滑纤细的手臂上，手镯释放出一些光芒。他说："姐，你很招人喜欢。"如槿叹息一声，对着水里自己的影子端详，说："我没那么好看，他们心术不正。"说着握住他的一只手，手镯碰到他的手背，凉凉的。她说："明子，我只跟你好。"杨明"嗯"了一声。四目相对，明澈的眼睛映在他心底。

到了汇泉寺，两人被觉新喊住了。觉新站在岸上，赞道："好一对璧人。"杨明问他："什么是璧人？"如槿小声道："他在说我们郎才女貌，很般配。"觉新说："如槿，你不用嘀咕，我都听见了。"如槿说："嘀咕又如何，我们就是般配。"觉新笑道："今天我见到隗老大，说你们要订婚？"杨明的脸还是红的，没好意思说，如槿大声说："对！ 我们刚去买了首饰，好看吧？"说着便向他伸出左臂，展示手腕上的银镯。 觉新说："不错，纤纤擢素手。 杨明你好艳福。"如槿说："你这个花和尚。"

觉新哈哈大笑，掏出一对玉器，隔着一米远的水，递给杨明。 如槿抢上前接了，问是什么东西。 觉新说："男戴观音女戴佛，观音和佛，刚开过光，送给你们，算是我的贺礼。"如槿谢过了，把玉器放在掌心观察。

别了觉新，两人一口气将船划到家门口。 夕阳西下，水面波光粼粼，一群鸟停在芦苇顶端。 芦苇荡里，不同种类的鸟窝已经垒就，一个个鸟儿的家庭也已组建。 湖上奔忙的人们，和奔忙的鸟儿们和谐共存着。

家里聚了许多人，除了这几天帮忙建房的人之外，还有一些妇女和孩子。 女人们大都在忙着做饭，男人蹲在湖边唠嗑。 春来接住杨明扔过的缆绳，拴在柳树上。 杨明和如槿跳下船，跑去看建好的房子。 走进室内，很宽敞，比以前大了一倍。 如槿站在窗口，说："以后我们就住在这里吗？"杨明突然明白了老爹要他赶紧盖房、不让他住回家里的原因。 原来是要跟他分家。 他说："姐，你羞不羞啊。"如槿附在他耳边说："我高兴。"

庆祝房屋建成的宴会，也成了订婚宴。 这是老爹的打算。 湖民之间本来不是远亲也是近邻，几家人一起聚聚，婚也就订下了。 过去是白天订婚，这次赶到了晚上，晚上就晚上吧，没那么多讲究。 杨明本和老爹是一家，但现在不能算一家人了，也不能自成一家，显得太孤单，就暂时落在了周老爹家里，算他的一个儿子。 名义上，宴席设在隗家，但男方家里该干的事，由周家承办。

众人上了桌，天还是大亮的，湖北岸已是一派宴席的光景。 隗老爹起身，端着酒杯发言：

"今天新房落成，算是一件喜事。 但更喜的是，我不仅给我闺女

102

找了一个归宿，也给我儿子说了一个媳妇，算是三喜临门。大家都知道，杨明四岁流落大明湖，进了我家，我没把他当外人，他爹死在了济南，我就是他的爹。这些年，杨明跟着我吃了不少苦，要不然，人家的亲爹是大学里的先生，怎么也不会流落到我们这泥里来水里去的人家。能聚在一起，是我们爷儿俩有缘。关键是，两个孩子情投意合，从小一起长大，青梅竹马。把自己的闺女嫁给自己的儿子，礼法上说不过去，但咱不管那些，这叫肥水不流外人田。"

陡老爹把酒杯高高举起，众人也站起来，一饮而尽。

娘不会说话，但也被推选出来敬酒。她端着酒杯，做愁眉苦脸状，好似这杯酒是毒药，旋即又换了笑脸，说自己以后既当姥姥又当奶奶，什么好事都碰上了，还叮嘱如槿和杨明互相扶持，多做对街坊有益的事。没说几句，她就往嘴里倒酒，只喝了一小口，便连连摆手："不能喝，太辣了。"

大家还不放过她，嚷着要她唱歌，都知道她虽不识字，脑子里的歌却一串又一串，戏词里滋养的将相故事、恩怨情仇一箩筐。娘只好清了清嗓子，贴着桌角，唱起一首《十二月花》：

正月里什么花人人都爱，
梁山伯祝英台同下山来。
二月里老鸹花就地盘根，
孔圣人背书箱周游乾坤。
三月里小桃花满院红耀，
老刘备毛张飞关老爷桃园里结拜兄弟。
四月里黄瓜花盘龙上架，
刘全去进瓜死里逃生。
五月里麦子花星星落地，
李三娘在磨坊申诉苦情。

六月里黍子花花开花落，

有嵇康做好酒醉死游人。

七月里芝麻花单根独立，

胡敬德使铜鞭专打奸臣。

八月里荞麦花满坡雪亮，

有薛礼去征东，骑白马、挂白袍转回来了。

九月里小菊满园香亮，

李翠莲舍金钗大转皇宫。

十月里百草花严霜打死，

有王祥去卧鱼孝敬母亲。

十一月小雪花飘飘悠悠，

孟姜女送寒衣哭倒长城。

十二月灯草花佛前高放，

张灶王，上天堂。

十二月，整一年，十三月，闰月年，

听着听着我来从头把话翻。

　　一月到十二月，戏曲和传说里的人物在花草的轮替中若隐若现。大家一时没反应过来，掌声在娘的停歇中才慢慢响起。唱完了歌，有人让娘再唱一首，娘使劲摆手，把酒杯往桌子底下送，闪身往后躲。

　　众人继续喝酒。周喜儿代表他爹，也代表男方敬酒。之后杨明和如槿敬酒，不是一起敬，而是挨个给大家端酒，每人要喝三杯。先给老人们端，男的连干三杯，女的象征性喝一点儿。到周喜儿时，他分别向杨明和如槿调笑道："以后我该叫你弟妹，还是叫你妹夫？"又说："我说你们该订婚了，但没想到这么快，赶紧把婚结了。"杨明说："你酒量不行，少喝点儿。"周喜儿抓起三杯酒，一饮而尽。

旁边是赵奎，他站起身接过盘子里的三杯酒，一杯一杯喝尽了，旋即坐下，没有说话。杨明欲言又止，如槿朝他摇摇头。

场面越来越热闹。女人们扎堆聊家常，男人们扎堆喝酒。赵老爹对隗老爹将女儿嫁给儿子表示不满，大着舌头说本来要把如槿娶进家门，这下鸡飞蛋打了。隗老爹监督他把满杯的酒干了，说自己做不了主，如槿做主，"咱们老哥们儿，不做亲家也是砸断骨头连着筋"。周喜儿和春来去灌杨明喝酒："不能喝，如槿代替也行，只要喝干，谁喝都一样。"喝了几杯后，如槿在一旁制止："不能再喝了，你看他都喝多了。"周喜儿说："你还没嫁给他，就开始心疼了？"如槿说："就疼他。"春来说："他不喝也行，你喝了。"如槿说："喝就喝。"拿起杯子抿了一口。两人表示不行，必须喝干。如槿分三口把酒干了，张开嘴用手扇风。

月亮升起，照出天上游荡的云丝。有人在不远处的小沧浪亭吹起笛子，笛声幽幽，钻进每个人心里。春来问吹的什么曲子。如槿静听了一会儿，说有点儿熟，但分辨不出来。她想起电影《渔家女》，好像是电影里的插曲，又好像不是。直到有些人散去了，笛声依旧没有停。女人们回了家，老人们去门外乘凉，几个年轻人继续喝酒。这期间，赵奎一直闷头不语，不参与任何人的对话。周喜儿喊他一起喝，春来制止了，说："他今天不痛快，别管他。"赵奎抬起头，瞪着一双猩红的眼说："谁说我不痛快？"春来说："是我不痛快，你很痛快。"赵奎站起身，走到杨明面前，说："明子，我对不住你，喝一个。"杨明跟他喝了。赵奎说："我还是觉得你和如槿订婚不合适。"

周喜儿赶忙起身，把他们拉开，对赵奎说："你喝多了，赶紧回去睡吧。"赵奎嚷道："我没喝多，他凭什么娶如槿，一个南蛮子。"周喜儿捅他一拳，让他闭嘴。杨明招呼周喜儿停手："让赵奎继续说，不行出去打一架，看谁打得过谁。"赵奎踉跄着身子，继续说："我也不是针对你，别人都不行，更不用说你，还是那句话，我对不住你。"杨明说："我娶我的媳妇，跟你有什么关系？"赵奎说："甭跟我装糊涂，你娶别人我不管，如槿就不行。"

一直不说话的如槿，走到赵奎面前，倒一杯酒，递给他，又倒一杯，自己端着，说："奎子哥，我敬你一杯，感谢你对我的好。"一饮而尽。赵奎愣了片刻，也喝了，然后把酒杯摔到地上，瓷杯的碎片四处散开。他躲开众人，踉跄着朝外走，经过门外几个老人的身侧，拐到街上去了。

人们慢慢散了，周喜儿劝慰了杨明几句，仰头看天，说："明儿又是个晴天。"然后问杨明去没去过广智院，听说那里有不少西洋景儿，等哪天闲的时候一起去看看。说完，自顾回家去了。广智院是博物馆，有许多珍品，不仅有文物，还有一些洋玩意。

新房才刚盖好，不能住人。杨明睡在西屋，如槿在东屋，堂屋里住着爹娘。东西屋的格局有点儿类似，门对着门，窗对着窗，床也是一样的，都在窗边。在床上稍一坐起，就能看到对面的窗子。杨明盯着那边的窗子，他相信，如槿也在盯着这边的窗子。他心里实在烦躁，干脆起床走出门去，坐在先前吃饭喝酒的石桌前。

一阵风吹过，有淡淡的荷香。他试图梳理一下思绪。清明节那天，长龙风筝上出现了十个字，从那时开始，好像一切都不一样了，但又说不出有什么明显不同。他和如槿之间的关系增进了，也可以说，过去许多年积攒的情绪，在这几个月全释放出来。这种情绪是在漫长的日子里一点一滴累积的。把亲情当作了爱情？或者，爱情中掺杂了亲情的成分？当然，两者都有。

司家码头旁有一家杂货店，刘老板的女儿玲子和他一般年龄，喜欢到他的船上玩。有一次玲子问他，给他当媳妇好不好。他使劲摇头，但心里是美的。不掺杂亲情的爱情，会不会就是和玲子之间的那种？当然，前提是他们将关系继续下去。可惜后来玲子爹失踪了，据说通了共产党，被抓去枪毙了，玲子和娘回了老家。 他又觉得不该想这些，万万不该。 除了姐姐，再也没有一个人能走进他心里。 又想到赵奎，自从风筝那件事后，他好像变了一个人，只有在今天才因酒醉显露出了一点儿真心。 赵奎会不会因为喜欢如槿，就烧了他的房子？ 当然，没有证据证明房子是他烧的。 也许，永远不会找到烧房子的那个人，也可能，房子是自己烧起来的。 还有百会和春来，风筝上的标语，极有可能是他们挂上去的。 他们也通了共产党？ 难说。 通共的消息越来越多，在日本人看来，共产党是洪水猛兽，但在老百姓心里，自然有一杆秤。 通共会被杀头，却有那么多人顶着杀头的风险去通共，难道他们不珍惜生命吗？ 生命的价值何在？ 是甘愿做这湖上不知兴替的芦苇，还是做真正的自己，做一些轰轰烈烈的大事？ 或许该有个分晓。

对面门打开了，如槿闪出来，坐到桌前。 他们对视一会儿，继续沉默。

如槿打破了沉默："喝了那么多酒，我都有点儿晕了。"继而说："你怎么不高兴？"

"没有，我挺高兴的。"

"奎子走了后，你就阴着脸。 我知道你不痛快，都是我的不对，以前不该给他好脸色。"

"姐，我们不怨别人。"

如槿撑开胳膊趴在桌子上，叹了口气，说："其实我也不太想当你媳妇，一起过了这么久，以后还得跟你过那么久。"

"你反悔了？"

"你才反悔呢。"

他们都趴在桌子上，互相对着，如槿手腕上的银镯闪着一丝微光。 杨明小声说："姐，你亲过我。"

如槿立刻坐正了，嗔道："滚。"

她站起身，朝自己房间走去，回头说："乖弟弟，好好睡觉吧。"

　　走了几步，好像听到风吹动大门发出"咚咚"的声音。 她抬头仰望，柳树一动不动，并没有风。 过去打开门，一个瘫软的黑影伏在地上，仰头看她一眼，瞬即倒下。

第八章

三人行

时局变化超出了人们的想象。 分布在这个省诸多角落里的游击队发动了多次攻势，逐渐解放了省内大部分区域，日本人龟缩在几座大城市，不敢轻易出来。 这座省会城市越来越孤立，进出日益困难。

冬天，接近年底，空中突然出现了两架战斗机。 这是盟军飞机第一次飞临济南上空，它们直扑位于西郊的张庄机场，那里是日本人的空军基地。 日军六架战斗机起飞，迎战盟军飞机。 虽然数量悬殊，但盟军飞机最终还是占了上风，击落了三架日本飞机。 许多人站在大街上，目睹了这次空战。 八架飞机在空中缠斗，忽上忽下，互相射击，被击落的飞机拖着长长的黑烟，一头栽到地上，响起一阵轰鸣。

从此之后，盟军飞机成为常客。

张庄机场的日军飞机越来越少，最初还有四十多架，经过盟军飞机的不断轰炸，那些飞机基本被摧毁了，最后只剩下一架。 后来日军又调来一些飞机，但大部分龟缩在仓库和山洞里，不敢起飞。 在这座城市的不同区位，日军设立了许多对空防御阵地，比如新城火药厂、电灯公司、泺口黄河大桥、白马山、火车站。 每当有盟军飞机飞临，它们都像哑了一样安静，怕一旦暴露目标就成为靶子。 直等到那些飞机逛了一圈飞走了，防空警报还未解除时，高射炮和高射机枪才对着天空吼两嗓子，好像是在送行。

盟军飞机不只针对机场，其目标还有铁路线和火车头。

火车站机务段原有火车头一百三四十个，如今已被击毁了七八十个。修理火车头的师傅对每个弹孔进行标注，有一个火车头被打了二百三十多个弹孔，直接报废。空袭前，火车站每天往返四十二趟列车，后来胶济线上只剩下四趟，津浦线上还有三趟，加起来不到十趟。有时一天连一趟也没有。车站人满为患，一票难求，赶着乘车的人只能望洋兴叹。有人偷偷购得一些车票，加价售卖，被查出后，抓去做苦工。

飞机第一次来的时候，野田加成奔跑在城墙上，几架盟军飞机从头顶掠过，耳畔响起刺耳的警报声。他的伤已经痊愈了，身体恢复到夏天时的状态。他朝大明湖的方向看了一眼，一群捕鱼人越来越远。

战场带给他一次浩劫，身体的，精神的。出火车站后，他让人把相机带回去，那些一路拍的照片，他不想再看一眼。无须再看，很多镜头已印到眼睛里。他脱离队伍，不知不觉到了大明湖畔。荷花开得正盛，虽已是晚上，但还有一些游客。他找一个石凳坐下，对着湖上星星点点的灯火，之前的一些情景又出现了。

过了许久，他的身后传来喧哗声。回头，隔着一丛芦苇，他隐约听到女人的呼救。站起身靠近几步，原来是几个日本兵在拉扯一个年轻女人。这种事司空见惯。他本想再回到水边坐一会儿，可多看了几眼，心中便生出一股愤懑。

三个日本兵，穿着军服，没带枪。两个人一边一个，抓住女人的胳膊，第三个人伸手到女人的胸前，狞笑着扯她的衣服扣子。女人头发蓬乱，脸上出现扭曲的表情，哀求道："你们放了我吧，放了我吧……"惊恐又无助。细看日本兵们的军服，从穿着和肩章，野田加成认出了他们的归属。

他走到近前，用日语对他们吼道："你们在干什么？"

三人立刻停止动作，扭头看他。一个说："你是谁？"

他已经确定，这三人是草野青大佐的属下，和他一样，刚经历了战场的溃败，乘火车逃回来。

三人松开女人，上下打量着野田，并不认识他。一个警告野田："别多管闲事。"另一个说："别跟他啰唆，我们走。"三个人继续拽着女人，沿着岸边朝南走去。野田加成跑到他们前边，伸手拦路，说："草野青大佐知道你们这么做吗？现在是不是应该去反思？战场失败也就算了，为什么杀那么多平民？为什么在这里撒野？"三个人跟着他陷入短暂思考。在战场上，他们也端着枪向前冲锋，但最终被中国军队的攻势压了下来。他们来自同一个县，本来有五个同伴，参军来到中国，几年来毫发无损，最近却死了两个。他们心情沮丧，下火车后去喝酒，把酒馆砸了后，又跑到湖边来。

野田加成说："放了她吧，去随便什么地方寻找你们的快活。"

几个人竟真的松开了女人。趁他们发呆，女人仓皇朝一片丛林跑去，不一会儿消失于夜色中。

为首的一人指着野田说："气闷无处发泄，就由你承担吧。"

三个人走上前，围着他痛打。他没有还手，倒在地上任凭拳脚加身。打了一会儿，有人掏出一把匕首，在他胸口刺了几刀。一个制止道："你疯了吗，不要杀他。"另一个说："死不了，我们是懦夫，他也是懦夫。"

一个问道："你叫什么名字？从哪里来？"

野田说："野田加成，从满洲来。"

一个说："你是个贱货。"

他奄奄一息地说："你们打完了吗？"旋即昏了过去。

迷迷糊糊间，他感觉舒服了一些，疼痛麻痹了神经，身下的草丛里黏糊糊的。 周围一个人也没有，只有静静的夜色，荷香再次扑入鼻孔，引导他想起一段往事。

他挣扎着站起，沿着湖畔的小道，朝北踉跄行进，分辨不清路线。 两个年轻人的面孔出现在脑际，还有一片明媚的水面，在他面前舒展开一些情绪。

恍惚间似乎又回到了那片山区，他一直向前走，却始终走不出山的包围。 每座山都是一样的，翻越一座，还有一座。 一个衣衫褴褛的人牵着一头驴走过来，让他看驴的成色。 那人拿出一把刀，递给他，问他可否帮忙把驴杀掉。 他不敢杀，扔掉了刀。 那人捡起地上的刀，朝他扑过来。 他奋力奔跑，没找到同伴，只看见漫山遍野衣衫褴褛的人。 一个抢着大刀的汉子冲在最前面，瞪着一双硕大的眼睛，大刀举过头顶，朝他劈下来。 躲避是没有意义了，但一股力量带着他朝一侧的黑夜跑去，一个踉跄，翻滚了几圈，好像要陷入一场噩梦，但抬起头时，又看到了一张明媚的脸……

他醒了，阳光正刺眼。 经过片刻适应，他首先感觉到了自己被汗液湿透的衣服，继而是一个人的轮廓。 轮廓越来越清晰，他想起自己怀里的一张照片，伸手摸了摸，摸到了胸口缠绕的绷带，瞬时又慌张起来。 照片和眼前的人合为一体，一个身穿白色短袖衣服的女孩坐在床前，白净的脸庞，尖尖的下巴，眼睛里含着明净的湖水。

如槿盯着他睁开的眼睛，说："你醒了。"站起身朝窗外喊了一声："明子，他醒了。"

环顾四周，这是一间挺宽敞的房间，但摆设不多，只有一张床，一把椅子，一张桌子。 阳光从窗子透进来，正好落在床头。

杨明走进来，对他说："你终于醒了，都昏睡好几天了。"

他想坐起来，试了试，没成功。 杨明让他继续躺着："胸口的伤那么重，多躺几天。"他终于费力吐出几个字："谢谢你们。"

杨明问他怎么伤这么重。 他不知该如何回答，想了想，说在路上遇到了打劫的，他们有刀。 杨明说："你们日本人也会被打劫？"他说："你怎么知道我是日本人？"杨明没说什么，转身走了出去。如槿看看他，也跟了出去。 他感觉胸口有点闷，一丝隐隐的、持久的伤痛重新窜到身上，不觉间又闭上了眼睛。

刚开始，杨明和如槿为救不救他考虑了很久。 对于日本人，杨明当然有天然的愤恨。 虽然记忆模糊，但自己的命运就是被他们彻底改变的——亲生父亲死于他们之手，母亲和姐姐下落不明。 这些年，他时常听到抗日的消息，听到共产党和八路军，以及城内不断出现的地下党的传闻，他为之感到振奋。 对于这座城市里出没的日本人，除了必要的接触，比如湖上的日本客人，他一概远离。 如槿听杨明的，他怎么想，她就怎么做。 但看着眼前和他们年纪相仿的年轻人，他们又有了不一样的想法，出于本能，或心中最隐秘的善良情感，他们把决定权交给了老爹。 老爹也没主意，端着一根烟袋不住地抽。 如槿看一眼杨明，点点头，又看一眼老爹，说："我们是不是该救他？"老爹掐灭烟，咬着牙说："救！"老爹连夜弄了一张床放到刚盖好的新房里，和杨明一起把他抬进去。 第二天一早，他又撑船去南岸请了一个相熟的郎中。 按理说得请西医，但老爹一家实在有难言之隐，无法将这个人的真实身份说出口，如果惊动了宪兵队，他们一家或许还要为这个人的受伤负责。 郎中查看野田胸口的刀伤，摇摇头。 老爹告诉他们，只能用土办法医治，不能送到医院，是死是活就看他的造化了。 郎中没多问，清理了伤口，用绷带包好，留了一副药方走了。 这之后，杨明每天去抓药，如槿熬了药喂他喝。

他们对这个仅有几面之缘的日本人充满疑惑，记得上次他说自己也是二十岁，和杨明同岁，家里开一家照相馆，别的他们一无所知。除了过去一些刻骨的记忆，除了时常造访的日本游客，除了大街上让人惊悚和憎恶的一列列日本兵，这是他们认识的第一个日本人。 老爹记得前几年去拍摄"良民证"照片时，照相的就是一个日本中年男人，带着一个小男孩，记忆有点模糊，他无法确定地把眼前这个年轻人和当时拍照时的少年联系起来。

野田加成逐渐好起来，有大把时间休息，一些意识以杂乱的形态浮现于脑际。芥川龙之介从曾经的阅读记忆中跳跃而出，站在他眼前重述一些句子："你比任何人更燃烧着理想，也比任何人都知晓现实""人生还不如一行波德莱尔"……波德莱尔是谁？此刻静谧的湖滨小舍，让他感受到了从未有过的宁静。他竟然想到了自己的性启蒙。

如槿走进来，把一碗药放在床头的桌案上，没和他交流就出去了。思绪再次回到芥川龙之介，"他在一家酒店的台阶上，偶然遇见了她。尽管是白天，她的脸却如在月光之中。他目送着她——他们素不相识——感到了从未有过的寂寞"。一种潜意识让他收回某种想法，残忍地拽过一张照片，贴到眼睛上——那双怒睁的圆目，那高高举起的大刀，那个如饿狼般绝望、愤怒的乡下人。他觉得自己可能是要死的，如果死了会更好一点，他会感到自豪，因为芥川龙之介曾有预言，"诸神是不幸的，他们不像我们这样可以自杀"。芥川自杀了，那是无上荣耀的光辉。"嗯，我觉得可以，但我从未想到过，结束自己的生命要等到换了一个新的世纪——"老年时，野田加成深情回忆起遥远异国的这间湖畔小屋，自言自语。

杂乱的思绪无法调和一些现实的困顿，比如如厕麻烦。那个长着银灰色胡茬的老头帮助了他，而年轻的杨明有意回避了这个问题。随着身体的日渐康复，他可以坐在院子里注视湖上的秋天。他能说本地方言——遇到一些经过的湖民，他会以隗老爹城外亲戚的名义掩饰过去——他也只会这一种方言，还会那么一点儿山口方言。

他坐在院子里，透过敞开的两道门，能看见那个编织渔网的女孩。娴静的面容，让他久久地注视。有时眼神相撞，他赶紧把眼睛移到南边的湖上。有时来不及转移，女孩的脸上毫无表情，或者掺杂了一丝疑惑。

如槿端着药过来，让他喝下去。有时跟他聊几句，问他日本人的一些日常生活，城里那么多日本人，总是只见人，不见他们住的地方具体什么样子。野田加成说："日本人见了中国人也是这样，就像你们，我要不是到了你们家里，怎么也想不到这里生活如此甜美。"

如槿说："是吗？我没觉得甜美，很普通。"

"我倒挺想在这里生活。"

"你不是已经在这里了吗？"

他盯着对方的手腕，上面一副银镯晃晃悠悠，说："你的手镯很好看。"

"明子送我的。"

"你们要结婚吗？"

"明年吧。"

杨明回来了，和他聊了一会儿，同样问了一些日本人的情况。野田对日本了解不多，更愿意讲满洲。杨明纠正他："不是满洲，是东北，你叫关东也行，叫满洲有点别扭。"野田说："现在都这么叫，你看城里的那些工厂门店，有多少以满洲命名？满洲这个名字不是日本人起的，是清朝的发源地。"杨明说："我知道闯关东，很多山东人去了那边。"野田说："其实我对满洲，不，按你说的吧，对关东也不熟，我四岁就来了这里，记忆是模糊的。我最熟的还是这座城市。"杨明想起自己对西湖其实也不熟，最熟的还是大明湖。

一家人一起吃饭。娘给野田夹菜，说要是他爱吃蒲菜，以后每顿饭都做。野田说："这些天，天天吃，已经永远忘不了了。"娘笑了，说他也像自己的儿子："明子小时候，就爱吃蒲菜，还有脆藕。藕刚从水里踩出来，就着水洗一洗，直接放到嘴里啃。"野田说："您可以把我当作儿子，如槿是我姐，明子是我哥。"娘连连摆手，说："使不得，你有父母在，可不敢乱认。"

病情继续好转，可以缓步走路了，野田加成央求杨明撑船时带上自己。杨明犹豫了半天，回复他说游船他就别去了，可以一起去捉鱼、下卡子。于是，一个清晨，杨明和如槿，还有野田，三人撑着一条小船，去湖里收前一天晚上下的卡子。

野田坐着不动，插不上手。到了下卡子的地方，如槿缓缓撑船，杨明伏在船舷上收起一个个卡子。鱼不多，一般三个卡子能逮住一条鱼，大的一尺长，小的半拃长。野田想起几个月前随他们捕鱼的情景，如在眼前。天气有点儿凉了，再过几天，就不下卡子了，可以挑一个日子，大显身手，拉网捕鱼。野田听了杨明的描述，说："我等你们拉网捕鱼后就走。"

继而他盯着杨明的左手，发现杨明的左手背上有一块很明显的伤疤，一眼就能认出是枪伤。再看自己的左手，新的伤口慢慢愈合，同样被子弹贯穿。两个人心里都憋着往事。

杨明觉得自己和野田之间好像隔着一层说不清的东西。如槿好些。他也叫如槿姐姐，却叫他明子，很少叫哥。有时他会跟如槿开玩笑，说一些不着边际的话，跟自己却不会。比如现在，他盯着如槿划桨的姿势，说："姐，以后你去找我，我给你拍照片，一定很美。"如槿只是笑笑，没有说话。

晚上，三个人走上城墙。站在墙垛边看夜色中的湖面和老城，继而把视线移到北边，北园、小清河、黄河全都隐没在黑暗中。杨明想起过去曾有人根据小清河河边的流传编过一部民歌集《白雪遗音》，其中一首听过，曲调忘了，歌词还记得："不认的粮船呵呵笑，谁家的棺材在水上漂。引魂幡，飘飘摇摇在空中吊，上写着：钦命江西督粮道。孝子贤孙，手打着哀蒿，送殡的人，个个都是麻绳套。齐举哀，不见哪个把泪掉。"如槿问他："是不是几年前在小清河边听到的那首？"他点头。如槿说："当时还有一首，你记得吗？"杨明说："记得。"如槿说："我不仅记得，还会唱。"便小声唱起来：

> 乌梅青杏陈醋拌，
> 冰糖白糖加上蜜饯，
> 山豆根儿苦，
> 大黄黄檗加黄连，
> 生姜辣秦椒，
> 胡椒独头蒜。
> 负心的情郎，
> 不似从前，
> 我为你，
> 酸甜苦辣吃了个遍，
> 想当初，
> 不该错认无义汉。

杨明笑她："你唱的对吗，我记得不是这个调。"如槿说："你就说好听不好听。"他说："好听。"野田说："明子可不是无义汉，姐你唱这首歌，是在敲打他吧。"如槿说："还是加成了解我，他说不定也是个无义汉呢。"

有一年，杨明和老爹撑船沿小清河东去，到寿光贩海货，到了离海挺近的地方。去时乘风，回来时风拐了个弯，又是顺风，用时很短。章丘、邹平、桓台、寿光，一条由泉水汇聚的河贴着黄河流向大海。沿途是乡村景物，田里是劳作的农民，玉米和高粱成片相间。

野田加成也记得，一次跟着涑源公馆里的人去邹平审讯抓获的游击队员，他负责拍照，几个游击队员被枪杀在小清河畔。一个男孩，也就十三四岁，竟是游击队的骨干，亲手杀死了一个经营皮毛生意的日本商人。野田加成当时跟着愤慨，这样小的孩子就如此作恶，看来人性就是恶的。 但他后来知道，那个所谓的皮毛商人，是日本人混入游击队的间谍，此人传递情报，致使三十几个游击队员被偷袭杀死，其中就有男孩的父亲。 被枪杀的时候，男孩直挺挺站着，目视行刑者，眼中满是惊恐和仇恨。 他咬紧不停打战的牙齿，一言不发，然后被子弹穿过脑袋，倒在小清河里，激起一小片浪花。 行刑结束后，野田加成在河边站了很久，脑海中满是刚才那个男孩的面容。 他关于人性善恶的想法彻底发生改变，以日本侵略者的视角，这个男孩当然是敌人，但从人性本质上讲，他的行为堪称豪迈且悲壮，替父报仇和为国尽忠完美结合。 野田加成在这个男孩身上，完成了一次对自我的救赎。

关于小清河的记忆，在他们各自心里酝酿，没有说出口。

天越来越冷，一年一度的大捕捞如期到来。 现在和往日不同，城内局势一天一个变化，人心惶惶，捕捞的规模不大。 大半年来织就的渔网虽消耗了不少，但五指粗的大孔渔网还存了许多。

大捕捞需要几十人共同参与。 这天一早，人们聚集在周喜儿家门口，带着网朝湖边走去。 如槿和野田跟在一旁观看。

人们登上几条船，把一张长长的渔网缓慢下到水中。 两条船上的人负责拉网，杨明和春来几个人驾着船去赶鱼。 他们一人拎一支竹篙，敲开碎冰，在水中使劲拍打。 透过水面，可以看到水下的鱼群乖乖地朝渔网冲去。 赶鱼的间隙，杨明拾起船舱里的一杆叉，朝水下一戳，戳中了一条一尺多长的草鱼。

如槿远远喊他：“明子，明子。”

杨明将手中的鱼朝她举了举，放回到船舱里。

就像多年前火药库进出火药是大明湖一景，大捕捞也是一景。游客纷纷驻足观望，看到捕获的鱼数量之多，连连叫好。

最终，捕获的以鲤鱼居多，也有草鱼、鲫鱼，都已长到最肥。 这些鱼，很多会在几天内进入本城各大饭店的厨房，然后做成一道道糖醋鲤鱼进入人们的口腹。

野田大开眼界，对如槿说："这样捕鱼，真是一锅端了。"

"鱼多得很，第二年又有新的鱼长出来。"说完，如槿跑到堆在岸上的鱼旁边，朝杨明嚷："那条最大的，我要那条。"春来说："不给你，那条我要了。"如槿说："你敢。"最终，杨明用一根草绳穿过鱼鳃，带着往家的方向走。如槿和野田跟在身后。

赵奎盯着他们的背影，问春来："如槿旁边那个人是谁？怎么那么眼熟？"

春来说："他家亲戚，来养病的。"

赵奎思索了一会儿，想起了西门旁边一个可怕的地方。

这时，一声凄厉的轰鸣声划破长空，持续鸣响。众人呆住了，纷纷驻足四处观望。有人发现了端倪，指着东方的天空喊道："快看，飞机——"

野田加成也看见了飞机，心下一凛。杨明说："哪儿来的飞机？"如槿说："我们赶紧回家。"她拉起杨明的手，向前飞跑。那条鲤鱼蹦跳在杨明的另一只手上。野田没动，他隐约看到了飞机上的图案，很陌生。他做出了一个决定，对他们说："我不回去了，要走了。"如槿停住脚步，说："你怎么突然要走，回去收拾一下再说吧。"

"我现在就走，你们代我向爹娘告别。"说完，向北极阁旁的城墙跑去，又回过头来，"我在商埠的东方照相馆，你们有空来找我。"踏上台阶，奔城墙上去了。

两人望着他飞奔的身影，飞机正好掠过头顶，轰隆隆的声音掩盖了凄厉的警报声。两架飞机没有停留，向西边直扑而去。野田加成越来越远的身影渐渐缩成一只蚂蚁。

第九章

女工记

新的春天来临时，如槿短暂告别了湖畔的小院，走进了仁丰纱厂。

随着盟军飞机不断轰炸，城外的消息渐次传进来。日本人在做困兽之斗，试图把全城的资源都搜刮了送往机场。老百姓的日子越来越紧，湖上的物产卖不了几个钱，况且经过了一个冬天，物产大部分还未冒芽。过去一块钱的东西，现在价格涨到了五块、十块，还在不断上涨。商店开门的少，店家也可怜，货物卖了，过一天，同样的价格就买不回这些货物，而且货源已经断了。商号间流传着一句话："宁要跑了，勿要少了。"意思是，把价格要得高高的，顾客吓跑了不要紧，但要少了就一定会赔钱。这样，物价进一步上涨，每家商店只是卖够吃的，每天开销多少就卖多少货，已无利可图。

三合面馒头、窝窝头、豆腐成了上等的饭食，一般人吃不起。省府、市府里当差的人也苦不堪言，入不敷出。每天，大街上都能见到尸体，他们空瘪着肚子仰面朝天，带走一个个不为人知的故事。坊间流传，游击队马上就要打进城。有人逃出去，再也没回来，不知是被半道打死了，还是参加了游击队。

春来就是其中之一。走之前，他跟杨明商量，说他决定去投奔共产党，问杨明要不要一起去。杨明为难，觉得外面的世界太陌生。

春来说："长清就有游击队，离济南城很近，入了游击队打回来，是功臣，不用再在湖上撑船了。"

杨明最终拒绝了他，说一旦走了，家里人不放心，自己也不放心家里，尤其是老爹。第二天，春来一个人去了长清，自此杳无音讯。走之前，他把一辆人力车送给杨明。杨明觉得太贵重，推脱不收。春来表示，自己走了就用不着这车了，湖上生意惨淡，没人有心情来游玩，若杨明实在没办法就去拉人力车。

春来爹死之前，置办了一辆人力车，本想让春来去城里拉车谋生，但春来没拉几次就荒废了，继续在湖上游荡。

杨明把人力车擦洗了一遍，停在两个院子之间的过道里，就着月色发呆，想起老爹的病。

老爹生病没什么征兆，忽一日，肚子疼得厉害，就躺倒了。郎中来看过，说是积劳成疾，躺几天就好，但躺了快一个月，依旧萎靡不振，只能强忍着坐在床上，无法下床。老爹念叨过几次，让杨明和如槿把婚结了。一家人商量，觉得现在还不是时候，虽然早该结了，但谁知道又碰上现在的局势。杨明对他说，反正都是一家人，永远不会改变，现在最需要的，是他把病治好。

老爹说："我老了，有些事你做主。"

杨明决定撑起这个家。回到小屋，坐在床上，他拿出那副眼镜的残片，放在一旁的桌上。昏暗的油灯，光束集中在仅存的镜片上。镜片很模糊，却也反射出一点光。他在镜片上看到了自己的影像，想起过去的某个时刻，一个孩子躺在床上，一个戴眼镜的年轻男人坐在旁边，桌上的煤油灯把两个时间拉到一起。

如槿推门进来，在他身边坐下，靠在他身上。她说："你戴上眼镜，也像一个先生。"杨明把眼镜戴上，转头问："像吗？"如槿说："嗯。"她握住他的手，四只手握在一起，她说："我要跟你商量一件事。"随即松开手，从口袋里掏出一张纸。杨明接过来看，是仁丰纱厂的招工启事，说工厂新接到一单大生意，缺少人手，急需女工若干。如槿说："我想去试试，以前也有出去闯一下的想法，现在家里困难，正好合适。"

"听说很多厂子已经关门了，不关门的也不常开工，这个纱厂怎么会突然招工？"

"也许他们经营得好。"

仁丰纱厂距离这里不太远，就在火车站东边，成立已有十年，名气很大。前些年，一个"美人蜘蛛"的商标流传很广。那是仁丰纱厂的一个创意，商标背景是蜘蛛网，图案底是棉花桃和织梭，中间是一个身着时尚泳装的美人，一条腿着地，一条大腿与地面平行，膝盖下弯，脚尖朝地。现在，纱厂早已是中日合办了，规模比以前小了些，产量也小了。

"姐，"杨明再次握住她的手，"我们会好的。"他看到姐姐温润的嘴唇，想起小时候，一次和姐姐经过纱厂门口，看到正在下班的男工女工，人群把他们淹没。他们盯着这些人，来自老城、商埠或城外村庄的这些人，无一例外，脸上的表情都是标准化的、统一的，像大明湖的淤泥，被挖出来，填进模具，晒干了之后形成的一块块泥砖。

他们的手握在一起，就像小时候一样。彼此见证了对方的手逐渐成长，由小变大，彼此的手就像自己的一样，但握住的感觉一直在变化。以后的许多年，杨明只要用自己的左手握右手，就想起如槿。左手是如槿，还是右手是如槿，他分不清，但那种感觉一直在。

杨明谈起接下来的一些计划，如槿去纱厂，自己也要去拉人力车了，暂时先把湖上的事放一放。至于湖上该做的事，娘做一些，他们抽空也可以做。等多养好了病，又是一把好手。如槿说："我听你的，你现在越来越像大人了。"

"我本来就是大人了，是有媳妇的人。"说着，杨明揽住如槿的肩膀，把脸凑上前，盯着她的眼睛。

如槿伸手堵住他的嘴，往后推，说："你又胡来。"

杨明松开手。 如槿站起身，说时候不早了，该睡了。 杨明也站起来，把她送到门口。 如槿走几步，又回来，扑在他怀里，紧紧抱住他。 杨明用手把如槿的身体箍住，听到耳畔微弱的声音："弟弟，明天我叫你起床。"

清晨，一辆人力车行驶在大明湖北岸的街道上，车轮撞击路面发出咕咕的声音。

如槿成为人力车的第一个乘客，在柳树刚开始发芽的某个清晨，她嘴里喊着"驾驾，马儿快跑"，指挥前面的杨明，沿着湖畔的街道朝西小北门奔去。 出了老城，两人仿佛卸掉了一块心病，获取了春天的新鲜元素。 杨明健步如飞，结实的肩膀一上一下地晃动，在如槿的眼中形成一道风景。

两人在仁丰纱厂门口道别，如槿挎着一个小包，随着三三两两的人走进大门。 杨明目送她，挥了几次手，大门内的人不断回望。 他起身继续向西，过了天桥，朝火车站奔去。

到了火车站，他把人力车停在出站口附近，已有一些人力车等在那里了。 现在的火车站和过去不同，人变得很少。 铁路都快不通了，哪儿还有客人来？ 但火车每天总要进几次站，总会放下一些人，他们提着大包小包从出站口向外挤。 有些人从这座城逃出去，有些人从别的地方逃过来。

等了一上午，终于等到了一趟车进站，杨明跟着车夫们去揽客。人声嘈杂，他很快就被挤到人群后面，学着别人朝前边叫嚷。 最终，旅客散尽，大部分人力车载着乘客归去，他却一无所获。 直到中午，他坐在人力车上，腹中饥饿，昏昏欲睡，差一点儿睡着时，被一个人叫醒。

那是一个提着木箱的中年男人，问他走不走。 他回道："走。"立马跳起来去接那人的箱子。 那人提着箱子，没松手，问去岱安门多少钱。 杨明思考了一下从火车站到岱安门的距离，报出了一个价。 那人还价到一半，他想，毕竟是第一单生意，爽快答应了。

拉着车，徐徐行走在一条条街道上，杨明心里有种说不出的愉悦感，忍不住问那人从哪里来。 那人说："从南边来。"杨明说："南边现在太平吗？"那人说："现在哪还有太平的地方。"杨明说："很多人往外跑，你却往这城里跑。"那人说："不跑怎么办，我也是从那边跑出来，往这里跑。"杨明嘀咕道："有道理。"他想起了春来，怕是已经到了长清，或别的地方。

去岱安门要经过齐鲁大学。 在日本人来之前，原先的学生们就南下了，后来被封了很久，现在是一所中学。 杨明想起自己最初来的时候，也是坐在一辆人力车上，被带到了这里。 他朝学校看了一眼，大门口的匾额还在，但大门关着，里面的神秘无人知晓。

客人在距离岱安门几百米的地方下了车，提着箱子走了。 杨明立在路边，等了一会儿，看到有人冲他招手，他奔过去。

这一次，去了按察司街。

太阳落山时，他接了第六单生意。 午饭没吃，他想试一下究竟能坚持多久，直到再次站在仁丰纱厂门口，空瘪的肚子并未彻底罢工。 他一会儿商埠，一会儿老城，还去了一趟六里山。 一些街道他熟悉，一些街道乍看陌生，但街头巷尾总有熟悉的事物，将刚露头的陌生很快消灭掉。

等了许久，未见如槿出来。 之前忘了问她下班时间，算一下，应该差不多。 他去门房询问，门房的人不太搭理他，只说快了，究竟多久，没说。

他裹紧衣服，靠在人力车上。 饥饿已经退去了，骨头又出来告诉他准备散架。 他同意了，浑身的骨头不再工作，带他进入短暂的睡眠。

睡眠很轻，人群的脚步声把他叫醒。 工厂大门打开，一些人走出来，大部分是女的。 他在人群中努力搜寻。 找到了，姐姐朝他挥手。

如槿坐上人力车，像刚才的他一样，瘫软在后座上。 他奔到前边，双手握紧把手，提起来，缓步向前走。 如槿有气无力地说："我再也不想来了。"

又说："我们赶紧回家吧。 你今天怎么样？"

杨明说："还不错，算是把整个城跑了一遍。"

如槿在很短的时间内睡着了。 他放慢脚步，尽量不打扰她。 经过小沧浪亭时，看到一群人在水边围观，在夜色中分辨不清，不知发生了什么。

到家时，娘已做好了饭，用碗扣着，和爹一起坐在油灯下等他们回家。 如槿问爹："怎么下床了，舒服些了吗？"爹缓慢伸伸腿，说："马上就好了，能动弹。"杨明说："还是别太活动，得慢慢休养。"爹对娘说："把我的酒拿来。"娘不同意。 爹说："听我的，拿酒来。"娘去橱柜里拿来一瓶酒。

爹给自己倒上，又给杨明倒上。 两人碰一杯，喝起来。

娘谈起今天小沧浪亭淹死了一个女人，据说是城内"半拉门"的妓女。 可能是投湖自尽，也可能是被扔进去的。 杨明想起刚才那些围观的人，问娘："怎么知道是被扔进去的？"老爹说："八卦楼那种地方，谁知道呢，有多少姑娘被卖进去，又有多少人生不如死。"娘叹息道："哪年不死人。"

湖水养人，那是馈赠；也害人，那是在灾年的时候。 明朝崇祯年间，清军在多尔衮率领下，越过北京，直扑山东，济南城防空虚，只有五百兵丁镇守，山东左布政使张秉文率领全城百姓抵抗十余日。正月初二，城破，张秉文率众展开巷战，中箭身亡。 夫人方氏得知后，带着张秉文的小妾投了大明湖，几个侍女也跟着跳了下去。

历次天灾人祸，人命更不值钱。看目下的时光，也让人揪心。

老爹说："还记得小光吗？"

几个人立刻想起十年前的一次水灾——黄河几处决口，侥幸没被水淹的人四处逃难。有一些人到了大明湖畔的收容所。杨明想起来，那时湖边的铁公祠、张公祠、汇泉寺，几乎所有景点全都挤满了人，全都衣衫褴褛，饥寒交迫。已经是深秋了，大部分人还穿着单衣，甚至光着身子。老爹带杨明围着湖走了一圈，看到那些抖成一团的人们，胸前的号码布条在风中飘摇。一个孩子被冻哭了，惊醒了许多孩子，哭声在湖上震荡。杨明握紧了老爹的手，也要哭出来。

经过一个旧房改造的收容所时，两人看到里面同样挤满了人，一个老妇人和一个十七八岁的女孩在争夺一件破军毡。她们只用布条遮了胸部和下身，其余地方赤裸着。老妇人扯着嗓子哭喊："我要冻死了，小丫头别跟我抢，你扛冻。"有人发现了老爹，忙拍醒一旁睡着的人，一个女人低声告诉怀里的孩子："放赈的来了，我们有东西吃了，有衣服穿了。"

另一个女人拎着一个幼儿迎出来，朝老爹跪下，絮叨着自己的经历："水来的时候，我们一家人正在睡觉，听到不对劲马上赤裸着往外跑。孩他爹有水臌病，走不动，不一会儿就被水冲走了。后来又冲走了几个孩子，只剩最小的一个。我带着孩子爬到一段墙上，等了三天，没见有人来，孩子掉到水里，淹了个半死，拉上来挤了挤肚子里的水，竟还活着，后来头上长了脓疮。"女人求老爹给口吃的，不用给自己，给孩子就行，给件衣服也行。

老爹脱下自己的薄棉袄，递给女人。女人跪下磕头，让儿子也跪下。老爹披着一件单衣，越过女人的头顶，看到那些焦虑的面容，一时间无所适从。

湖上的作物被偷了许多，有人驾着船去守着，再有人偷就砸断对方的腿。 老爹没去，在家待着，偶尔去岸边走走，又遇见了那个女人。 此时，他的棉袄已穿在女人身上，女人的肚子鼓鼓的，一个脑袋从胸前钻出来。 女人没认出他，木然拖着双腿朝铁公祠那边走。

　　过了半天，就听见铁公祠那边传来孩子的哭声。 老爹跑过去看，杨明和如槿也跟去了。 湖边，一个孩子被一堆衣服包裹着，最显眼的是一件棉袄，就是之前老爹送给女人的。 孩子头上的脓疮在太阳照耀下愈发狰狞，两眼蹦出一串串泪珠，嘴巴张大，朝着湖水拼命哭喊。 老爹顺着孩子的眼睛望过去，湖面一动不动，没有声息。 他走过去，问孩子怎么了。 孩子不回答，继续朝湖水哭喊："娘——娘——"几个人过来围观，帮忙分析，他的娘准是投了湖。 果然，几人从岸边隐约看到了一个身体，正从水下浮上来。

　　老爹脱掉几件衣服，跳下水，朝那人游去，把她拖到岸上，平放在草地上。 只见她身上不着一物，表情宁静，像睡着了。 老爹拽过一件自己的衣服，盖在女人身上，用手使劲按压女人的胸膛，忙活了好一会儿，无济于事。 女人已经死了。

　　那个孩子扑到母亲身上，呜咽声刺痛了周围人的眼睛。 男孩掀开母亲身上的衣服，攀到她身上，摸索到一只乳头，用嘴含住裹了起来。 在众人的注视下，男孩带着两道泪痕，进入了梦乡。

　　众人慢慢散尽了，老爹叹息一声，转身朝家的方向走。 只剩下杨明和如槿，手拉手站在男孩身边。 这个男孩就是小光，可能只有两三岁。 杨明想起最初的自己，不觉哽咽起来。 如槿明白他的心，说："我们带他回家吧。"

　　天擦黑的时候，老爹从堂屋走出来，看见杨明抱着一团棉絮，跪在屋门口。 他旁边是一起跪着的如槿，怀里的棉絮其实是一个孩子。

　　老爹指了指身后，只说了一句话："放到床上去。"旋即走出门，去找赵老爹和老周，三个人合力把女人扛到北园，埋进了乱葬岗。

逃难的人慢慢散去了，也许回了老家，也许去了关东，也许死在不知哪个角落。小光在家里待了半年，头上的脓疮渐渐好了，可以蹒跚着步子跟杨明和如槿去湖上滑冰。他嘴里发出"哥哥，姐姐"的喃喃声，摔倒在冰上，又盯着冰下游动的鱼，伸手去抓。晚上，杨明和小光一起睡。还有如槿，一半的时间会跑过来，隔着小光躺在另一边。小光朝这边拱一拱，朝那边拱一拱，早晨醒来，伏在如槿怀里，杨明这边的褥子湿了一片。

有时他们站在城墙上，看火车驶过来驶过去。小光看得入神，伸手朝火车打招呼，嘴里"啊啊"直叫。杨明常跟他说："小光，等你长大了，我带你去坐火车。"

小光后来消失得无影无踪，没有征兆。那天，一家人都下湖了，只剩小光坐在家门口玩。等大家回来时，小光就不见了。他们找了很久，几乎把湖周围都搜遍了也没有找到。老爹撑船在湖里搜了两天，终于在汇泉寺旁边找到了一具尸体，但不是小光。尸体早已腐烂，是个女孩。

杨明恍惚了很久。周喜儿的娘说那天来了一群演杂耍的，会不会被他们带走了。有可能，但已无处寻找。

许多年后，在院西大街，杨明和如槿看见一个演滑稽戏的班子，一个十岁左右的男孩，双腿畸形，呈螺旋状挂在胸前，在舞台上划来划去，嘴里唱着小曲曲，引得台下观众不时哄笑。杨明盯着男孩的脸，无法分辨，但隐隐感到心痛。等戏演完了，他们跑到后台去看，那个男孩正坐在一张桌子上，手里拿着一副纸牌，嘴中念念有词。杨明喊一声："小光。"男孩没有理他。又喊了几声，男孩抬起头，木然地看着他，看到一旁的如槿，脸上现出狰狞，嘴里发出古怪的声音："伸手摸姐乳头上，出笼包子无只样……"继而哈哈大笑。几个男人蹿过来，把他们推到外面。 那男孩兴奋起来，继续念叨刚才在舞台上唱的曲儿……

想到小光，如槿有些伤感，那次差不多认出他来了，但又错过了。 "要不然，"她略带调侃地说，"若他还在，我就有一个大弟弟，一个小弟弟。"

爹叹息一声，换了话题，问他们这一天在外面情形如何，嘱咐他们，在外面不比湖上，一切要小心。

晚上，面对微波荡漾的湖水，如槿想起一天的经历。 她对自己说，说不定以后的归宿在哪里，是天上，还是水上。 恍惚间，不免惊讶，骂自己不该胡想。 她照例吻了杨明，回到自己的小屋，等待第二天太阳升起。

第二天一早，如槿告别杨明，走进纱厂，迎来了新的一天。

纱厂的厂房很大，穹顶高高在上，从这头看不到那头。 机器轰鸣，人说话要大声嚷。 到处堆着棉花，尘土和棉花混在一起，吸一口气，鼻子里就塞满了棉花毛。 如槿没经验，只能做技术含量最低的拣花工。 一群女工跪在棉堆上，挑出次棉和杂质。

别的厂子日渐倒闭，这里却异常红火。 和她一样新来的女工有不少，比如黑丫头，也是从湖畔跑过来的。 机器日夜不停运转，大量棉花被运进来，又有大量成品的布料运出去。 听说城四周都是游击队，原料很难运进来。 过去几年就是这样，厂子处于半停业状态，好不容易来了棉花就开工几天，没有棉花就停业。 但最近不知从哪儿来了这么多棉花，原因和结果可能都是战争。

如槿路过织布车间，看到里面一排排硕大的机器，每个机器前都站着几个女工，一团团的棉花，慢慢成了一根根线，又成了一匹匹布。 她感到神奇，如果自己不是拣花工，做纺纱工就好了。

闲时，有经验的女工讲起过去的事。 那是一个叫叶青的乡下女人，来纱厂好几年了。 她说，在厂里，最受欺负的就是女工和童工。 那些十几岁的小姑娘，身体还没发育好就被从乡下骗来，每天工作十几个小时。 她们常犯困，支撑不住，睡倒在机器上，被轧伤或轧死，死相很惨，身体不成囫囵个儿。 每天累得难以支撑，有人偷跑到厕所睡觉，一个小小的厕所，有时睡了十几个小姑娘，浑身发臭。 要是监工、把头发现了，先毒打一顿，继而克扣工资、罚班。 这还算轻的，等她们年龄稍微大一点，发育成了女人，就面临新的困境。 厂里规定，凡恋爱结婚的女工，一律开除。 "我二十四了，不敢说有男人。"叶青说到伤心处，眼泪悄然滑落。 厂里有个人事系，专管监督惩罚，懒惰、偷盗的境遇很惨。 厂房西边有一个水池，专用来惩罚犯错误的工人。 若有人犯了错，便会被拉去那里，被扔在里面浸一会儿，提出来，再浸一会儿，如此往复。 若是被发现通了共产党，就不是浸水的问题了，会有专门的日警来收拾，送到鲁仁公馆，或后来成立的洓源公馆、凤凰公馆。 进去的多，出来的少。 遇有长得好看点儿的女工，监工就借故搜身，手在身上乱摸一气。 这还是轻的，听说有女工去陪睡，有被迫的，也有自愿的。

　　如槿第一天上班就听到了这些，一边干活，一边打退堂鼓，想结束工作回家去。 但第二天她还是来了。 后来的几天，她曾亲眼看见监工把一个女工堵在厕所。 她在厕所门口清晰地听到了他们的对话。

　　监工嬉笑道："翠萍，你跟我好了，就不要拣花了，我给你换一个轻快的活，赚钱也多。"

　　翠萍抓紧裤带，骂道："你看我撒尿，流氓。"

　　"又没人看见，你一会儿跟我走。"

　　"才不跟你走，我有男人。"

　　"有男人？ 小心被开除了。"

"我有哥哥，他要知道了，来揍你。"

"翠萍你别走……"

如槿赶紧跑开，到一个无人的角落，蹲下喘粗气。

有一天下班，她又看见了翠萍。她们排着队往外走，翠萍在前面，和她隔着一个人，等着被搜身。挨到翠萍时，监工在她身上摸了一遍，什么也没摸到。之前那个闯过女厕所的监工走过来，指着翠萍的饭盒说："打开看看。"

一个监工夺过饭盒打开，里面有一卷细纱。当即，有厂警过来，扇了翠萍几巴掌，把她扇在地上。等她站起，又被两个人架到大门一侧，让她站着示众。翠萍一直在喊冤，说自己没偷东西，是别人陷害的。她朝那个监工吐了一口唾沫，指着他的鼻子骂："是你干的，你这个混蛋。"

监工说："偷东西还不老实，打一顿，开除！"

刚才打翠萍的几个人走过来，又是一顿拳打脚踢。

黑丫头告诉如槿，翠萍是被冤枉的。黑丫头说："我看见有人偷偷把细纱放进她的饭盒。"如槿说："你怎么不帮她？"黑丫头说："谁敢帮。我要是帮了，被打的就是我。"如槿想，若那样，被打的可能还有自己。

从此，她们再也没见过翠萍。

一天，那个之前调戏翠萍的监工背着手经过如槿身边，弯下身子朝她扫了几眼，问她叫什么名字。如槿战战兢兢，如实说了，并说自己家离这里不远，是本地人。通常，监工们碍于脸面，不太会对本地人下手。

监工说："姓隗，船户子嘛。"又扫了她几眼，哼着曲走了。

这一天，出厂搜身的时候，这个监工特意把如槿招到自己面前，亲自搜身。他的手上下乱摸，拍拍她的肩膀，又摸摸大腿，像检验牲口，最后在她胸口拍了一下。如槿惊叫一声退后几步，用手护住胸。

131

监工笑几声，摆摆手让她走。

如槿眼里含着泪，急匆匆向前走。黑丫头追上来，让她等等自己。黑丫头说："我都看见了，这个流氓。"如槿不说话，向前疾走，看到杨明等在路口，回头对黑丫头说："见了明子，不要提这事。"黑丫头说："为什么，就应该告诉他。"如槿说："你听我的。"

黑丫头隔老远，对杨明嚷嚷："明子，你每天都来接我吗？"

"是啊，每天都惦记你。"

"明子你真好，咱们顺便把如槿也接回去吧，她不开心。"

杨明盯着如槿的眼睛，问她怎么了，有什么不开心的。如槿笑着说："你都不接我，当然不开心啦。"黑丫头已坐到车上，伸手拉着如槿，对杨明说："咱们带着如槿，回家啦。"

三个人以两只脚、两只轮子向东奔去，回到了大明湖。

接下来的一些天，更多原料运进来，厂里又招了一些工人，工作时间也延长了。像如槿这样有一两个月经验的，也被调到了纺纱车间，不用整天跪在一堆乱棉花里。工人们中流传着一种说法，很多地方在打仗，加班加点干活是为了做军服。城里也有了显著变化，日本兵比以前多了，一些日本兵驾车开进来，又有一些开出去。这些军服做了出来，是谁穿？如槿不敢想。共产党、八路军，这几个字眼在她眼前晃来晃去。若真是日本人穿了去打八路军，自己这算什么？是在帮日本人打自己人？

上班时间提早了。天不亮，如槿就爬起来，摸黑朝外走。杨明也早起，载着她向纱厂狂奔。到了纱厂，听到哨音，女工们排着队走进厂房，把工牌交给看管员，进入车间，穿上工作围裙。

车间里嘈杂、炎热、阴暗，布满棉尘，两人面对面大喊，几乎听不见对方说什么，只能看口型。接头工站在机器前，一般要看管二十个左右的木管，每个木管有六个纱锭，工人要在一分钟内接上六个断头。休息时间自己把握，可以偷偷延长上厕所的时间，但一个车间的人只能轮流去厕所，谁拿到工头手里的竹签，谁就去厕所。中午，她们轮流吃午餐，把从家里带来的饭用热水加热，就着咸菜吃。晚上七点，工作结束，出厂之前女工们被挨个搜身，排队等待检查，在工厂里的时间延长了一个小时。

日复一日。如槿收到了几个月的工资。收入虽不多，但尽快换成粮食的话也能买一些。她交到了一个朋友，就是之前一起拣花的叶青。叶青不愿意到纺纱车间，嫌噪音太大，震得耳朵疼，但这次被撵过来了。她们一起守着一台机器，工作时互相看口型说话，上厕所、吃饭都是轮流，只有在下班后排队出厂时才多说几句话。叶青住在铁路旁的一间民房里，一起租房住的，是她的男人华哥。

华哥平时在火车站扛大包，很少露面。如槿见过一次，是她们一起出厂后，杨明来接，邀请叶青一起乘车。到了她家，华哥正好也刚回来。四个人站在铁路旁聊了一会儿，如槿介绍这是她弟弟，叶青介绍那是她哥哥，四个人心知肚明。华哥身体粗壮，满脸红疙瘩，对他们憨厚地笑笑。

这一天吃过晚饭，叶青二人到城墙上，如槿和杨明也去了。如槿指着离城墙不远的一段斜坡告诉他们，那就是她的家。湖上的日子被夜晚洞悉，荷叶从残存的枝干底下冒出来，新的葳蕤又要开始了。

杨明问华哥是哪里人。华哥说他来自长清，五峰山下的一个村子。杨明想起春来，不知他现在怎么样了。华哥说他们那儿现在是游击队的地盘，生活比以前好了一些，干完这个夏天，他们就要回去了。谈起最近火车站的情形，除了旅客依旧很少，还多了许多日本兵。他们是从青岛过来的，正在商埠集结，准备出城去作战。去哪里作战？也许是长清，也许是新泰，以及东边的蒙阴、沂水。

四人说好第二天到杨明家里一起吃饭，尝尝湖上的特产，尤其是脆藕，现在市面上已经没了，只有在湖边人家还能吃到。 叶青和华哥下了城墙，朝铁路走去。 杨明拉着如槿，回到湖边。

这几个月下来，他们都有了变化。 杨明晒黑了，也更结实了。如槿脸上多了一层倦意，时常依偎在杨明身上，好似一棵树和另一棵树挨在一起。 一个悠远的声音传过来，有人在小沧浪亭吹笛子，幽幽咽咽，笛音穿透水面，形成一道缓慢的波纹。 一种辽阔的寂寞攫住他们，仿佛树木、湖水、房舍都消失了，只有笛音和他们做伴。 有些声音可以静听，有些在心底。 两颗心能否合在一起？ 最后形成的是一处温暖的巢穴，还是短暂的温存？ 那些庭院、树木、水上的浮萍和绿藻，以及镶嵌在云彩上的月亮，此刻都化为了无形。 如槿和他正面相对着，抬起头，在他的脸上印两瓣温润的唇。 他搜寻着她的来处，用嘴迎上去。 鼻息探到一起，他记住了这个味道，在后来的许多日子里，这味道一直在他的鼻前游荡。

第二天，两人照例出门。 娘把装着炒蒲菜的饭盒递给如槿，嘱咐她早点回来。 如槿对娘说，晚上多做点菜，有两个朋友要来。

到了纱厂门口，如槿下车。 杨明看到她手腕上的银镯，提醒她上班别戴镯子，小心被没收了。

如槿说："把你戴在身上，让你陪着纺纱机。"

"纺纱机太吵了，我不陪。 我是要陪着你。"

"我只戴了一只，另一只放家里。"

"姐，晚上我还要亲你。"杨明附在如槿耳畔说。

如槿拍拍他的肩膀，正色道："小伙子，干活去吧。"

杨明目送如槿走进纱厂，仿佛走进了一个密不透风的囚牢。 如槿闪过一个路口，回头向他招手，轻盈的步伐映衬着阴沉的天空。他还想多看一会儿，但如槿已经消失了。

之后的许多天，他经常想起这个背影。

晚上，杨明照例来接她。 已经过了下班时间，如槿没出来。 黑丫头出来了，她还没出来。 杨明和黑丫头一起等，等到所有人都走了，大门口空荡荡的，只剩下门房和厂警在门口逡巡。

黑丫头还留在拣花车间，和如槿接触少，不知道她的情况。 一个纺纱女工朝这边走来，杨明拉着黑丫头赶过去，问她如槿的情况。

那个女工说，上午有人来，带走了几个人，说是去外面，有一批布要整理。 她特意说，如槿不愿意去，监工带着人把她拖着塞到了一辆卡车上。 "这是她的饭盒。"女工掏出饭盒递给杨明，里面仍是满满的蒲菜。

杨明让黑丫头先回去，告诉爹娘不要着急，他继续在纱厂门口等。

过了很久，依旧不见如槿。 远远走过来一个人，是华哥，脸上同样现出焦虑的神情。

第十章

萍水逢

　　第二天早晨，厂门再次打开，工人们鱼贯而入。杨明和华哥等工人们都走进去了，去门房打听，门房回话说不知道。他们要往里闯，被拦在外面。几个穿统一制服的人过来，挡在门口。杨明向为首的一人说明情况，说自己的姐姐一夜未归，要进去寻找，或请他们差人把姐姐送出来也可以。那人问他姐姐叫什么名字。杨明报出名字，隗如槿。那人告诉他，隗如槿早就回家了。

　　杨明拔腿就跑，没顾上一旁的人力车。跑回家，发现如槿并没回来，爹娘也一夜没睡，守着一桌菜。杨明撒了一个谎，说如槿被派去别处做工，过些天就会回来。爹不信，问他到底出了什么事。他说："我也不知道，厂里这么说的，我再去问问。"

　　这一天，杨明一直试图进到纱厂里去。他围着纱厂转了一圈，四周的墙壁全用铁丝网围着，无法进入。他和华哥从大门口往里冲，被拿着警棍的厂警逮住，推了出去，身上挨了几棍。

　　直到一天结束，黑丫头出来，看到他们缩在纱厂外墙下，过来跟他们说了一些情况。黑丫头说，如槿和叶青一天都没回来，带走她们的人中有日本人，也有中国人，其中一个是吴二。吴二是谁？黑丫头打听了，他是商埠一带的混混，替日本人做事。两人心下一沉，感觉事情有点不妙。

136

杨明拖着疲惫的身子回了家。 站在家门口，他不敢迈步进去，不知如何跟爹娘说。 大门开了，爹蹒跚着走出来，看到他的表情，一切了然。 杨明故作镇定，跟爹说："如槿有消息了，正在商埠的一家纱厂做工，那里封闭管理，平时不准出来，到月底才能回一次家。 赚的钱也多，是之前那个纱厂的两倍。"爹说："你带我去看看。"杨明说："你病没好，别去了。 你放心，如槿不会出什么事的。"

　　三个人默默吃了晚饭。 娘去菩萨像前跪下，口里念念有词；爹坐在饭桌前默默抽烟，烟雾缭绕在房间里，形成一个梦幻的场域。杨明走到院子里，回想往日欢笑的情景。 他推开如槿的房门，里面黑黑的。 擦火点燃油灯，他看到桌上放着之前买的簪子、梳子和镯子，还有一些脂粉和雪花膏。 桌上的圆镜里，照出他眉头紧锁的面容。 他坐在床边，床单很整洁，一条被子叠得整齐，放在靠墙的一侧。 他和衣躺下，像如槿一样，枕在枕头上，一种馨香的、熟悉的味道包裹住他。 他对着夜空喃喃自语："姐——"

　　他睡着了，做了许多乱七八糟的梦。 在梦里，有时姐姐要死了，哭着跟他告别；更多时候也是姐姐向他告别，但没死，而是被人抓起来，关进一个密闭的院子，他哭喊着跑上前，不要姐姐走；有时是在湖上，他们驾着小船，冲进芦苇荡，又冲出来，进了一片荷塘，姐姐张开双臂，跳进荷塘深处，他伸手去拦，没有拦住。 荷塘里什么都没有，连姐姐的一点儿讯息也没有。

　　醒了多次，油灯亮着，他熄灭灯。 枕头上传来如槿的气味，他拽过如槿的被子，盖在身上，仿佛被姐姐盖住。

　　寻找计划开始了。

　　杨明和华哥商量，要从吴二身上寻找突破口。 他们去了商埠，挨近几家妓院，向人打听吴二。 打听了一天，没人告诉他们。 那些过去的街道，好像失去了原来的样子，变得可憎。

二人颓丧地走在街上，到了一处小山丘旁，耳畔突然响起刺耳的警报声。街上的人开始慌乱，有人朝老城的方向跑，几个学生模样的人朝山丘上跑，嘴里嚷着："快，去看飞机。"杨明和华哥跟着他们，不一会儿攀到山丘顶端。

过了一会儿，就见西南方向飞来一群轰隆作响的飞机。不出所料，是盟军的飞机。几个学生对着飞机指指点点，点了点数，大概有二十架，中间的五架大家伙是B-29轰炸机，周围保护它们的是P-51战斗机。轰炸机盘旋在空中，在一些地方投下炸弹，爆炸声震得城市隆隆作响。P-51战斗机除了保护轰炸机，有一半脱离了队伍，去迎战匆忙起飞的日军零式战斗机。不一会儿，缠斗在一起的战斗机就有几架冒起了黑烟，朝西郊那边栽下去。每落下一架零式战斗机，学生们便一阵欢呼。一个多小时后，盟军的战斗机和轰炸机群，机翼上闪着金星的光芒，在全城人的注视下，响着凯歌离去。

这一次，火车站再次成为筛子，几截铁轨和几个火车头被炸飞了，几处日本兵营也燃起了大火。街上出现了不少日本人，他们带着家眷，从商埠逃出来，去了中国人聚居的老城。

杨明久久地望着飞机消失的方向，心里升起一股气势。他有种想哭的冲动，觉得姐姐应该快回来了。华哥指着飞机的尾翼说："那边是长清，飞机飞到我家去了。"

之后的一些天，杨明拉着人力车，继续在街上到处搜寻。有客人时，他就拉一会儿，顺便向客人打听，认不认识一个叫吴二的人。

盟军飞机来的次数多了，大家逐渐习以为常，不再像过去那么慌乱。人们发现，这些飞机专炸火车站、机场和日本的兵营，不对平民开火，于是就放心了，感觉自己暂时还是安全的。又一次空袭时，杨明没有躲避，拉着空空的人力车，奔行在经三路上，隔不远就是日本领事馆。他漫无目的地走着，身侧是慌乱奔跑的人群——依旧有人用身体的慌乱来躲避内心的慌乱。他抬头，正好和一架飞机对视，他似乎看到了驾驶员，那人正冲他招手。 飞机扔下几个黑东西，不偏不倚地落在日本领事馆，几声巨响后，领事馆燃起了大火。

人力车随着震了一下，杨明差一点儿脱手。 他用力稳住，但又觉得不对劲，车身重了一些。 回头一看，一个女人坐到了车上。 那人穿一件长衫，像男人一样，但头发是长的，脸庞白净，是一个有点儿书香气的女人。 女人用一只手揎着另一侧的胳膊，有气无力地说："往前走，快！"

他握紧车把手，朝前方奔去，不时回头看女人，猜测她年纪和自己相仿，或稍大一点。 他问女人要去哪里，女人报出一个地址，在杆石桥附近。

到了杆石桥，警报声恰好停止。

他拐进一条胡同，再往里，车子没法进。 他停下对女人说："前面没法走了，就送到这儿吧。"女人没回话，他走过去查看，女人已经睡着了。 他拍拍女人的肩膀，女人头向一边歪去。 杨明一惊，马上伸手去探女人的鼻息，还好，她应该只是睡着了。 再看扶着另一侧手臂的那只手，上面涸出一些血迹，细看，血已经涸红了女人的小半边衣服。

他赶紧把女人扶起来，摇醒她。 女人吃力地睁开眼睛，请求他把自己扶进家去。 杨明说："你伤得这么重，我带你去医院吧。"女人连忙摇头，说家里有药，不用去医院。 杨明把她未受伤的一条手臂搭在自己肩膀上，扶下车，朝胡同里走。 走了几步，他让女人在一棵树旁靠一下，他回去把车移到路旁。 车后座上沾了不少血，杨明又找一块破布盖住了，继续扶女人。 女人一边艰难朝前走，一边向他抱歉，耽误了他的工夫，还把他的车弄脏了。 杨明觉得无所谓，反正现在也无所事事，帮忙做点儿事，心里不会那么堵，车子脏了，洗一洗就行了。

杨明在女人的指挥下把她扶进屋里。 女人在一把椅子上坐下，再次向他道谢，指着一个抽屉，说里面有钱，他可以把车钱拿走。 杨明打开抽屉，拿了几角钱，告别女人，向外走。

杨明拉着人力车，刚走出胡同口，心里还是惦记着那个女人，隐隐有些担心她的伤情，于是折返回去。 再次走进女人的小屋时，他看到她把一侧的袖子剪开了，正在清洗伤口，嘴里发出咝咝呻吟。杨明奔过去，说："我帮你。"

女人怔了片刻，让他拿过一把刀，还有白布、碘酒。 杨明坐在女人旁边，一只手握住女人的手腕，盯着伤口。 那是枪伤，还在汩汩冒血。 他替女人清理了伤口外围的血，问她接下来怎么办。 女人说："你帮我……把子弹剜出来。"杨明愣住了，呆呆地看着女人，不敢相信自己的耳朵。

"把刀在火上烤一烤，用刀把子弹剜出来，很简单……子弹不深，幸亏打在里面之前先穿透了一扇门。"女人话语中透出一股坚毅。

于是，杨明按照她的指示，找来一盏煤油灯，点燃了，把刀放到上面烤。 女人告诉他一些剜子弹的细节，让他动作要迅速，要当机立断，子弹剜出后，再涂上碘酒，用纱布包裹。

准备就绪后，女人朝杨明点头。 杨明颤抖着把刀放到女人的伤口处，刀尖慢慢探进伤口。 女人尖叫一声，胳膊缩在一边。 缓了片刻，女人催促他快一点，不要犹豫，指挥杨明把受伤的胳膊固定在一块木板上，自己嘴里含上一块毛巾，朝他点头。

他再次把刀插进伤口，心跳得厉害，手也开始抖，剜了几下之后，终于看见了那枚亮晶晶的金属。 女人咬紧毛巾，嘴里发出呜呜的叫喊声。 杨明心一横，把刀插得深一些，以对方的肌肉做杠杆，把子弹剜了出来。 女人发出一声更大的呜呜声，头歪到了一边，晕了过去，脸上细密的汗水把刘海濡湿了。 杨明没有停，快速清理了伤口，擦去汩汩冒出的新的血水，涂上碘酒，用纱布包裹了几圈。 血再次洇出来，他只好继续缠纱布。 忙完了这些，女人还没醒。 他犹豫片刻，抱起女人，把她放到一边的床上。

他坐在床沿，盯着这个陌生女人。 从身材和长相看，女人和如槿有些像，区别是女人可能是读书多的缘故，显得更文静一些。 不过，相像的地方还是居多，他忍不住想叫一声姐姐。 过了许久，天有点儿黑了，杨明出门到街口买了一些饭食，带回来放到女人床头，把之前用过的煤油灯点燃，也放到床头的桌子上。 他想起如槿，有种想哭的冲动，忍不住叫了一声"姐姐"。

一个微弱的声音传来："你是在叫我吗？"

杨明擦一擦眼睛，站起身，说："你醒了就好。 伤口都处理了，我给你买了饭，你抽空吃。"说完就要告辞。

女人说："你有个姐姐吧。"

"嗯，但我现在找不到她了。"杨明忍住悲伤。

"我叫董倩，你叫什么？"

"我叫杨明。"

"一看你就比我小，你也可以叫我姐姐。"

"姐姐。"

董倩答应一声"哎"，脸上露出欢喜的表情，陷入短暂沉思。 她告诉他，自己是报社记者，最近到这里来报道一些事情，投奔了一个叔叔。 至于受伤的原因，他没问，她也没说。 看她精神渐渐恢复，杨明就告辞了，约定下次再来看她。

爹的身体，先前日渐好转，现在又塌了下去，重新回到床上躺着。 杨明不断嘱咐他，一切放心，如槿马上就能回来。 和爹不同，娘的承受力却高了许多，她有菩萨陪伴，每天念叨一些只有菩萨能听懂的话。

杨明常带回一些新的吃食，变着花样给爹娘吃。 通常，爹娘吃得少，大都给他留下了。 娘告诫他，别乱花钱，有了钱多买些粮食，囤起来，以后结婚的时候用。 他答应了，除了买粮食，照例再买些别的。 粮食也不够用，同样多的钱能买到的粮食越来越少。 先前买白面，后来买玉米面，掺着麸糠。 只要是能吃的东西，只要能买到，总是聊胜于无。

幸亏夏天来了。 湖上的宝贝取之不尽用之不竭，蒲菜、茭白又长了出来，鱼儿又快活地游了起来。 杨明晚上去下卡子，虽然下得少，但总能在第二天一早有一些收获。 把鱼儿带回家，交给娘，娘收拾了，撒上盐晒在院子里。 一个人撑船踏进湖上的夜色，或湖上的黎明，连日的心神不宁让他感到前所未有的疲惫。 一些过去的事成群地向他扑来，一个温柔的身影在眼前晃动。 他逮住一束芦苇，痛快哭了一场。

哭完后，他撑船去了汇泉寺。

觉新分析，德国投降了，美军打到了日本人的老家，日本撑不了多久了。 "你看头顶的飞机，不就是日本要失败的预兆吗？"杨明跟他开玩笑："你这和尚，还关心天下事。"

"谁不允许和尚关心国事？ 匹夫有责嘛。"

"我心里难过，找你唠一会儿。"

"如槿还在纱厂上班？ 你告诉她，赶紧回来，别再为日本人干活了。 她们织成的布，都用来做日本兵的军服了。 给日本人打工，不值得。"

"如槿被人从那里带走了，不知去了哪里，已经一个多月了。"

觉新露出惊讶的表情，说："还有这种事？"继而皱了眉头，思索一会儿："往坏处想吧，现在什么事都要往坏处想。"他用手指了指西边，说："应该在那边。"

"何以见得？"

"商埠是日本人的大本营，不在那里，在哪里？"

142

"我也这么看，但一时无从下手。"

觉新安慰了他几句，叹息一声，起身去佛前打坐。杨明回到船上，又回到家里，拉了人力车出门。他去了商埠几家日本人常去的妓院，但进不去，只能在门口观望。在一个叫星俱乐部的小楼前，他待的时间最长。据说这里日本人最多，他也看见了一些日本人，突然想起一个人来。这时，另一个身影在路边闪了一下，两人眼睛对视，那人闪进一旁的胡同，不见了。杨明奔过去，没有发现赵奎。

他以为自己看错了，犹疑了片刻，拉起车，朝一个地方奔去。

停好车，他走进东方照相馆。这是一座三层的小楼，孤立在商埠的一条路边，里面坐着两个年轻的伙计。一个起身，问他是不是要照相。他摆摆手，说来找也加成。那人说，这里没有也加成，少东家叫野田加成，而且他出去好些天了，一直没回来，问他有什么事。他没说，退出门去。

继续走在街上，杨明感觉又被强大的陌生感笼罩。这座生活了近二十年的城市，吸纳过他，如今又把他吐出来，撇到大街上。天气已经很热了，太阳当空，汗水滴落在尘土泛起的路面上。不一会儿，天空笼罩了一些乌云，风中带了湿气，飘下雨来。雨越下越大，包裹了尘土，泛起新鲜的泥土味道，扑进他的鼻子。他任凭雨点打在自己身上，垂下头。渐渐地，路上形成了河道，人力车是一条船。

雨小了，他查看了下人力车后座，还好，有雨棚盖着，没有湿。曾洇过血的地方，已经被擦干净了。他想起那个叫董倩的姐姐，自己有几天没去看她了。自从上次救了她，他又去过几次，查看她的伤口，帮她买些饭食。他们迅速拉近了距离，感觉像认识了很久。董倩读的书多，去的地方也多，她给他讲一些外面的事，北平、上海、南京、重庆，各方控制着的不同城市，还说日本人快垮台了，但人们的日子也不一定会好过。和觉新讲的差不多，但比觉新更深入。他告诉董倩，这座城市哪里日本人多，哪里是中国人的地盘。

大明湖肯定是中国人的，起码，是周围的湖民的。

一个老先生拦住了他的车，要去杆石桥。

老先生穿一件白色半袖褂子，须发半白，鼻上架一副眼镜，手里拿着几本书护在胸前。他钻进人力车，说："小伙子，你没避雨吗，身上全湿了。"杨明回头看他，竟是多日不见的齐先生。齐先生也发现了他，说："小伙子，我们很久不见了。"杨明说："你这个老头，我还要找你呢。"齐先生问："找我做什么？"杨明说："回头再说吧，你要去哪儿？"齐先生说："往前走。"

这是杨明第三次见到齐先生。第一次是在大明湖上，杨明撑船送一群学生和一个老人去北岸，对那个老人印象深刻。第二次，是杨明刚开始拉人力车时，老人搭车去商埠，两人聊了几句。老人自称姓齐，觉得杨明眼熟，问是否见过。杨明思索片刻，就想起了那一次在大明湖上。

走到经四路的一个街口，杨明看到一个人躺在地上。那是一个年轻女人，脸上布满呆滞的表情，嘴唇变紫，眼睛睁着，盯着落下来的雨水。女人胸前的衣服敞开，露出雪白的胸脯。一个幼儿趴在她身上，抱着她。

齐先生让杨明停下，走下人力车，雨水打在他的帽子上。他四下望了望，再去看女人和她的孩子。女人已死去，孩子趴在她身上睡着了。齐先生给女人盖好衣服，对她鞠了一躬。他抱起孩子，走回车上。

"真是造孽。"齐先生说着，让杨明拐到前面不远的一条胡同里，过后再去杆石桥。

到了那条胡同，齐先生把孩子抱进一扇大门，不一会儿出来，坐回人力车，示意他可以走了。杨明没有动。齐先生问他怎么不走。他说："你把孩子抱到这里，是什么意思？"齐先生说："没什么意思，看着可怜。"

见杨明一脸认真，齐先生哈哈大笑，说："我把孩子抱过来，交给一个朋友，让他找人暂时关照一下，他现在会马上动身，去处理那位母亲的遗体。最好能找到她的亲人，找不到的话，这个孩子也会有一个好的着落。"

"你说的是真的？"杨明半信半疑。

"要不然呢？你帮我想一个办法？"

这时，刚才的院门打开了，一个男人走出来，看到他们，对齐先生说："齐先生，你怎么还没走？"

齐先生说："这位小兄弟怕我是拐卖孩子的，要等你出来作证。"

那人笑了，连连摆手，为齐先生作证。他说自己马上就去那个路口，一切都会办好。杨明有点儿尴尬，向齐先生道歉，拉起人力车，继续去杆石桥。

巧合的是，齐先生在他要去的那条胡同下了车，两人一前一后走进了同一个院子。齐先生说："小伙子你还有什么事吗？"杨明表示他来找人，并非跟踪。齐先生说："你找谁？"杨明不知该怎么回答，恰巧，董倩推开屋门走了出来。

晚上，齐先生请杨明一起吃饭，感谢他救了自己的侄女。杨明说："你们一个姓董，一个姓齐，说她是你外甥女我还信。"齐先生解释，他和董倩的父亲是异姓兄弟，比亲兄弟还亲。齐先生在一所中学当教员，侄女来投奔他，在此小住几日。

见到董倩，杨明就想起如槿。也可以说，促使杨明来找董倩的，是对如槿的思念。他抓起桌上的酒，倒一杯喝尽了。齐先生问他有什么心事。他没有掩藏，把如槿的事说了。这些天寻找如槿，寻找吴二，竟一点收获也没有。

"吴二……"齐先生喃喃道，"我认识他。"

杨明立刻来了精神，让他继续说下去。

"早年的时候，吴二在齐鲁大学做事，那时我是学校的教员。 这个人看着老实，事实证明我们都被他蒙骗了，后来他专干偷鸡摸狗的勾当，被学校开除了。 出了学校，他就成了地痞流氓，混在商埠。这些年给日本人干事，诱骗一些不懂事的姑娘，送到各个俱乐部去。"

"你是说，如槿被送到俱乐部去了？"

"十有八九，大概率是星俱乐部。 我打听过了，最近日本人战场失利，搜罗了一些姑娘去供他们发泄。"

"那怎么办？"

齐先生叹口气，一时语塞。

匆匆吃过饭，杨明先走了，连夜回家。 齐先生又待了一会儿，和董倩商量了一些事，也离开了。

接下来，齐先生和董倩开始忙碌。 杨明不知道他们在忙什么，每次来时，都见董倩把自己关在门内奋笔疾书，问起，她就说是在写文章，具体什么内容不说。 齐先生有时带几个陌生人来到小院，一群人秘密开会。

一次，齐先生交给杨明一封信，叮嘱他帮忙送到铁路大厂的一家自行车行。 齐先生强调，一定要杨明亲自送到。 这是自然，杨明觉得齐先生有点小题大做，但看对方严肃的表情，他意识到自己距离一种新的方向更近了。

拉着人力车一路西行，穿过商埠，就到了铁路大厂。 自行车行在工厂二门外不远处的福德里街，看门面是新开的。 杨明放下人力车，走进车行，说自己找一位姓司的先生。 伙计通报，姓司的中年男人走出来，对他点头，接过信，回到里间。 不一会儿，男人走出来，递给杨明一封信，叮嘱他，一定亲自送到齐先生手里。

杨明觉察出齐先生和这位司先生的隐秘工作一定和共产党有关，也一定和日本人有关，不由添了一丝兴奋。

把信送回来，齐先生很高兴，拍着他的肩膀说："杨明你是好样的，有觉悟。"

后来，他们几人常坐在一起聊天。杨明喜欢听董倩讲以前的事，尤其是她过去在鲁东南的故事。董倩谈到南方的故乡，和以前去延安的经历。她的记忆常飘飞到许多地方，比如鲁东南，那里有一张永生铭记的面孔。

那时她刚从学校跑出来，参加了八路军，遇到了此后影响她一生的女人——陈若克。陈若克比她大两岁，当时也不过二十二岁，已是妇救会的领导。她跟着这位大姐一起奔走在沂蒙山区，发动女子学习文化、演话剧、编小品。晚上，她们住在老乡家里，简陋的石头房填满了她们的记忆。

一个初冬，日军展开大"扫荡"，向沂蒙山区的根据地派出重兵。在不断转移中，董倩和几个女兵藏进了大崮山的山洞里，一起躲藏的还有陈若克。此时的陈若克已怀孕八个月，在颠沛中更显疲惫。

山洞外，日军的飞机大炮不断猛烈轰炸，洞顶的石头不时掉落。陈若克身着深色土布褂子、米色毛衣（在普遍只穿棉袄的北方，毛衣最终要了她的命）和浅色长裤，躺在毯子上，用手护住隆起的肚子。女兵们把她围在中间，有人利用一些碎布缝制衣裳，那是送给即将出世的孩子的礼物。

然而，敌人的炮火太猛烈了，山洞岌岌可危。夜里十一点，日军攻上山，人们不得不跑出山洞，分散突围。董倩本想和陈若克走在一起，但黑暗中不辨方向，她们走散了。

逃至半山腰，一颗炮弹在她旁边爆炸，她瞬间失去了知觉。

醒来是在一户农民家里，恍惚间仿佛依然置身山洞。她艰难转头看了看，又喃喃道："大姐，大姐，你的孩子……"随即又陷入昏迷。她仿佛梦见了那个孩子，在她的意识中，那个孩子应该出生了，忽闪着大眼睛看着这个世界。

许多天之后，她才听说了陈若克的消息，确切来说是噩耗。 天亮时，日军在密林深处发现了陈若克，见她穿着毛衣，而不是普通百姓的棉袄，断定她身份并不简单，于是把她抓走送到了沂水县城。在审讯中，陈若克坚贞不渝，依旧对敌人痛骂不已。 后来她生下女儿，敌人为女儿递上奶瓶，她摔碎奶瓶，咬破手指，把流着血的手放到孩子嘴边，让孩子吮吸。

最后，陈若克被敌人杀害，一起遇害的还有她的女儿。 人们见到她的遗体时，她已是身首异处、体无完肤，唯有丈夫送她的腰带能够证明，这个二十二岁的母亲曾昂首于人间。

那些天，董倩不断追问自己，理想到底是什么？ 想想陈若克，她找到了自己的方向。 后来，当她果真面临陈若克当年的处境时，竟真的一点儿也不怕。

从回忆中抽身出来，董倩盯着一张报纸看得出神，指着一个地方对齐先生说："这篇文章，揭露了他们在新华院的罪行，写得真是畅快。"

"是啊，我们把这个地方告知天下，一定会引起关注。"

"不能只是揭露吧，是否应该打入内部？"

"太难了，相信里面的同志会处理好。"

这些年，新华院的消息不断传出来。 这个杀人魔窟在官扎营后街上，专门关押中国战俘和无辜的人。 人若是被关进去，十有八九出不来，即使出来了也会留下一生的阴影。

"还有，"齐先生盯着董倩柔弱中透露着坚韧的秀丽面庞，"你最近动作太大，可能会引起他们的关注，赶紧换个地方住吧。"

他们想了几个地方，都不合适。 一旁的杨明插话道："干脆去我家吧。"两人转头看向他。 他补充："去我家，在大明湖上，谁也不会发现。"这倒是个好主意，他们商定，连夜收拾行李，第二天一早杨明就来把董倩接走。

然而，第二天刚天亮，等杨明出现在杆石桥，正准备走进那个巷子，却见一群人涌出来。他赶紧闪到一边，等看清了被围在中间的人，一时呆住了。

是董倩。

他本能地想做些什么，但迈不开腿。董倩也发现了他，目光从他脸上掠过，没有任何停留。隔着十几米远，两人在这一刻像陌生人一样。

前一天晚上，董倩看的那份报纸同样出现在泺源公馆堀井的办公桌上。除了报纸，还有几份材料，都指向董倩。堀井判断，这个女人并非当地土著，而是刚来济南不久，从这重身份也能看出其危险性。如果这个人是共产党，那么"董倩"这个名字大概是假的。经过调查，他最终找到了她的藏身之地，立即带着人前去抓捕。

就这样，凌晨天快亮时，几个黑影窜进董倩的院子，惊醒了床上的她。等她穿好衣服准备逃走时，已经晚了。堀井带着几个人已经来到了屋门口。董倩听到声音，迅即掏出床头的一把手枪，闪到门后。门很快被踹开，几个日本兵提着枪窜了进来。董倩没有犹豫，对着距离最近的一人射击，那人应声倒地。更多的子弹朝董倩射来，有一颗钻进了她之前受伤的胳膊。最终，她被按在了地上。

被拖着走出巷子时，董倩当着不远处的杨明，故作大声地对堀井一帮人喊："你们这群刽子手，一定会受到审判的！一定会带着一具具尸首，滚回你们的老家……"

第十一章
胜利日

1972 年夏天，杨明在济南见到了西哈努克亲王。

为欢迎亲王到来，济南的大街小巷粉刷一新，火车站专门拆了一座建筑，新建了从站台直通站前广场的出口，名曰迎宾门。 空中飘扬着西哈努克亲王亲自创作的歌曲，赞颂中柬友谊。

亲王来的那天，从火车站到他下榻的南郊宾馆，十万人走上街头，夹道欢迎。 亲王抵达南郊宾馆时，一群女大学生正在宾馆门口表演《白毛女》中的舞蹈《大红枣儿送亲人》。

亲王还去了大明湖，从游船上下来时，受到人们的热烈欢迎。亲王与包括杨明在内的人们亲切握手，之后去了铁公祠。 在明湖楼饭庄，亲王品尝了凉拌藕、水晶藕、冰糖莲子和奶汤蒲菜等湖上特色菜。

这天下午，杨明独自一人离开湖畔，沿着经一路向西走。 城墙早拆除了，路面比以前宽阔。 他想起过去一个叫华哥的人，又想起当年的纱厂，现在是一家国营棉纺厂。 他走到棉纺厂门口，女儿二十六岁了，正在里面工作，是一名纺织女工。

他最终走到了纬六路，粉刷过的墙壁依然耀眼。 过了从前的一家洋行，往南是医院。 这条街上还有一个令他无法忘记的地方，现在闲置了，一座小楼掩映在群楼中，并不十分显眼。

换成隗如槿的视角，隔着遥远的时间，她和杨明站在同一条街上，目光落在同一座建筑上……

如槿、叶青和几个女工被塞进一辆卡车。卡车并未行驶多久便停下来，几个人被赶进一个圆形厅堂，厅堂四周，呈放射状排列着一个个房间。房间没有门，只有布帘子挡着。穿过厅堂到了一处院子，她们在一排房子前停下。这些房间有门，里面空荡荡的，女工们被一一塞进不同的门里。

如槿跑到门口，使劲拍打房门，没有人应声。她嘶哑着嗓子喊了几声，听到隔壁的叶青同样在喊叫。她回头观察房间，只有一张床，一个洗脸盆，一面镜子。床上铺着灰色床单，一个枕头，一条皱巴巴的毯子，还有头顶的一盏灯，别的什么都没有。

门外传来吴二的声音："你们安心在这里待一段时间，赚钱多还不用干活。"

如槿喊道："放我出去，我不要在这里赚钱。"

"来了你还想出去？"

"我要出去，我要出去……"

吴二没再回话，可能已经离开了。

她们喊累了，暂时安静下来。如槿倚墙坐在地上，低声啜泣。她想起杨明，想起爹娘，早晨和杨明告别的情景浮现在眼前。她喃喃道："明子，我害怕。"墙壁发出呜呜的声音，她把耳朵贴到墙上，听到了叶青的啜泣。她也哭出声来："青姐，青姐。"叶青说："如槿，我们怕是回不去了。"

不一会儿，走进一个女人，大概四五十岁，脸上横竖着一些脂粉，穿一件绛红旗袍。女人宽慰了她一番，说既来之则安之，在这里要好好表现，不然不但没饭吃，还要挨打。女人说："你别想逃跑的事，根本不可能，谁要想逃出去，就打断腿。"

临走，女人说："现在你叫梅花，记住了，这是你的名字。"

如槿的门口挂了一个牌子，上面写着：梅の花（梅花）。

女人走后，外面继续陷入安静的深渊。

夜幕降临，逐渐有了脚步声，她听到门被推开的吱呀声，浑身一阵哆嗦。转头看门，没有任何响动，她以为自己出现了幻觉。隔壁叶青的叫声从高到低，先是恐惧的惊叫，接着变得低沉，声音里带着串串泪珠。她拼命拍打墙壁，喊"青姐，青姐"。喊了几声，她仿佛又听到了门的响声，忍不住呻吟一声，跑到床另一侧的墙角蹲下，瑟瑟发抖。

黑暗彻底笼罩了这间房子，灯没有开，如槿看不到自己的脸。越来越多的尖叫声、号哭声传进来，她觉得自己的脑袋要炸了，脑子里先前还有一片湖水的模样，后来变成空白。

突然，一束光阻断了她脑中的空白。灯亮了，她一时没有适应，用手捂住眼睛。透过手指的缝隙，看到一个人影在门口。那人走近她面前蹲下，那是一张猩红的脸。她尖叫一声，继续用手捂紧眼睛。

那人用生硬的汉语问她："你怎么蹲在墙角？"

她没有回答。

那人说："站起来，到床上去。"

那人拽起她，扔到床上，像扔一团棉花。一身松垮的军装，告诉她那是一个日本兵。过去，她从未和日本兵近距离接触过，总是远远躲开。一次，她看到一个日本兵举起枪，扣动扳机，瞬间打爆了一个老人的脑袋。当时，她离他们很远，祈祷此生不会有任何瓜葛。

她仍穿着纱厂的工作服，和眼前的米黄色军装比起来，显得柔弱不堪。那是一张沟壑纵横的脸，但就年龄来看，也不会比自己大多少。这个日本兵脸上看不出表情，一条沟壑从嘴巴延伸至额头。

从未有过的痛楚和羞耻，仿佛一把刺刀将她杀死，且杀了一次又一次。

她觉得，过去的美好生活结束了。

再也没有人进来，她发呆坐到天明。而隔壁的叶青就不同了，那边不断传来开门、关门的声音。

早晨，她试图呼唤叶青，但没有回音。有人来送饭，告诉她，去厕所要申请，平时就待在房间里，不准出门。直到中午，叶青的哭声传过来。如槿用麻木的身体撞门，申请去厕所。

走出房门，院子东侧有一间厕所。在一个男人的监视下，她朝那边走去。院子门口有背着枪的士兵把守。能看到的外面，只有头顶的天空。回房间时，经过叶青门前，她喊了一声。叶青正站在门口，隔着门对她说："如槿，我可能要死了。"

"青姐，我们得想办法出去。"

"出去了又能怎样，华哥不会要我了。"

如槿感到眼前蒙了一层阴影。有人训斥她，让她赶紧回房间。走到房门口，看到"梅花"的牌子，再看青姐那边，牌子上写的是"菊の花"（菊花）。

坐在床上，如槿伸出手，轻轻抚摸自己的身体，一切都没有变化，一切又都变了。青姐的话还在耳畔。弟弟也不会要我了，想到这里，她的眼泪再次涌出眼眶。不会的，弟弟不会不要我。她伸出袖子，在眼睛上狠狠抹了一下。

难熬的一天终于过去。这一天，不断有一些人和事冲击着她的大脑。她裹紧衣服坐在床头，只有靠墙坐着才能有一丝安宁。她使劲让自己回想起在湖上划船的情景：一条小舟，几个孩子穿行在芦苇荡里，来到荷花丛中，周围都是荷花的香味，湖上氤氲着一层馨香。

晚上，周围又响起脚步声，青姐的房门再次被推开。透过门缝，能看到那些穿着皮靴的日本兵，有的在一间门前排队，有的披着衣服哼着歌离去。但她的门前并没有人停留。她觉得奇怪，又庆幸，最好不要有人走进来，最好就这样发呆到死去。

但，门终究开了。

昨天来过的那个日本兵再次走进来，向她打招呼："你还好吗？"

她依旧不说话。

他说："昨天很是抱歉。我花了钱，不让别人来你房间。"

这天晚上，那人并没有对如槿动手。他自称叫菊池之助，来自日本的千叶县。他说，看到如槿，他就想起在家务农的妹妹。说到此处，外面的喧闹声更加嘈杂，有人来拍门，用日语叫嚷。菊池走到门口，打开门，和外面的人说了几句。两人越说越激烈，菊池伸手打了对方一巴掌，旋即关门。菊池回到如槿身边，告诉她，最近城里日本兵越来越多，大家不再遵守禁止外出的军令，一到晚上就到各处花天酒地。

在菊池之助的保护下，如槿度过了几天平静的日子。有一天，她再次听到警报声、飞机的轰鸣声、爆炸声，和外面慌乱的脚步声，还有一些女人的欢叫声。有人推开门跑到院子里，如槿也跑了出去，和叶青站在一起。叶青比过去憔悴多了，走动的身体显得很沉重。她们抱在一起哭了一会儿，跟着大家向外跑，但逃跑是徒劳的，很快就有从慌乱中回过神的日本兵持枪把她们赶回去。

一天晚上，菊池之助喝了酒，醉醺醺推开如槿的房门，扑倒在她身上。他变成了一头野兽，又抓又挠，还扇了她几巴掌。她被这头野兽打得头嗡嗡响，身体冒出撕裂的罪恶感。

那晚，菊池之助瓮声瓮气地讲述起自己的身世。他说自己出生在日本一个叫丰臣村的小村庄，家里是佃农。他们家租了地主三分地，每分能收六袋米，其中四袋要交给地主。父亲得病死了，留下母亲、自己和两个妹妹。入伍前一天，他还照常下地干活，挖白薯，种小麦，干到第二天早晨，才带着征兵的征集令、日用品和一张准备包裹物品的油纸，跑到东京上野集合。一周后，他被送到青岛。

他在泰安待了一年，去过中国的许多村子，刚开始不敢杀人，后来跟着老兵去杀人，成为上等兵后，又带着新兵去杀人。老兵进入村庄，有两件事是一定要做的：寻找年轻女性，寻找粮食。有一段时间他们还寻找年轻男子，抓起来集中运到青岛，装船送到日本做苦工。

酒渐渐醒了，菊池之助陷入回忆："腿脚好的农民跑得快，那些缠足的小脚女人就不行了，几乎一个也逃不掉。如果她们反抗，我们就一边用短刀的刀背和手榴弹敲打她们，一边干那种事。有时下着小雪，麦田被雪覆盖，让我想起家乡。我大多时候不参与，继续行军。他们能很快结束行动，提着裤子追上来，回到队伍。"

如槿静静听着他的话，由于对方的汉语说得并不熟练，有些话没有听清楚，但大概能理解。

菊池之助说："去年，在鲁东，也可能是鲁南，你知道这些方位吗，就是这个省的东南部。我挺喜欢山区，风景会让人的心情变好一些。那时候我们遇到了麻烦，没有粮食，到处去抢。农民太狡猾了，他们逃走了，还带走了粮食和牲畜……"

如槿瞪大了眼睛，盯着这个日本兵，胸中发闷，被扇的两腮隐隐作痛。

菊池之助继续说："前些天构筑的工事失去了意义，情报有误，盟军可能不会在这个省登陆了，应该会在本土登陆。我们明天就乘火车北去，保卫日本，或保卫满洲、朝鲜。"

说完，他拿出一串珠子，类似于项链，递给如槿。如槿没有接。他说："虽然是抢的，但没有别的可送，送给你。"他把项链放在床头，站到床下，默默穿衣服。穿好了衣服，他又拿起项链，戴到如槿的脖子上，端详一会儿，起身离去。走到门口，他回头盯着如槿木然的身体，以及身体上唯一的饰物，说："你真像我的妹妹。"

如槿伸手摸了摸项链，恨恨取下来，扔到一边。她想起自己的一只手镯，正藏在床底。她想拿出手镯看一眼，但犹豫了，没有动，终究不忍心看，不敢看。

之后，这个叫菊池之助的日本兵再也没有来过。

被称为"'衣'师团"的日军"北支那方面军"第十二军第五十九师团，于1942年2月组建，驻扎在山东，担任警备任务；1945年7月，北上出山海关，准备回国支援；日本宣布投降时，又驻扎在朝鲜半岛。在山东的三年多时间里，这支日军见证了共产党领导的抗日武装风起云涌，许多日本兵在绝望中走向人生终点。他们也将无数罪恶留在了这里，等待历史的审判。

新的噩梦降临在如槿头上。

她的门前，也开始排起了队。虽然大部分日本兵离开了这座城市，乘坐火车北上，但依然有很多没走掉，或暂时没赶上火车。离开前的最后日子，寻欢作乐成为常态。

如槿试图抹掉一些记忆，但新的记忆层出不穷。身体早已不是自己的，属于另一个时空。有一天半夜，她听到隔壁传来咚咚的敲墙声，附耳贴到墙上，听到叶青的声音："如槿，我坚持不住了，你要能见到华哥，替我对他说，我想家，想我们的村子，想五峰山的石头，想把我的身子交给他……"她使劲喊"青姐，青姐"，可那边再也没有声音。

第二天，她看到叶青被两个人抬着向外走，身体一动不动，眼睛大睁，和她对视。叶青的一只手垂向地面，一晃一晃的，像是和她道别。

过了一天，清晨唤醒阳光时，隔壁又被扔进去了一个女人。

这天晚上，如槿的门口传来几个日本兵的叫嚷声，继而门开了，几个人把一个男人推了进来。一共四个，一个是中年人，另外三个是年轻人。 中年人扇了被推进来的人一巴掌，指了指床上木然而坐的如槿。

那个年轻人眼中带泪，将目光和如槿的眼睛对到一起，旋即对那个中年人连连摇头，说出一连串呜里哇啦的话。 中年人指示另外两人摁住年轻人，把他扔到床上。 如槿认出了这个满脸痛苦的年轻人——野田加成。 那个中年人正是堀井。

野田加成露出一副不易察觉的表情，对她轻微摇摇头，转身对堀井说："求求你，不要强迫我。"

堀井说："我是帮助你解决心理的问题。 这段时间，你越来越不像话了。"

"为什么要以这种方式？"

"就以这种方式开始吧。"

接下来，三人熟练地扯掉野田加成和如槿的衣服，把他们揉到一起。 一切很快结束，一切仿佛永远也不能停止。 堀井带着两个人走出去，站在门口，问早晨被带来的那个女人关在哪个房间。 有人指了指隔壁。 他点点头，向隔壁走去。

过了许久，野田加成低声说："姐姐，对不起。"

如槿露出一副凄然的表情，没有回话。

野田加成把手放到如槿的手上，刚说出一个"姐"字，如槿就迅速抽回手，缩在床头，惊惧道："别碰我，别碰我！"野田加成站起身，绕到床的另一侧，靠近如槿，双膝跪下，双手按住床沿，头埋进去，哭道："姐姐，对不起。"

他抬起头，面对如槿的泪眼，说："姐姐，你怎么到了这里？"

"……"

"姐姐，我要救你出去。"

"……"

"姐姐，我心痛。"

"……"

终于，眼泪冲破了眼眶的束缚，如槿说："加成，你帮帮我。"

野田加成说："好。"

如槿说："帮帮我，杀了我吧。"

野田加成说："我不要你死，我要救你出去。"

"……"

"我要把你送回大明湖，我要跟你去湖上划船，捉鱼。我们去城墙观赏夜景。我们去黄河，我们去小清河，我们去外面飞。"

如槿的眼睛亮了一下，迅即恢复黯淡。

野田加成说："姐姐。"

"你不是我弟弟，你跟他们一样。"

"我把你交给杨明，我们都是你弟弟。"

"明子？"

"嗯。"

"加成，你要把我救出去。"

"嗯。"

"我想家。"

"我带你回家。"

这天深夜，野田加成带着沉重的心情和脚步离开了星俱乐部。第二天，他连夜找到堀井，此时堀井正在审讯一个女人。女人被吊在一根横梁上，已经昏死过去。堀井问他有什么事，昨天是不是感觉非常棒。野田加成告诉他，自己要把梅花带出去。堀井好奇地盯着他，说："只是让你突破自我，你竟然喜欢上了那个慰安妇？"野田加成说："我想多享受一下，一次还不够。"堀井露出赞许的目光，拍拍他的肩膀，说："那你就多去几次，没必要带出去，我会指示他们，那个女人现在只属于你。"然后，回去继续审讯，并要求野田加成也加入审讯。

堀井告诫他，女人什么事都干得出来，眼前这个受审的女人，就杀死了一个日本人。 "我们大意了，以为她只是一个煽动谣言的记者。 你也要当心，别被她们蒙骗了。"

野田加成看一眼遍体鳞伤的女人，心颤抖了一下。 每每看到这个场景，他的心都忍不住颤抖。

之后的一些天，果然没有人再打开如槿的房门，饭食也好了一些，不再是窝窝头，开始出现馒头，偶尔有小菜。 野田加成几乎天天过来，给她带一些吃的，坐在床头沉默不语地看她吃饭。 有一次，他告诉她，自己准备去找杨明，跟他说这里的情况。 如槿赶忙阻止，让他不要去。

"为什么？ 你不想见他吗？"

"不想。"

"真的？"

"你别问了，不要去找他。"

外面，时常有日本兵狂欢，发出嗷嗷的叫骂声。 有人推门进来，被野田推出去，他提到一个名字——广濑三郎，对方便悻悻地离开。广濑三郎是本城各个俱乐部的主宰，一般日本兵不敢跟他对抗。

天越来越热，屋子成了蒸笼。 一天下午，院子里响起哭声，从门缝望出去，一群日本兵跪在地上，伏地痛哭。 有人跪久了，坐在地上，唱起歌来。 好像是思念着什么，想起一些悠远的事。

没有人再踏进一个个笼子，去蹂躏那些笼中的女人。

下午晚些时候，野田加成来了。 她问他外面发生了什么。 他平静地说："今天中午，天皇宣布日本投降了。"

如槿愣了一下，不知道投降是什么意思。

野田加成说："从现在开始，日本人向盟军投降，不论是本土的，还是满洲的，还是我们这儿的日本军人，全都自行缴械，向所在地的盟国部队交出武器。 一切的罪恶，终于结束了。"

"就是说，我自由了？"

"是的，姐姐，你自由了。"

如槿瘫坐在床上，大脑一片空白。 自由是什么样子？ 她早就忘记了。 野田加成喃喃道："我们失败了。 我们过去一无所有，以后也会一无所有。"

此地的东南方向，过了几个街口，一辆人力车正行驶在路上，车轮碾压地面，发出咕咕的声响。

杨明要去杆石桥。 上午齐先生派人找到他，让他下午过去，有事商量。

赶到街口，齐先生正等在一棵树下。

齐先生气色很好，难以掩饰脸上欢喜的表情。 他说："杨明，你拉着你的车，咱们一起去泺源公馆接董倩。 她肯定吃了不少苦，能不能走路还不一定。"

杨明也感到高兴，又有点儿诧异，董倩怎么可能那么快被放出来。 齐先生解释，那边有人接应，肯定能救出来。 他仰天自语："凌志老弟，我把你的女儿给你找回来了，你在天之灵，该安息了。"

杨明问："你在跟谁说话？"

"许多年前的一个朋友，民国十七年，从杭州来齐鲁大学任教，被日本兵杀死了。"

杨明感到自己的身体开始哆嗦，问他刚才说的那人叫什么名字。

"杨凌志。"

杨明自语："杨凌志，杨凌志……"好像有点儿熟悉，又很陌生："倩姐怎么会是他的女儿？ 一个姓杨，一个姓董。"

"董倩不是她的真名。 不瞒你，你看她的身份，应该是什么？"

"我猜她是共产党。 你也是。"

齐先生赞许地盯着他，说："她原名叫杨小艾。"

"小艾，小艾，姐姐……"杨明差点儿一头栽倒在地上，他扶住人力车定了定神，靠坐在一段石阶上。

"小艾来这里，一边执行任务，一边寻找父亲，几个月前和我接上头，才知道父亲早已去世。 她还有一个弟弟，叫小陶。 凌志老弟去世后，小陶也消失了。 我找了许多年，一直没有音讯。"

杨明还在念叨，"姐姐，姐姐"。 他想起一片朦胧的湖，一个娴静的小姑娘带着他奔跑在湖边，身后跟着一对夫妇。 那些朦胧的岁月逐渐清晰起来，在他身上留下痕迹。 齐先生俯下身，看到眼前的年轻人满眼泪花，咧开嘴就要哭出来。 他赶忙扶住对方的肩膀，问怎么了。 杨明哽咽着说："我还有一个名字，就是小陶。 我记得我有个姐姐，叫小艾。 父亲死了，我被隗老爹收留，去了大明湖。"

齐先生也像刚才的他一样，没站稳，和他挨着坐在石阶上，继而揽住他的肩膀，兴奋道："杨明，你姓杨！ 我倒把这件事忘记了。 太好了，太好了，杨明，太好了。 这一下，你们就团聚了。"

杨明使劲点头，问他："姐姐还跟你说过什么？"

"你们的母亲，去世很多年了。 去世前，她拉着小艾的手，要她一定去济南，找父亲，找弟弟。 其他的家人，因为战乱全都散了。 现在，你和小艾，就是最亲的亲人。"

杨明喃喃叫了一声："妈妈。"

"你记得我吗？ 那时你还小，只有四岁。 怪不得，怪不得，我在大明湖第一次见你就觉得眼熟。"

杨明点点头，又摇摇头，四岁时的事太朦胧，一时想不起来。 他站起身，说："我们赶紧走，去接姐姐。"

齐先生不坐车，说这是为小艾准备的，自己高兴，陪杨明走一走。 一路上，他不住地感叹："凌志老弟吉人天相，失散的儿女马上

161

就聚齐了。"杨明想起倩姐，与生俱来的一种亲切感，一种熟悉的味道，使他们走到了一起，共同度过了几日温馨时光。

很快，二人就进了老城，到了泺源公馆门前。公馆大门紧闭，没有人。齐先生带着杨明绕到后门，依然没见人影。按之前约定，这时应该有人从公馆出来。他们正在纳闷，突然发现一侧墙下趴着一个人，奔过去，是一个女人。他们打量着女人的身形，心提到了嗓子眼。女人从上到下已没了囫囵的地方，头深深埋在土里。杨明蹲下，翻过女人的身体，让她正面朝上。女人闭着眼睛，脸上是宁静安详的岁月。

是小艾，已经死了。

这天下午，一老一少拉着一辆人力车，车上坐着一个娴静的姑娘。他们穿过西门，缓步走在街上。西边，晚霞映红了一大片天空，炎热的一天即将过去，街市上喧闹起来，但所有的喧闹并未能打扰晚霞的光芒。

喧闹越来越热烈，有人点燃了鞭炮，扔到街面上。扔完后，人跑了，鞭炮自顾炸开。人越来越多，甚至有两个男人拥抱在了一起，哈哈大笑。有人号啕，哭着笑，笑着哭。与此形成对比的是，几个日本人跪在地上，头冲地面，肩膀一耸一耸地哭着。过去曾列队走在街上的日本兵，一个也不见了。一群学生奔跑着从人力车旁经过，嘴里发出激动的欢呼声。一个中年男人走到齐先生旁边，掰过他的肩膀，拍了拍，继而抱住他，又松开。男人做了一系列奇怪动作后，对他说："老哥，胜利了，我们胜利了。"

齐先生茫然失措，问他："你说什么？"

那人说："今天中午，日本天皇宣布投降了。千真万确，我们胜利了！"

说完，那人继续朝前飞奔，去拥抱下一个人。

齐先生喃喃道："胜利了，胜利了……"然后，他和杨明一起望着前方的晚霞，依然璀璨。 之前被他们挡在外面的喧闹声，寻找到入口，进入他们体内。 一种悲喜交集的松弛感让他们缓了下来，杨明听到一个愉悦的声音：

"小陶。"

他回过头去，和小艾的目光聚到一起。

第十二章
两重天

　　落败之后的日本人，在最后滞留在济南的岁月中，形成了一些看似悲壮实则滑稽的故事，冲击着野田加成的眼睛。

　　他看过一篇叫《丝女纪事》的小说，出自芥川龙之介。 小说中，秀林院夫人玉子在敌人来袭的最后时刻选择了自杀。 死之前，一个年轻武士身穿铠甲，手提长刀，禀报说敌人已经涌入，请夫人速做决断，也就是让她尽快了断自己。 在卧室，见到躺在床上一动不动的母亲，野田加成竟想起了秀林院夫人，并想起芥川龙之介小说中的细节："也许是见到年轻武士感到害羞吧，夫人忽然脸上绯红，红晕一直染到了耳朵根。"

　　母亲是父亲的一个侧面，或者影子。 他最清晰的记忆是四岁那年，母亲拖着他，身后背着大行李包，挤上南下的火车。 一路上，母亲紧紧拽着他的手，很少松开。 他们的目光大多数时候对准窗外的田野。 火车不知要行驶多久，夜晚、白天都在狂奔。 有一刻，母亲离开了他，他被挤在一群人之间，感到恐惧，甚至哭出声。 直到母亲归来，再次握住他的手。 一路上，他们闭口不言。 经过一个城市时，看到车窗外游行的队伍，人群举着各种写有文字的旗帜，他认出了两个字——日本，于是问母亲那些人在干什么。 母亲迅速捂住他的嘴，让他不要出声。 下了火车，又赶了几天路，最终与父亲会合。

母亲脸上的红晕并未因死亡而消退，这令野田加成感到诧异，就一会儿工夫，究竟经历了什么？他跪在母亲面前，因必须该有的伤心而落下眼泪。

母亲死去是在天皇发表讲话的那天晚上，一群长野县的同乡聚集在照相馆，坐在长桌前饮酒。野田加成看望如槿归来，被父亲勒令加入其中。

堀井伸手招呼他，让他来身边坐。他没有去，在最外侧离门近的地方盘下腿。野田茂举起酒杯，仰头灌下，沉吟道："草上之露溅着我这残存者……"

堀井学着他的口气，说："真不可思议啊！像这样，活着——在樱花树下。"

另一人说："故乡啊，碰着触着，都是带刺的花。"

一人附和："有人的地方，就有苍蝇，还有佛。"

野田茂说："再饮一杯，向小林一茶致敬。"大家跟着他，饮了一杯酒。

吟了小林一茶的俳句，有人提到故乡的御柱祭。在他们看来，这是一种堪称伟大的祭奠仪式，每六年举办一次，从山上砍下超过10吨重的树木，绑上彩带，载歌载舞，拖到20公里外的山上。然后，许多人乘坐在御柱上，从急坡滑下，穿过雪融后高涨的河川，抵达诹访大社。堀井年轻时，曾多次乘御柱飞奔而下，巨大的原木射入冰水中，溅起水花，颇为豪壮。

然而，这些人已多年没参加御柱祭了，堀井最近一次参加，也是十几年前的事。在谈到故乡时，他们开始怀念仪式的精彩瞬间。

酒喝得差不多了，人群的目光移到了餐桌旁悬挂的一把短刀上。这把刀，据说是德川幕府后期，一名武士留下的。武士用这把刀完成了最后的仪式。所有人离席，面向短刀跪下。

野田茂叹息一声，站起身走回卧室，堀井跟着进去。野田加成望着父亲离去的背影，感觉到了一种冰凉的气息。 晚宴就此散去，人众依次离开。 过了许久，堀井走出来，经过野田加成旁边，告诉他，以后不用再去公馆，就当从未去过。 野田加成问他："你要去做什么？"

堀井说："还有几个犯人，在公馆关闭之前，我去把他们解决了。"

野田加成劝他："把他们都放了吧。"

堀井没理他，径直走了。 他想起昨天晚上，一个女人受刑时的情景。 自从进了泺源公馆，这个女人一句话也没说，任凭各种刑罚依次用了一遍，但她就像提前死亡一样，以沉默表达抗议。 野田加成曾提醒堀井，这个女人既然已经确定释放了，为何还要继续审问。堀井告诉他，释放有多种方式，她第二天被接走时，什么都不会留下，唯一留下的是性命。 女人被悬空吊了一夜，没人知道她是什么时候死的，直到第二天上午，有人把她解下来，套了一件灰色粗布衣，还为其理了理头发，扔到了门外。

野田加成跟跄着闯进父母的卧室，他看到了已经死去的母亲，还有父亲。 父亲身穿和服，盘腿坐在地上，上半身歪向一边，一动不动。 在父亲的腹部，一把短刀的刀柄露在外面，殷红的液体在身下形成一小片湖泊。

桌子上，是父亲留下的一首诗：

去海上，回我东瀛。
归故乡，稻田寻母。
童年啊，把我埋葬。

他瘫跪在地上，一会儿看看床上的母亲，一会儿看看地上的父亲。 父亲的诗悄然滑落，飘到血水的小湖上，好像一只船。 这只船

166

正行驶在红色的水面上，跟随诗中所写，去往东瀛，回到故乡。

按照后来野田加成的所见，他逐渐肯定了一个事实，父母的死亡是多余的。 一批批日本兵在战争结束前和结束后退回日本，继而退回去的平民何止百万。 他们中的一些人，凭多年搜刮的财富，足够在日本过上舒适的生活。 父亲追随的梦想，早已随着时间流逝，不再被人提及。

堀井有自己的想法。 十几天后，他把这些年搜刮的钱财兑换成金银，身穿普通农民的衣服，躲过眼线，遁入郊外的丛林。 这期间，他花一根金条从一个国民党军官手中弄到通行证，以及几件属于不同武装的军服。 经过许多天的躲藏赶路，他终于抵达青岛。

除了金银，他同时带走的，还有野田加成的妹妹野田惠子。

此前，野田加成满心疑惑，问堀井，自己父母的死到底是怎么回事。 堀井说："他们是自杀而死。"

"当时只有你在场，难道不是你把他们逼死的？"

"为了天皇，他们死得值得。"

"你怎么不死？"

"我还有事情要做，不能死。"

野田加成上前打了他一巴掌，愤怒的巴掌又变为拳头，击打在堀井的脸上。 堀井擦擦嘴角，露出凶残的表情，指着野田加成的鼻子说："看在同乡的份上，我不打你，你也不要过分。"

"你是一个混蛋。"

"年轻人，我们日本再见。"堀井拉起野田惠子，迈步走出门。野田加成觉得很难将眼前这位酷爱俳句的儒雅之士，和涞源公馆里凶残的刽子手联系到一起。 他想不明白，人怎么会如此复杂。

野田惠子身穿中国农妇的衣服，头发剪短，脸刻意弄成土灰色。和他一样，妹妹也能说一口流利的汉语，想必一路上会减少一些阻碍。 妹妹请求他一起走，他本想留下妹妹，却又把要说出的话收回去了。他用手指指身后，说父母的照相馆还在，自己还得继续打理，起码做到顺利关门。

堀井带着妹妹走了，消失在一条街的街口。后来野田加成寻遍日本，也没找到妹妹。他时常为自己当初草率的决定后悔，念及那个渐渐在记忆里模糊的妹妹，不知她在中国、海上、日本三者中的哪个地方，也许早已葬身海底，也许和他一样平静地活着。许多年后，他在一份旧日的中国报纸上确认了一个消息：在一个日本年轻人的帮助下，中国警察在青岛抓获即将登船的战犯堀井一郎，经审讯后将其正法。他确定了这个人的结局，并回忆起在青岛的一些往事，感到十分畅快。但关于妹妹，他到死也一无所知。也许，她根本就没能走到青岛。

堀井和妹妹走后，照相馆里来了几批日本人，多是来对野田夫妇去世表示慰问的。大家互相商量，觉得回国是早晚的事，不可能一直留在这里，但就目前来看，回去还是过早了，听说将有中国军队来接管这座城市，他们会做出什么事来，谁也说不准。

照相馆的两个伙计，其中一个已不告而别，另一个坐在柜台前发呆。野田加成问他有什么打算，要不要回老家。这个叫徐东的年轻人，无奈地告诉他，家已经没有了，这些年的战争，他家所在的地方总是成为两军交战的前沿，村里人死的死逃的逃，那个村庄已被抹掉。

两人找来一些酒菜，坐在柜台前吃起来。

吃着吃着，野田加成的胸中涌上一股情绪。对野田来说，哪里才是故乡？日本、东北，还是现在生活的城市？好像哪里都是，又都不是。居留时间最短的，应该是故乡，但若要他回到那里生活，却又不知自己命运如何。他对徐东说："我们都是无家可归的人。"

"这都怨鬼子，要不是他们，也不会这样。"

"你说得很对，要不是他们，我可能会在乡村的稻田里长大。"

"我也会在麦田里长大。"

稻田和麦田，以不同的形象飘进他们的记忆。

徐东的右侧胳膊僵硬，几乎一动不动，他用左手喝酒吃菜，显得别扭。 野田问他是怎么回事，好像以前没太注意。 徐东晃了晃左胳膊，苦笑道："有一年游击队到了我们村，我逃跑时跌下悬崖，摔断了胳膊。"

"游击队不会对你们有威胁吧。"

"我爹是保长，前一天刚给日本人送了粮食。 他担心游击队会报复，就让我连夜跑。 可是游击队没有报复。 后来我爹是吓死的，一口气没提上来就死掉了。"

他们把店里所有酒都喝光了，之后各自找了空地睡觉。 第二天醒来，野田加成感觉头昏沉沉的，口干舌燥，起身找水喝，发现店里有了一些变化。 他把几间房子搜寻了一遍，没有找到徐东，柜台上的钱没了，这是他钱财中的大部分，另一些在父母的卧室里。 不过还好，相机还在。

他感到说不出的轻松，觉得很多事已经完成了，未完成的也无须再做，剩下的就是坐在这里等待。 之前已经听说，重庆方面来了不少人，想必城里会有一些变化。 至于从省市政府到当地驻军，原来的那些人依然各司其职，暂时没有变动的迹象。 但毕竟日本已经宣布投降，来自政府的拍照任务，从此时起，也不会再落到东方照相馆头上。

他走出门去。 街上行人依旧不少，其中夹杂不少日本人，以女人居多。 许多日本女人推着货物售卖，有卖烟的，有卖家具的。

那些闲下来的日本人，除了喝酒，好像也没有别的事要做。 许多日本人出于同情，邀请野田加成前去聚会，他们一般会先述说一番野田老先生的为人，赞他对同胞的帮助令人敬仰，接着又小心翼翼地谈到老先生怀揣的爱国之情，更是一般人无法抵达的高度。

这样的场景常出现在商埠的夜晚：几个日本人，踉跄着走在街头，有人于街边呕吐，有人站在其身侧对着一棵树撒尿，有人念起诗来，"长城万里固若金汤，黄河激流奔腾汹涌，陆空纵横歼灭顽敌……"

这哪里是诗，分明就是曾常驻这个省的第五十九师团的军歌。中国的山河，竟被唱到了侵略者的歌里。几个醉酒的日本人，站在夜晚的济南街头，怀想起那支军队——就在战争结束前夕，第五十九师团的大部分人去了朝鲜，想必现在也在准备撤回本土。

野田加成讨厌这些人，他几乎不出门，整日坐在照相馆里翻看过去拍摄的照片。闲得无聊，他把几卷扔在角落里的胶卷洗了出来，其中一卷，是去年夏天自己随军时拍的。

现在再看那些照片，恍如隔世。他长时间盯着照片里那个瞪圆了眼睛抡起大刀的汉子。那人的脸上，充斥了人类几乎所有的表情，既宏大又细腻，甚至在愤怒扭曲的背后，还透露出一股温情。他给照片起了个名字——"守卫家园"，用中文写在照片背后。他把这些照片的胶卷收起来，连同父亲过去拍摄的一些，放进一个包里，藏到三楼隐秘处。许多年后，他和父亲拍摄的一系列照片由一家出版社出版，又在这座城市展览。媒体报道了这件事，还发起了寻找这位守卫家园者事迹、后人的活动。

一天晚上，野田加成被人带到了一个酒局上。一个姓上岛的年轻人谈起自己交往的女友。上岛有些犹豫要不要带女友回日本，他觉得自己已经离不开她了。野田一直闷声喝酒，直到有人提议，今晚去把那个女子带过来，强行结婚，仪式也不要了。他站起身，饮尽最后一杯酒，把杯子摔在地上，告诉那个提意见的人，同时告诉上岛："野兽有权利谈爱情吗？你们的词典里，只有性欲，只有占有，只有自我标榜的强大。实际上，一切都结束了，过去是错的，现在依然没有任何尽头。"

说完，他摔门而去。

他走到街上，因酒醉，深秋的风对他没有杀伤力。 他想起芥川龙之介书中所载的一首名为《越人》的诗：

> 风中飞舞的菅草斗笠，
> 怎会落到路上。
> 我的名字何足珍惜，
> 珍惜的只有你的名字。

他喃喃道："珍惜的只有你的名字……"不知不觉来到了星俱乐部门口。

星俱乐部早已停止营业，年轻女孩们获得了暂时的自由。 她们之中，大部分来自上海、苏州，被人以介绍工作之名强掳至此。 如果不出意外，她们会被送回故乡。 大门口再也没了闪烁的霓虹灯，守卫也不再站在门外，而是蜷缩在门房里。

他站在门口，伸手拍击铁门。 啪啪，几声响后，门里走出一个卫兵。 他认识这个卫兵，告诉对方，自己要进去。 卫兵看了他一眼，撂下一句话："这里已经关门了，你想要的，统统没有。"说完回到门房，任凭他继续砸门，不再理会。

他好像也不需要一个实质的结果，进去，不进去，有什么区别呢？ 他朝一侧的一条胡同走去，在俱乐部墙外的一处避风角落蜷缩下来。 他用尽力气，喊了一声："姐姐——"其实声音不大，更像是喃喃自语。 不一会儿，他睡着了。

暗影中的野田加成，退缩到影子的状态，或者，和旁边的草木融为一体。 在他睡着之后一个小时，两个身影从身侧经过，万幸，他们与野田加成谁也没有发现对方。

这两个身影，是杨明和华哥。

经过多日的犹豫和准备，两人终于选定了一个夜晚，翻墙进入星俱乐部，去里面一探究竟。 过去，翻墙进入是不可能的，现在警戒放松了，有一处相对矮一些的墙壁，两人合力可以翻越。

　　就在距离野田十几米的地方，杨明和华哥翻进了俱乐部。 站在圆形大厅里，两人手足无措，不知该从何搜起。 他们只好一间房一间房寻找，幸好，那些房间没有门，只有布帘，能很顺利走进去。 一楼找遍了，两人又转到二楼，蹑手蹑脚地走进一个大房间，脚下绊到什么东西，两个人差一点儿摔倒。

　　月光泻进来，透露出微弱的光。 地上好像睡了人，仔细一看，不是一个，是一排排的人，发出此起彼伏的鼾声。 有没睡的，倚着墙，瞪眼盯着他们。 视野之内，全是女人。

　　他们小心翼翼，越过几个睡梦中的女人，走到一个倚墙发呆的女人身边。 杨明小声叫："如槿，隗如槿？"华哥小声问："青儿，叶青？"那人没有反应。 他们又把声音放大一些，再喊一遍，不仅朝向这个女人，还面朝大厅，用声音搜寻命定的结果。 倚墙的女人终于说话了："这里没有你们要找的人。"听起来不像本地口音。 杨明问她："如槿和叶青被带到哪里去了？"女人说，这里的所有女人她都认识，没有这两个人，至于她们在哪里，自己不知道。 杨明说："除了这座楼，还有别的地方吗？"女人说："楼后面还有一排房子。"杨明问："你们是哪里人？"女人说："我们都是从苏州和上海来的，我是杭州人，在上海找工作，被带到了这里。"看到女人松垮的衣服和散乱的头发，一张惨白的脸上布满了月光，杨明的心紧了一下。 女人躺下，闭上眼睛。

　　他们退出大厅，快步下了楼，去寻找那排房子。

　　依然是蹑手蹑脚，挨个房间寻找。 这些房子一例从外面锁了，进不去，他们就趴在门缝上小声喊。 没有回音。 有的房间里传来窸窸窣窣的声音，他们多喊几声，声音消失了。 直到最后两间房也被找过，他们仍一无所获。

两个人泄了气，找了一处台阶坐下来，抬头望着月亮发呆。

过了许久，隐约传来轻轻的哭泣声，华哥捅了捅杨明的胳膊，示意他静听。 哭声是从其中一个房间传来的，两人靠上前，听清楚了。 杨明嘴伏在门缝上，问：“如槿？ 姐？”哭声停了，又陷入安静，只有风声呼呼捶打耳朵。

就在他们准备再次放弃的时候，门内传出了两个字：

“明子。”

杨明立刻回应：“姐！ 我是明子。”

如槿被一个梦惊醒，又是那种奇怪的梦，无数人趴在她身上，向她攫取，取她的身体，取她的心脏。 她的一切都被他们夺去了，这个人一条腿，那个人一只手，头颅也给他们，继而是内脏。 银镯，我的镯子哪儿去了？ 醒了，两行泪已先于她醒来。 她面对黑夜，张开嘴，嘴唇、舌头、牙齿合力，动了动，显示出“明子”的口型，但没出声，声音被低低的啜泣取代了。

她听到了明子的回音：“如槿，姐。”

幻觉，无处不在的幻觉。 她奔到门口，仔细分辨，认出了杨明的声音。

杨明也觉得整个世界陷入不真实的幻境，他嘴唇颤抖，对门缝说：“姐，你受了好多苦……姐，你等着，我救你出去。”

如槿制止了他：“你打不开门，别白费力气了，他们不会把我怎么着，你放心。”

“我们现在就走。”杨明试着拉了拉锁头，很坚固，除非使用工具，徒手无法打开，“等我去找工具，一定把锁撬开。”

“明子，我不想回去了。”

“姐，你怎么了？”

如槿再次哭起来，眼泪肆虐，但没发出声音。她哽咽道："我现在配不上你。"

"姐，不管发生了什么，我都要你。"

如槿喃喃道："傻弟弟。"

杨明转身就要去找开锁的工具，一扭头看到站在一旁的华哥，想起叶青，便对如槿说："华哥也来了，你知道青姐在哪个房间吗？"一旁的华哥向门口靠了靠。门内再次陷入沉默。

华哥追问："如槿，青儿在哪里？"

如槿说："她在我的隔壁。"

华哥赶紧奔过去，喊了几声，没听到回音，于是用手拍门。过了一会儿，华哥回来问道："她怎么不回应，是睡着了吗？"

"华哥，青姐已经死了……"如槿哭道。

她继续说："青姐让我告诉你，她很想你，也很想家，她下辈子还要嫁给你。"

华哥一言不发。

许久，华哥尖叫一声，咬着嘴唇喊："我要杀了他们！"杨明说："华哥，我也去杀他们。"如槿说："我也去。"

大门口响起了脚步声，几个日本兵发现了异常，朝这边走过来。华哥准备迎上去，被杨明制止了。杨明低语道："我们打不过他们，走吧，找机会再来。"又对如槿说："姐，等我带工具来开锁。"说完拽着华哥朝一旁的暗影走去。那几个日本兵手中竟然还拿了枪，紧追过来，警告他们不准动。跑到墙边，杨明一跃而起，抓住一块墙砖，翻到墙上，伸手拉华哥。华哥没有把手递给他，转身迎着日本兵冲去。杨明喊他："华哥，华哥，你别冲动，我们再找机会。"华哥好像没听见，只顾向前冲，被日本兵用刺刀正中胸口。

另一个日本兵冲到墙下，举起枪，对准杨明。他的身体向后栽去，跌落在墙外。倒下去的瞬间，他看到日本兵抽回刺刀，华哥头冲地扑了下去，趴在地上一动不动。 隔着墙，他又喊了几声"华哥，华哥"。 没有回音。 日本兵绕到大门口，朝这边冲过来，杨明只好遁入黑夜。

日本兵的脚步声惊扰了睡梦中的野田加成。 酒醒得差不多了，他站起身，发现了那个熟悉的身影。 待到黑影奔至眼前，他一把薅过来，捂住对方的嘴。 等日本兵走远了，野田加成才松开手。 杨明看到是野田加成，立刻掐住他的脖子，压低了声音嘶吼："我要杀了你。"野田加成憋红了脸，冒出几个字："明子哥。"杨明说："我不是你哥。"手松了一些。 野田说："我帮你救出姐姐。"杨明松开手："怎么救？"野田加成说："我去找关系。"杨明说："你们都投降了，一群禽兽！"野田加成笃定道："救不出姐姐，我在你面前自杀。"说完，郑重地看了杨明一眼，站起身踉跄着朝外走。

野田加成回家收拾了一番，躺在床上思考，头顶就是那个存满胶卷的包。 他掏出一张照片，盯着看了许久，继而坐起身，找到一支笔，在照片背面写下：槿のように（像木槿花一样）。 然后，放进一个铁盒，在房顶搜寻一遍，把铁盒放到了那个包旁边的夹层里。

通过几个同乡的关系，野田加成找到了广濑三郎。 这个高级副官并未随第五十九师团撤往朝鲜，作为本城所有慰安所的最后执掌者，经他同意释放一个中国女人是一件很容易的事。 当此之时，许多日本女人正在寻求嫁给中国男人的机会，以躲过随时可能降临的灾难。 假如有个日本男人要带一名中国女人回日本，虽然难度很大，但也不是不可行。 于是，这天下午，野田加成在星俱乐部门口顺利接出了如槿，并由日本兵护送到了照相馆。

日本兵刚走，如槿就对野田加成说："我要回家。"

"姐姐，我陪你回去。"

"你别去了，我自己走。"如槿看他一眼，不免想起一些往事。片刻沉默之后，她瘫坐在一把椅子上，说："回不去了，我回不

175

去了。"

"姐姐，你怎么会回不去呢？"

"我已经不是以前的我了，再也回不去了。"

野田加成拿出几件衣服，让如槿换上。马上就入冬了，她还穿着之前的单衣。这几件棉袄，是过去母亲让人去瑞蚨祥定做的，面料上乘。如槿去楼上卧室换了衣服，对着镜子发了会儿呆。晚上，随便吃了饭。野田加成问如槿："真的不想回去吗？"如槿点点头，又摇摇头。

他说："跟我一起去日本吧。"

"日本？"

"去长野乡下，那里有很多稻田，我们可以种地，不和外人交往。"

"我不去。"

"嗯。"

"我哪里也不去。"

"嗯。"

对话至此，外面响起敲门声。野田加成让如槿不要说话，去楼上卧室。他走到门口，问是谁。那人回话，是洑源公馆的山岗。打开门，山岗走进来，说："野田，听说你准备娶一个中国女人？"野田加成说："你们来做什么？"身后的十几个人一拥而入。其中的一个中国人是翻译许光山，他笑嘻嘻说："我们来向你祝贺。"

"同时，跟你商量一件事。"

"什么事？"

"你和你父亲这些年拍了不少照片，除了留在公馆里的，还有很多在你手里吧，全都交给我。"

最近一些天，驻守这座城市的各个机构都在大量销毁材料、档案，照片也在其列。野田加成手头的照片，记录了各种杀人、刑讯场面，令人触目惊心。照片里，出现过许多人，包括堀井、山岗、许光山，以及大大小小的军官、士卒、特务。

来之前，许光山和山岗商量，只要这些照片存在，他们免不了要受到审判。尤其是许光山，这些天终日惶恐，他知道自己的处境，日本人可以一走了之，自己呢？日本人来之前，他曾是市府的外事翻译，之后又是日本人的翻译。另一个身份日本人不知道，亮出来，也是对日本人的施压——商埠里大大小小的黑帮头子，许多是他的"兄弟"。

许光山朝他的兄弟们使了个眼色，十几个人开始翻箱倒柜搜寻。照相馆里最不缺的就是照片，不一会儿就找到了许多，一张一张查看，有些是他们需要的，更多的没什么用，被扔得到处都是。搜寻的范围不限于一楼，他们到楼上，去各个房间，找到了一些照片，同时找到的，是一个女人。

如槿被带下楼，吴二一眼认出，这就是之前自己从纱厂带出来的女人。许光山问："你认识她？"吴二说："她是仁丰纱厂的女工，家里是大明湖上的船户子，前几个月星俱乐部缺人，我把她带去的。"

经过确认，照片远远不够，尤其是底片，缺少太多。许光山请示山岗可否用刑。山岗没有回答，许光山对吴二一瞥眼，几个人抡起木棍朝野田加成砸去。野田加成不发一言，任凭木棍落在身上。打累了，暂时停下。山岗说："野田，那些照片你留着有什么用处？为什么不交出来？"野田加成说："只有这些，别的都交给公馆了。"吴二有点儿不耐烦，拎起棍子，朝他的膝盖重重砸下。野田加成发出一声尖叫，昏了过去。

没什么结果，山岗也许相信了野田的话，率先走出门。许光山跟在身后，吴二走到他面前，问："这个女人怎么办？"许光山扫了一眼如槿，说："带走吧。"

如槿被几个人拎着出门，沿纬七路往北边的火车道走去。

已经入冬了，铁道边一个小院子，如槿被关的第三十三天。

吴二带着几个人住在正屋，如槿被关在西屋，每天都听到火车轰鸣声。透过一个碗口大小的孔洞，能看到火车。火车并不常开，车上一例坐了士兵，穿着一种很少见的军服，青天白日的旗帜倒是很鲜艳。一个晚上，吴二摸黑走进如槿的房间，朝她的床上扑。她疯了一样反抗，发出嘶哑的吼叫，惊醒了在另一个屋子睡觉的人。许光山踹开门，叫一声吴二。吴二跟着出去，两人在屋外耳语几句。吴二转身回来，恨恨道："你能被日本人搞，就不能给我一次？"如槿不说话，双手拼命护着胸。吴二从她的身上强行搜出一条项链、一只手镯。如槿夺过手镯，死死地抓在手里。吴二掂量一下项链，恨恨离开。

一天，如槿看到院子里一个熟悉的身影。

那人也看到了她，迟疑片刻，装作不认识。他走进正屋，被吴二叫住。吴二问他认不认识刚才那个女人。那人说："好像见过，应该不认识吧。"吴二踹他一脚："怎么可能不认识，你们都是船户子。"他说："湖就那么大，肯定见过，但没说过话。"吴二说："我好像记得当初是你把她介绍给我的。"他说："我就觉得她好看，跟你提了一下。"吴二摆摆手，让他滚蛋。

几个月前，吴二让他去找几个姑娘送到星俱乐部去。那人想到如槿，又想起杨明，犹豫了许久，向吴二建议，可以去纱厂找几个女工。有一个女工挺标致，可以满足条件。说了之后，他每天都生活在恍惚中，仿佛头顶有一只巨大的风筝瞪着他。

趁吴二不在，那人偷偷钻进如槿的房间。

如槿见到他，不说话。

那人说："如槿，我对不起你。"

"有什么对不起的？"

"我早就知道你被抓到星俱乐部去了，但没敢跟你家里人说。"

"赵奎，没想到你变得这么坏。"

"因为放风筝，他们把我抓起来，逼问我风筝上的字是怎么回事。我哪知道怎么回事，被他们打了一顿。我保证，并没做什么没良心的事。"

如槿别过头去，恰好有一列火车开过来，大地随着轰鸣声开始震颤。赵奎说："他们今天在商量怎么处置你。现在趁着人少，我带你出去吧。"

"你去把吴二杀了，我就跟你走。"

赵奎咬咬牙，思量片刻，觉得太冒险："先等等再说吧，我们再找机会。"说完出门去了。

晚上，吴二回来，还有许光山。十几个人聚在正屋里。按理说，他们可以让如槿回家，但她是被吴二带进俱乐部的，不像那些苏州人、上海人，被送回去后无法对证，不会造成威胁。况且，她和那个日本人好像关系不一般。说到那个日本人——野田加成，自从上次被打断腿后，已消失得无影无踪，照片再无卜落。说不定这个女人知道照片在哪里，她当然不会说，那就只有一条路可走了。

形势不允许再犹豫。日本人依然担负着城防任务，前不久，一个在北关车站护路的伍长，开枪打伤一名扫炭的妇人。这个可怜的妇人，平日靠捡一些劣质炭为生，在病床上躺了十几日后，终因伤势过重而亡。若在过去，类似的事件并不算什么，可在日本人已经投降了的几个月之后，国民党正规部队陆续进城，依然发生了这样的事件，舆论已呈鼎沸之势，报刊竞相报道，誓要严惩这个罪该万死的日本兵。因为这件事，坊间加大了惩办战犯、汉奸的舆论压力，许多人已被捕，许光山和吴二一面向上递钱找门路，一面绞尽脑汁去掩盖这些年做的一些恶事。

许光山和吴二带着一个混混，走进关押如槿的房间。

许光山对如槿说："小姑娘，你怕死吗？"这些天来，他曾审问过如槿几次，一无所获，如槿什么都不说。当然，大部分问题她根本不知道。如槿摇摇头，没说话。许光山又说："如果选择一个死的地方，你希望自己死在哪里？"

如槿抬起头来，吐出三个字："大明湖。"

许光山叹口气，点点头："我满足你这个愿望，今晚睡个好觉，明天一早送你去大明湖。"

吴二欲言又止，终于没有插话。三个人再次回到正屋，向众人吩咐，明天把如槿送走。至于送到哪里、怎么送，别人就不用管了。许光山决定，由刚才去如槿房间的三个人送她上路。

人群中的赵奎，头埋在两臂之间，好像要失去一件重要的东西，好像自己已经不是自己了。

吴二特意找了几个人，整夜看守着如槿的房门。他的手指越过赵奎，没有选他。他告诉其他人，今晚没什么事了，可以离开了。

独自走在回去的路上，赵奎感觉脚步愈发沉重。按照最初的想法，他只是想发泄一下胸中困闷，却没想要送了如槿的性命。他从小喜欢和她在一起，觉得如槿性格温婉，人也好看，每次在一起玩都觉得开心。脑子越来越乱，他不得不跑了起来，让气喘带动自己的双腿，带他来到城墙上。望着湖上黑暗的空气，他的胸膛中暴发出一声呐喊。目光移到湖北岸的村庄，他终于下定了决心。

走下城墙，他来到一个小院门口，轻轻推一下，木门开了。他走到窗前，对着窗子说：

"明天一早，如槿就要被他们带走了，应该是把她扔到湖里去。你水性好，想想办法。"

说完，没等对方回应，大踏步离开。

第十三章

团圆曲

时间常有漏洞，同样长度的时间，有时快，有时慢。有些时间过去就过去了，不会被记忆存储，有些时间时而漫长、时而迅疾，在人的脑中构筑了堡垒，攻不破，除不掉。比如那个遥远的冬天，杨明一个人穿行在湖面上。

天将明未明时，杨明伏在城墙根的一堵墙后，盯着三个人沿街走过。三人的中间，是一辆人力车，车座上的斗篷盖得严丝合缝，很难分辨里面是什么人。人力车经过他身边时，从斗篷和车身的连接处伸出一双手来，这是双女人的手，双手手腕被绳子绑在一起。他死死盯着这双手，见一只手伸出一点儿，露出一个银色的环儿。手只在外面伸了片刻，迅即缩回去。斗篷再次神秘起来，随着众人快速通过，离杨明越来越远。

只一眼，他就记住了那手，以及手上的银镯，这是朝思暮想的如槿。他没有跟着几人向前，而是径直朝南来到湖边。

凌晨的青雾钻进骨髓，透出一丝寒冷。他藏身至一处隐秘的芦苇荡里，眼睛死死盯着不远处的三个人。他手握一把一尺多长的尖刀，刀尖闪着银光，刀刃锋利。在芦苇掩映的一处冰面上，有一个圆形的缺口，这是更早的时候杨明用一把杵敲开的。

隐约看到了如槿，他强压住不受控制的双腿，拿刀的手忍不住哆嗾。 直到如槿摔进冰窟，他决定舍弃第一套方案，改用第二套方案。几乎是如槿摔进冰窟的同时，他也迅速脱掉棉袄和棉裤，赤身跳进了芦苇荡旁的冰窟。

许光山和吴二围在冰面上的窟窿周围，向下搜寻刚落入水中的如槿——水底下的一条路正式开通，因冰面阻隔，湖水显示出相对温暖的一面。 进入水世界的杨明，变成了一条鱼。 相较于水面之上，他更属于水下的世界。 这个世界他太熟了，整个湖的边边角角，湖底的任何区域，对他而言，和水上的芦苇荡、岸边的树荫、周围的城墙一样，呈现出鲜活的质地。 水底的淤泥、草根、瓦罐都曾是他的朋友，由他的双手和双脚丈量得清清楚楚。 在水下，他如同一支射出去的箭，笔直地钻出一条通道来。 支撑水性的，是他无人能及的憋气本领，甚至，快速游动也没能影响他的大脑运转。 此时，他想起过去的许多年，湖上的孩子们比赛潜泳，他潜出的距离无人能及。 他想起如槿，年少时的他常在水下欣赏船上的如槿，像隔着夜色闻荷花的香味，朦朦胧胧，因模糊而更加沉醉。

不多时，杨明就抓住了如槿的胳膊。 如槿一动不动，在水里静止。 没有多想，他摸索到如槿手上缠绕的绳子，解开一边，迅速缠到自己的腰上，往回游去。 过去从未在水下游过这么长时间，他感觉自己要窒息了，大脑开始缺氧，四肢逐渐失去知觉。 他想，也许自己要和姐姐一起，永远藏在冰下。 幸亏之前下过一场小雪，雪落在冰面上，把水下世界和外面隔开。 有的地方雪多，有的地方雪少，当一个小厮发现了冰下的杨明，把许光山带过来查看的时候，杨明已经游回了芦苇荡里。 他先把如槿的头撑出水面，自己也从冰窟露出头来，脸色已绛红，嘴大张着，激烈喘息。

他把如槿放平，解开绳子，犹豫了片刻，又解开她的衣服，把自己的棉袄、裤子给她套上。 之后，不断按压她的胸部，俯下身，对着她的嘴吹气，心里不住念叨"姐姐，姐姐"。

冰面上的另一边，那三人站在冰面上茫然四顾，终于，有人抬腿朝南走去，其余的人跟了过去。

太阳逐渐升高，高亢的音乐徐徐传来。大明湖南岸，省图书馆藏书楼奎虚书藏楼一楼的大阅览室里，书架、桌椅被移到别处去了，一场宏大的仪式正在此处有序进行。着军服佩勋章的武官和着黑色中山装的文官依次入场，接着，一位身着将官礼服的将军走进来。一副眼镜衬托出儒雅的面容，加上笔挺的身姿，使他成为会场的焦点，人们纷纷起立鼓掌。随后，引导官引导日军代表细川忠康等五人步入会场就座。

签字仪式正式开始。中国战区受降主官李延年中将宣读了受降命令书，又交由细川忠康签字并加盖官章。李延年审阅命令书上日方的签字和官章，向几个日本人正色道："对命令是否完全了解？"

日方人员全体起立，细川忠康回答："完全了解，并绝对服从。"

几个日本人摘下佩刀，依次走到李延年面前行礼，献上佩刀，表示解甲投降。之后，他们退出会场。

李延年带头鼓掌，所有人都鼓起掌来。他开始发表演说：

"本日为八年前日军攻陷济南之日，今日举行受降典礼，其意义至为重大。今日之胜利，实由抗战将士之奋斗及盟邦之协力，始获得最后之胜利。今后复员工作以及建国大业，均待推进……"

时值 1945 年 12 月 27 日。

终于，如槿醒了。

天已经黑了，耳边响起零星的鞭炮声。一个陌生女人坐在床头，旁边是一个女孩。女人正低着头，似乎要睡着了。女孩瞪着眼，盯着她对女人说："她醒了。"如槿想坐起来，试了试，没成功。女人抬起头，按住如槿，给她拉了拉被子。

女人说："你好好休息，现在身子虚，别乱动。"

"这是在哪里？"

"朝山街，离大明湖不远，你放心，这里很安全。"

杨明从家里出来，拿着一些衣物，到了汇泉寺，见到觉新，和他一起朝南走，出了老城，去了朝山街。

白天，他悄悄回家，找了几件衣服穿上。幸亏爹娘没发现，家里也没有外人来过的迹象。他稳了稳心绪，感觉还是不妥，心悬着，放弃了把如槿带回家的想法。他回到芦苇荡，背起如槿，沿着一条条沟汊，尽量避开冰面上的开阔区域，去了汇泉寺。

觉新合上经卷，让他随自己沿着小岛东边的一条堤岸向东疾走，又拐向南，顺汇泉街到了按察司街，再向南，出了老城。不多时，他推开一扇小门，进了一个小院，让杨明把如槿安置在东屋里。觉新第一次将自己隐藏于闹市的家向杨明敞开，也敞开了自己的另一面。杨明见到了一个温婉的女人和一个懵懂的幼女。女人是觉新的妻子。杨明喊她嫂子。待到下午，觉新出门去找与自己相熟的一位医生来为如槿诊治。杨明回到湖上，去通报爹娘，如槿总算有了一处安身的所在。

杨明只说找到了如槿，现在一切都好，让爹娘放心，但要想探望，还得等风声过后。爹忍不住问他："如槿到底犯了什么事？日本人都投降了，她还不能回家吗？"杨明不得不尽力安抚。直到第二天，家里来了许多不明身份的人，四处搜罗一番，一无所获后扬长而去，爹终于安稳下来。

杨明带着从家里拿来的衣物到了朝山街敲门，觉新的妻子开门让他进去。觉新正站在院子里，来回踱步。

觉新把杨明拉到院墙边，对他说："一个好消息，一个坏消息，你先听哪个？"

"别卖关子了，想说什么你就说。"

觉新抿了抿嘴，似乎在思考该如何说。他说："我姓耿，叫耿林，以后你不要再叫我觉新。"杨明点点头说："这就是你要告诉我的消息？"耿林摆摆手，清了清嗓子，说："下午大夫来看了，如槿没什么事，只是受了惊吓，又受了凉，呛了不少水，需要休养一段时间才能恢复。"

"那就好。"杨明悬着的心终于放下了，"另一个消息呢？"

"她怀孕了。"

杨明顿时觉得眼前有些发黑。他揉揉眼睛，没站稳，一屁股坐在地上。耿林陪他坐下，手按在他肩膀上，低声道："她现在身子很虚，如果流产的话，可能性命不保。"

嫂子走到门口喊他们，让杨明过去，说如槿已经醒了。杨明立刻站起身，蹿进东屋，来到床前。如槿说："明子，我饿了。"一旁的嫂子说："太好了，我给你做饭，一会儿就好。"说着走出门去。

如槿盯着杨明的脸，说："我现在自由了吗？"

杨明连连点头，告诉她，现在自由了，没有人再欺负她。

"姐，对不起，这么久才把你救出来。"

如槿伸手摸了一下他的脸，说："我怪我自己。"

"你好好养病，这里是觉新的家，不会有人找到你。"

"我想爹娘了。"

"抽空我带他们来看你，放心，他们得知你的消息，别提多高兴了。"

如槿又哭了起来，把头歪向一边，闭上眼睛。嫂子端来一碗面条，放在床旁边的桌子上。杨明叫如槿坐起来吃饭，她没有动。杨明伸手揽住她的肩膀，把她扶起来，拿起一个枕头，叠在之前的枕头上，让如槿靠。他端起碗，用筷子夹起面条，往如槿嘴里送。如槿张开嘴，吃了一口。杨明搅了搅碗，笑道："嫂子真疼人，还有一个鸡蛋。"他夹起鸡蛋往如槿嘴里送。如槿没有张开嘴，头一直低着。 杨明叫了她几声，她抬起头来，一双泪眼一眨不眨，说："明子，我不想嫁给你了。"

"姐，先吃饭。"

如槿躺了几天后就能下地了，跟着做一些针线活。 这期间，爹娘来看过几次。 娘抱着如槿哭，嘴里念叨感谢菩萨，本以为不会再见了，能回来就好。 隗老爹行动不便，杨明用人力车把他拉过来。他问杨明，如槿现在是否可以回家了，老在别人家不方便。 耿林跟他分析，那帮人肯定不会善罢甘休，既然他们以为如槿已经死了，就暂时隐藏一段时间。

隗老爹问："那些人到底是干什么的，如槿被他们怎么了？"两人没说实情，只说被厂里派到一个隐秘的分厂，干了很长时间，那里不让出门，最近好不容易逃回来，怕被他们抓回去。 老爹叹气说："日本鬼子都被打跑了，还不得安宁。"

如槿的肚子越来越大，她用棉衣裹了又裹，试图把那个踢她肚子的小兽扼杀在胎盘里。 她无法想象自己会生出一个什么样的孩子。肚子不骗人，小兽随时提醒她，有些东西无法复原，有些东西已在她身上扎根。

老爹终于知道了她被日本人蹂躏的事，没有责怪她，只逮着杨明痛哭一场。 他对杨明说："你们的婚事，怕是不能再办了。 得好好想想，怎么处理那个小崽子。"他们达成一致，起码不能让湖上的人知道如槿怀孕的事。 哭过之后，老爹再次走进耿林家，他拄着拐，一步一挪，看到如槿坐在院子中的一把椅子上晒太阳。 老爹挪到她面前，举起拐，猛一下戳到如槿的肚子上，如槿仰面倒下，缩在地上，捂着肚子呻吟。

她抬起头，露出痛苦的表情："爹，我疼……"

老爹没站稳，摔倒在她旁边，挣扎着爬过去，拿起手拍地，跟着呻吟起来。

那只小兽开始表达抗议，以手足撞击着如槿的肚子。 如槿按住肚子的手，和小兽的手衔接在一起，忍不住哆嗦，一些画面再次冲击她的灵魂。 她觉得，这是她的一部分，这又不是她的一部分，这是无辜的，又是罪恶的……

春节，爹娘来一起过。 从未这样热闹，过去是四个人过，现在七个人。 耿林的孩子名叫小茜，八岁了，拿着杨明给她买的小兔子玩具，围着众人跳跃欢笑。 耿林换上了一件普通棉衣，头发也长了许多，按照他的说法，以前是半俗半僧，从此彻底还俗了，在一家书社谋了一份差事，编辑图书，也算是对自己过往于儒释道各个门类不断思索的一种延续。

耿林感叹道："我从十几岁便遁入佛门，一方面修养自己，另一方面参悟时事，两者之间终究不可兼得。 自我有何进益？ 存于当今之世，不泯灭自我，自然无愧于心。 于世事而言，我即是我，无法更改世事变迁，可谓失之桑榆。 但'尽形寿皈依僧，永不皈依外道邪众'，我依然是我，可以脱离这座寺庙，也可以去往任何别的地方，脱掉僧衣，去田地、工厂，去做一个普通人，又有何不可呢？"

杨明说："你说得太玄妙，有点儿听不懂。"

耿林笑道："我所谓爱，唯我所爱，及爱我所爱。"捉起酒杯，提议共同喝一杯。

老爹再次把目光对准了如槿的肚子。 他举起酒杯，说："杨明以前是我的养子，以后就是我的亲儿子。"

杨明打断他："爹，我决定了，还做你的女婿。"

"女婿的事，以后不要再提。"

"以前什么样，现在还什么样。"

老爹把头扭向如槿，露出一副厌恶的表情。 如槿回避着老爹的目光，低头默默吃饭。 耿林插话道："我从十几岁就看着他们长大，很般配，很般配。 来，我跟你喝酒。"举起杯和老爹碰了，然后把话题转向了最近城里闹得沸沸扬扬的"接收大员"腐败案。 一个省府的顾问，负责接收伪政府的财政厅，还接收了几家洋行。 一家洋行，经过中日几人的互相勾结，竟然摇身一变，成了实业公司。 那位政府顾问把大量洋行资产划到自己名下。 这还算轻的，为了接收大业，军政之间矛盾频发，又互相勾结，上下沆瀣一气。 参议会的参议员没捞到什么好处，接连抨击腐败现象，和省府的矛盾加深，其实这些人也不过是眼红罢了。 别的又有什么建树？ 那些工商企业稍一懈息，不满足大员们的需求，一顶汉奸的帽子就扣了上去。

耿林的一番言论，老爹并不太关心，他们接收他们的，跟自己没半点儿关系。 杨明也觉得和自己无关，但又喜欢听，也偶尔谈论几句。 他觉得，还了俗的觉新师父，过去隐藏的人世之心愈发膨胀，对时事的看法，倒和齐先生很相似。

饭后，娘留下一些亲手炸的年糕、藕盒，和爹坐进杨明的人力车，回湖上去了。 因时间太晚，杨明没回朝山街。

之后的日子平静了许久。 听说日本人正向青岛集合，有乘火车去的，也有大量步行的。 日本兵排成四列，身穿黄色军装，每人背后背着帆布包，有的手里还拎着包袱，没人言语。 队列中，隔不远就出现一辆马车，车上坐着女人和孩子。 日本人一路东去，出城不远就是共产党的地盘。 不论谁的地盘，都有军队把守，将他们锁在一条专用的道路上。

杨明想起去年初冬的一个夜晚，他怀着失落的心情走进东方照相馆。 推开门，一盏电灯射下微弱的光，地上散落着众多杂物、照片，野田加成一个人趴在地上。 杨明过去把他扶起来，靠在柜台上。 野田加成醒过来第一句话就是："杨明，你终于来了，可惜姐姐刚被他们带走。"杨明追问："他们是谁？ 带到哪儿去了？"野田加成说："许光山、吴二、山岗，你找不到他们的。"

过了许久，野田加成又说："你一定要找到他们，救出姐姐。"他试图站起来，没成功。 他艰难地卷起裤管，查看膝盖，没有流血，但感觉里面的骨头已经碎了。 他让杨明赶紧去追，也许他们还没走多远。 杨明说："你怎么办？"他说："我没事，死不了。"杨明站起身，朝外面追去。

第二天杨明再去照相馆，野田加成已经不在了。 后来杨明又去过几次，再也没见过这个日本人。 照相馆的牌子摘了下来，一户新的人家住了进去。 他去打听之前的主人去哪儿了，一个女人隔着门让他赶紧走，这里再也没有日本人了。

站在城墙上，看到铁路边徐徐向东行走的队列，杨明想起野田加成，或许就隐藏在这些队列中，或许逃到了别处。 直到许多年后，他收到一封来自日本的信，信里是一张照片，一对男女坐在船头，身后是明媚的湖水。 越过时间的河流，他终于再次看到了姐姐年轻时的模样，还有自己。 他盯着照片，想起耿林的话：还真是郎才女貌。

又一个春天来了。 清明节，东门外的慢坡上再次升起风筝。 这次，没有大风筝，只有一些飘扬的五颜六色的小风筝。 透过窗子，如槿看到了那些高高飘扬的风筝，眼前浮现出一汪久违的湖水。 隔了不远，她能闻到湖上水汽的味道，杨柳的味道，荷叶从淤泥里钻出的味道。 她看到的，闻到的，形成一幅画面，定格在眼眶里。

她看到了生命本身。

一枝荷花的生命，一根芦苇的生命，一只白鹭的生命，湖上的生命氤氲了诸多雾气，氤氲了无始无尽的开始和结束。 在她的脑子里，这片湖安然无恙。 湖的历史和现实，乃至于未来，形成一个画面，溶解在她的意识里。 还有她自己的生命，过去、现在、未来也形成立体的画面。 她随手一拎，就把某一时刻的自己拎了出来。

她看到如荷花般美丽的自己。

有一次，她独自驾船去东边，在汇泉寺边的一片民房边停下，上岸去了秋柳园街。 街上正有一个老人领着一个女孩在乞讨，老人花白胡须，皱纹布满了整张脸，女孩和她一般大，穿着破烂。 老人蹲在地上，唱起一首《当年忙》。 她对这首歌很熟悉，小时候娘唱过很多遍，她也会唱。 老人唱的最后两句在耳边回荡，"人说这个孩子真命苦，一辈子没喝过饺子汤"。

　　老人拿眼瞥见她，立刻闭了嘴，睁大了眼，又张嘴啊啊叫两声，就站起身凑过来，说："这里还有一个槿儿，还有一个槿儿。"脸朝向她，手指着那个女孩。 仔细看那个女孩，果真和自己长得很像，只是多了风餐露宿的摔打，显得粗糙一些。

　　如槿还在发呆，老人又开了口："这个槿儿，我也带你走吧。"说完就来拽她的衣袖。 她赶紧躲开，闪到一棵树后。 老人说："跟我走，离开这里，这里是你的灾地，这里没有人烟。"

　　她不知道老人什么意思，还是一言不发。 老人继续唱，是一首《美人五更》。 歌很长，她只听清了前面的第一节：

　　　一更里有美人懒进房门，
　　　前走走后道道自己呻吟：
　　　愁的是绣房中无人做伴，
　　　怕的是到晚来夜深更深。
　　　款步金莲，伸玉手开开门二扇，
　　　听一听樵楼上更鼓声音。
　　　托香腮，抬玉腕，思前想后，
　　　听一听学堂里鼓乐声音：
　　　一个人吹的是文君司马，
　　　一个人弹的是塞北昭君。
　　　有几个弹的是妙常必在，

有几个吹的是红女私奔。

古来一个个成双成对，

可叹奴只对着明月一轮。

吹一回打一回奴越听越躁，

心里头烦听那鼓乐声音。

无奈何回绣房银灯张上，

凄凉凉倚绣帐阵阵发昏。

心里乱只想那文君司马，

窗户外寒蝉叫唧唧声音。

闷沉沉，病歪歪坐在床上，

听一听樵楼上二更鼓鸣。

　　一首思恋的歌，被一个老人拖着沙沙的嗓音唱出来，显得有点诡异。老人唱完后，还叹了口气，好似自言自语，又好似对如槿说："好好一个姑娘，早晚要跳入火坑，我们走吧，寻找一个好田园。"又摇摇头："哪里还有田园，到处都是是非地，这儿就是田园，就是是非地。"

　　老人说完，不看如槿，拖着一根竹竿、一个布袋径直朝街南头走去。那个女孩，临走前瞥了如槿一眼。不一会儿，两人消失在人群深处，留下站在街边发呆的如槿。

　　她不觉得那首《美人五更》和自己有什么关系，她爱的人也不是书生，而是愣头愣脑的一个糙人。为什么会想起那个乞丐、想起许多年前的歌谣？好像没有什么关联，她的意识开始混沌，过去不着边际的一些事，经过岁月的淘洗，一下子进入体内，形成新的概念。此刻的她，仿佛过去许多个人的集合，仿佛一切悲戚的、温婉的女性都融进了她一个人体内。

　　立体的记忆暂停，源自肚腹的隐痛把她带离湖上的画面。紧接着，一股液体从下身流出。 水流是发动疼痛的机器，她呻吟起来。
正拿着风筝准备出门的小茜听到了屋里的异常，跑进来好奇地盯着
她。 如槿大口喘息，使尽力气对小茜说："去叫你娘来……"

一个产婆匆匆而来。 折腾到晚上，离零点还有半小时，产婆慌
忙跑出来，满手鲜血，惊呼道："难产，难产……"杨明奔过去扶住
她，问："你说什么！ 怎么回事？"产婆灰丧着脸，焦急地问道：
"赶紧决定，要大人，还是要孩子？"

杨明不知所措，脑子陷入空白。 一旁的耿林赶紧说："当然要大
人，我们保大人！"杨明立即点头，跟着说："要大人！"

产婆回到房间。 依然是如槿的惨叫声，是窸窸窣窣的穿梭声，
时间流逝在焦虑之中。 到了凌晨，屋门再次打开，产婆挂着满脸的
汗水，托着一个用破布包裹着的东西走出来。 杨明不敢去看，耿林
念了声阿弥陀佛，走上前扫了一眼。 产婆说："唉，是个妮儿。"她
看看耿林，又看看杨明，说："你们想办法处理吧，别让她看见。"

杨明没有接话，而是闪过身进了屋子。 如槿好像淋了一场雨，
头发濡湿了贴在额上、脸上，她陷入深深的虚弱，嘴张开，却什么也
说不出，继而闭上眼睛，昏睡过去。 一颗泪从她的左眼眶滑落，流进
耳蜗里。

肚子一下子空了，如槿有些不适应，又在痛苦中如释重负，好似
终于撇清了一种情绪。 这些日子的一个个镜头常如魔鬼般冲入她的
回忆，不管如何撕扯，一直挥之不去。 过去有一段时间她试着完全
放空自己，魔鬼来了就跟魔鬼聊聊天，魔鬼走了就什么都不想，让自
己成为一具没有任何思想的行尸走肉。 而到了此刻，随着眼泪的流
出，她的心猛然揪了一下，一处隐秘的角落产生淡淡的痛感，痛感又
缓慢加重，如一束明暗不定的光，攀爬在她的身体上。 起初，她并未
感知到这个与别的痛苦完全不同的痛苦，但眼泪的滑动慢慢催生了一
种感知，痛苦快速升温，好似从脚跟穿越大腿、肚腹、脖颈，奔跑在

广阔的身体上，直冲向她的大脑。 痛苦钻进她的大脑，对她说："我要杀死你，我要杀死你。"如槿环顾四周，没有看到人影，但她清晰地听到了那句话，说话的是一个女人，好像是自己，又好像不是。 她回复道："那你就杀死我吧，求求你了。"那人说："我要你死，其实是在救你，你会以另一个身份继续活下去。 你内心的坎儿不允许你继续活着，难道不是吗？"如槿说："你说得很对，你很了解我。"那人说："我当然了解你，我就是你。"如槿说："你是我？"那人说："对，我是你。 这么些年我一直和你在一起，我理解你，我懂你。"如槿说："懂我你就帮帮我。"那人说："只有你才能帮你自己。"对话在无声中进行。

天亮后，娘和老爹来了。 娘坐到如槿床前，拉着她的手哭，喃喃道："我的闺女，我的闺女……"老爹没进屋，在东屋里瞥了一眼那个死婴，叹一口气，又对杨明说："这是天意，她不该活这一辈子。"

晚上，趁耿林一家人不在，如槿也睡着了，老爹抱起死婴，放到杨明的人力车上，自己也坐上去，让杨明拉着走。 杨明不想听他的，老爹撂下一句话："你不拉，我自己带她走。"说着就要下车。 杨明不忍心，建议让如槿看一眼，怎么说也是她的孩子。 老爹摇头，怕如槿看了伤心，且会留下无尽的阴影。 杨明觉得也对，拉起人力车，朝东南城郊奔去。

他们在通往南部山区的一片土岗停下。 月亮挂在远处的山顶，氤氲了一丛飞翔的云。 老爹指指不远处的一片草丛说："就那里吧。"杨明拿出早已准备好的镬头，走过去，用脚踩踩，举起镬头开始刨地。 老爹站在一边，两个人的身影和夜晚融为一体，没有声音，只有镬头碰触泥土的一次次对抗。

坑刨好了，不大，但能容下一具小小的身体。 老爹抱起死婴，走到坑边蹲下。 他拽了拽包裹孩子的棉布，连同孩子的脸裹紧了，轻轻放在坑里。杨明本想抱抱那孩子，她毕竟是姐姐的一部分。他感觉到了一种分离，最终没有动。

坑很快填平了，还堆起了一个小土堆。也许用不了多久，这个土堆就会被人削平，难以发现痕迹。

两人钻进夜色，回城时走得艰难。天空之上，一只巨大的风筝睁着大眼，俯瞰人间草木。

在接收日产过程中，大肆贪污的政府要员们终于决定挽回民心，再次惩治了一批抗战期间为虎作伥的汉奸，并进行公开审判。许光山就是其中之一。

听到许光山被逮捕的消息，杨明下定决心，把婚礼日期提前。老爹不再提既嫁女儿又娶媳妇的话，只说他要为自己的儿子娶一房媳妇。老爹跟杨明说："你的父亲，是一位先生。你的姐姐也是好样的。你当我儿子，我有幸。"杨明的小屋权当婚房，耿林的家作为如槿暂时的娘家。

槐花盛开的一个凌晨，一群接亲队伍绕着湖北岸向东，沿岸边拐到曾堤，向南出老城，去了朝山街。湖民们念叨着要一睹新娘的芳容，多日不见的如槿，原来是为准备婚礼把自己藏了起来。周喜儿陪杨明走在最前面，身后是一顶花轿。到了目的地，大红盖头底下的如槿显得小鸟依人。掀开布帘踏进花轿，她感觉自己如在梦中。

到了湖北岸，经过城墙根下的一片荒地，杨明转头盯着一座坟看了几眼，没有停留，直接去了自己的小院。

齐先生是主婚人，又是男方长辈。跪拜父母时，杨明特意让他和爹娘坐在一起。齐先生推辞。杨明说："齐先生，您是我父亲的朋友，也是小艾姐姐的朋友，除了您，再没有合适的人了。"大半年前，杨明和齐先生带着杨小艾的遗体回到北城根下，老爹见过齐先生，并为杨明这位刚去世的亲姐姐唏嘘不已，几个人合力为杨小艾筑

194

起新坟。 杨明特意将父亲留下的唯一物件——那副残破的眼镜放在姐姐身旁，陪她一起入土。 这副眼镜陪了他许多年，接下来该去陪着姐姐了。 齐先生想起往事，不免有些伤感，接受了杨明和如槿的跪拜。

仪式结束后，酒宴开始。 湖民本就生性不羁，不拘泥于各类风俗，让杨明当众挑了如槿的盖头，加入喝酒的队伍中。 周喜儿看到如槿展露出的芳容，一身大红旗袍穿在身上，不觉赞叹道："明子，你简直就是娶了个仙女。"百会和黑丫头已经订婚，挨着坐在一起。黑丫头嘀咕道："我们结婚的时候，我也要穿旗袍，和如槿一样漂亮。"百会说："你脸黑，穿红旗袍不好看。"黑丫头说："你说谁脸黑？"百会说："我就喜欢黑的。"

酒喝了一通，一个人走进来，到杨明旁边，附在他耳边说了一句话。 杨明愣住了，盯着来人——赵奎。 赵奎说："你放心，他要不怀好意，我第一个饶不过。"一个洪亮的声音自门口传进来："我来讨一杯喜酒，不知合不合适。"

一个身穿警察制服的人走进来。 制服有点儿紧，裹在他身上，像鼓起的腮帮子。 众人顿时安静下来，如槿紧紧抓住杨明的手，身体哆嗦了一下。 那人说："我昨天刚上任，当了这一片的小警察，听说有人结婚，过来看看。"然后看向如槿，愣了片刻，说："新娘子挺眼熟……"

齐先生走到他面前，挡住杨明和如槿，指着他的鼻子道："好你个吴二，你也当了警察，真是笑话。"

吴二打量齐先生，一时没认出来，待到认出来，急忙道："齐先生，多年未见，常想起您老，愈发有精神了。"

齐先生"哼"了一声说："你还记得我，难得。"

吴二说："年轻时经常受先生教诲，怎么敢忘。"

齐先生转过脸去，不再回话。 吴二环顾四周，把眼落在如槿身上，又去看杨明，略一皱眉头，脑中闪现出一个冬日清晨的模糊场景。齐先生拍拍他的肩膀，递给他一杯酒，道："来了就是客，喝了这一杯，忙你的公务去。"

吴二点头，对着齐先生把酒喝了，又抓起一旁的酒瓶倒一杯，走到杨明和如槿面前，说："向你们贺喜，干了。"如槿没有动，杨明把杯子递到嘴边，嘴唇刚触到酒，又把杯子放下了。吴二盯着如槿，好似要从她身上搜索出什么东西。如槿手臂有点颤抖，杨明握她的手紧了紧，她也攥攥手，心里想的却是此时要有把刀就好了……

赵奎从后面伸出脑袋，对杨明小声道："明子，你想干什么招呼一声。"周喜儿也凑上前，和二人呈三角形站立，瞪着吴二。杨明转头看他们，摇摇头，他不想婚礼遭到破坏，更不想如槿过去的事被翻出来，造成又一次的伤害。

吴二看到几人眼神中透露出的凌厉之光，咧开嘴笑一声，把酒喝干了，环顾四周，拍拍紧缩的衣服，转身朝外走。在场的大多数人并不知道这人的来历，也有知道的，小声嘀咕，弄不懂这个过去商埠的恶煞如何摇身一变成了警察。

齐先生喊一声，跟过去，把吴二拉到外面的角落里，一手扶着他的肩膀，小声低语几句。他们凑得很近，吴二听的时候用眼瞅齐先生，还摇了一次头。最终，吴二扬长而去。

齐先生跟吴二说了什么，杨明没问，他也没说。

酒宴结束后，齐先生告辞，对杨明说自己过几日就要离开了，有机会再见。杨明问他要去哪里。他指了指东南方向，没有明说。杨明猜到了，他该是去寻找他和小艾共同的理想了。走到不远处小艾的坟前，齐先生站定，过去鞠了三个躬。杨明和如槿陪他，等他走后，两人又回来，给小艾磕了三个头。

一切好像结束了，又好像刚刚开始。没有人闹洞房，百会想多待一会儿，被黑丫头拽走了。杨明和如槿坐在门前的树桩上，面对湖水发呆。

　　杨明拉着如槿的手。是预想的结果吗？是，又不是。一股酸楚的味道从他的心里迸发出来。他轻轻说："姐，你高兴吗？"

　　如槿面向他，抿起嘴："终于嫁给你了。"

　　"以后我好好待你，不会让你丢了。"

　　"明子，这些天我想了很多，你是一个值得托付的人。"

　　"你现在才知道吗？过去又不是不知道。"

　　"我知道。"

　　杨明站起身，拉着她的手朝家里走："我们回去，我要好好待你。"

　　躺在床上，杨明说：

　　"姐，以前的事不要再提了，我们永远不提。"

　　"傻弟弟。"

　　"姐——"杨明把手伸向如槿的胸前。如槿浑身一凛，心再次像被插了一刀。定了会儿神，她抓住杨明颤抖的手，推到一边，自己解开了衣服扣子。杨明的心像一只乱撞的小鹿，隔着彼此的身体，如槿能听到他的心跳声。待到他们脱掉了所有衣服，对早已熟悉的彼此进行探索的时候，一股从未有过的陌生感让他们再次慌乱起来。陌生转瞬即逝，紧接着是深切的交融。十几年从无间断的交融，是一滴水和另一滴水的恩情。他们忘乎所以，他们患难与共，他们难分彼此。

　　"弟弟，我终于把自己给你了。"说完这句，如槿仰躺在床上，一动不动。

　　杨明记住了这个夜晚，像他记住过去的许多夜晚一样，他紧紧抱着姐姐，进入梦乡。在他将睡未睡之时，听到姐姐的呢喃声。

　　姐姐说："明子，我会一直跟你在一起，像刚开始那样，我们在湖上划船，在从过去到以后的所有时间里……"

杨明睡着了。

凌晨，离天亮还早。 如槿轻轻起床，穿戴好结婚时的旗袍。 她站在床前，伸手放在杨明脸上，继而抽回手，俯下身，嘴唇在刚才触摸的地方吻了片刻。 她缓步走出门去，走出小院，站在从小到大站了无数次的岸边，盯着湖水发呆。 天黑得很透彻，几乎什么也看不见，封闭了她的眼睛。 她不用眼睛，整个湖上的任何事物全在脑子里，在耳朵里，在鼻孔里。

她解开一条缆绳，迈步上了小船，用船桨轻轻划动水面，大明湖再次容纳了她。 不多时，随着小船驶进航道，周围的芦苇、柳树、菖蒲跟她打着招呼。 这期间，无数过去的记忆在眼前呈现出一幅幅画面。 那是孩子们的乐园，是自己与荷花为伴的家园。 她想起杨明第一次抱她的情景，想起他们第一次接吻的情景，想起那支簪子和那对银镯。 她用右手摸了摸左手腕，镯子还在，另一只放到了杨明的枕下。

她等此刻已很久了。 在星俱乐部的时候，她就给了自己两个念想——嫁给杨明，回到湖上。 她一度觉得这是奢望，但她终于回来了。

天色微明。 环顾四周，如槿看到了自家的水田，又看到了省图书馆、历下亭、汇泉寺、北极阁，看到了延伸在岸边的一座座建筑，一棵棵带有灵性的柳树。 如槿看到了一个过去的世界，一个永恒的世界。 夏天来了，新的葳蕤再次降临，于她，湖上的四季变迁再熟悉不过了，那是一种深藏在骨子里的轮回。 也许，等下次归来时，她会以新的面目，重回这片水域。

遥远记忆里的一句歌词出现在眼前："多咱（方言，意为"什么时候"）阳世三间再走上一回？"什么时候？ 不知道，也许是马上，也许是未来的某一个时刻。 她一伸手，就抓住了另一个世界的自己，两个她归结到一处，在湖上永恒游荡。

选定了一个地方，旁边就是荷叶，不久会盛开鲜艳的花朵，很合她的心意。 去年冬天，她就是在这里滑进冰窟的。 嗯，再合适不过了。 她坐到船舷上，双脚在水面踢踏，激起一些快活的浪花。 一定会很舒服，她想。 最后看一眼家的方向，朝前挪了挪，一滴泪融进了水里。

天空中，一双眼睛正在盯着这片宁静的湖面。 那只硕大的风筝，拨开黎明的混沌，把爱怜的目光投射到水面上。 它看到了一条孤独的小船，一圈不断环绕四散的水纹。 它用目光追随着水纹，水纹越来越舒缓，终至于消失。 它试图伸手抓住一些什么，却没有动，流下一滴泪，滴在水面上。 不一会儿，水面恢复了宁静。 喧嚣的宁静，肆意的宁静，没有任何事物可以阻挡的宁静。 水面如亘古不变的过去，水面如无穷无尽的未来。

东边的天空透出一丝光晕，新的一天即将开始。

第十四章

兵峰至

最早，父亲死于日本人之手；后来，亲姐姐死于日本人之手；再后来，爱人死于日本人的祸害。杨明终于要找人报仇了，但却找不到人，曾经的仇人如今已经不在了。他还有一个仇人，这个人的身影经常冲击着他的回忆，但他相信时间会给他一个结果。

报仇之前，他要梳理自己的生活。

新的生活从一个女婴开始。

他常想起那个埋在城南的女婴。有一个女婴去了天上，又有一个新的女婴流落到了人间。那是一个清晨，他准备驾船到湖上去收前一夜下的卡子，刚踏到船上，就见船舷上躺着一个包裹。在晨雾的笼罩下，包裹上落满了露水。他上前查看，竟是一个婴儿。婴儿闭着眼睛，两腮冻得通红，他伸手探一探鼻息，还有微弱的气息。

杨明四下张望，一个人也没有，冬天快来了，他只好把孩子抱回家。这一天，他和爹娘一起在附近打听，不断询问有没有人知道这个孩子是从哪里来的，最终什么消息也没得到。到了晚上，三个人守着孩子，一时间不知该如何处置。

老爹说："这个孩子该是老天爷送给我们的，就留下吧。"

娘突然哭了，抱紧孩子，低声说："是我的闺女回来了。"

杨明脑海中出现许多片段，最早是他第一次来湖上的情形，第一次见到老爹、娘和如槿，他在朦胧中成为湖上的一员。接下来是那个早已被记忆疏淡的男孩小光，消失的小光，现在还活着吗？最后是城南的夜晚，永远躺在大地之中的孩子。

他没有表示同意，也不拒绝，一股愤懑的情绪使他站起身走出门，奔到湖边发呆。

接下来，周围的所有人都知道了，他在湖上捡了一个女婴。

有人跟他打趣，隗老爹收养了杨明，杨明又收养一个女婴，祖孙三代很默契。杨明把孩子递给那人，说："我不要了，给你吧。"那人赶紧摆手："家里老婆孩子好几张嘴饿得嗷嗷叫，怎能再添一张嘴，何况还是个妮儿。"

杨明说："那你就闭嘴。"

时局稳定了一些，街上开门的商店比过去多了许多。杨明再次做回了老本行，到湖上撑船，管理藕田、蒲菜、茭白，晚上偶尔去下卡子，时而找个没人的角落哭一场。往往是，他把船撑到一处柳树荫里，面对着和他的生命融为一体的大明湖，看到所有的风景，北极阁、汇波楼、图书馆，还有码头，行动的船，任何一处地方，任何有人没人的角落，只要看一眼，就有汹涌的记忆飘上来，搜刮着他的眼泪。

晚上，他去城墙的次数比过去多了一些，却再也不会两个人或三个人结伴走到城墙上看夜景了。如今只有他一个人，手扶着墙垛，向南看或向北看。

从城墙上下来，走在城墙根，荒草丛中，一排坟绕不过去。以前每经过这里，他从不停留，现在不同。大部分时间，他让自己顺利通过，但总有那么几次，双脚被什么东西阻挠，走不稳，只得站立不动，盯着其中的两座坟发呆。实在无法控制自己，就干脆走到两座坟的中间，躺下来，双手扣在脑后，看天上的星星。

面朝左边，喊一声，姐；面朝右边，喊一声，姐。

有一次，他竟然就这样睡着了，醒来时天快亮了，周围是蛐蛐的欢叫声。他爬起来，没跟姐姐们打招呼，径直回家。大多时候，他就躺一会儿，有时长一些，有时只是片刻，走的时候不忘跟姐姐们告别："我回了，你们好好休息。"

回到自己的小屋，不一会儿就睡过去了。

第二天起床后，杨明会走到对面的院子吃早饭。娘抱着孩子，喂小米粥。他坐在桌前，端起碗吸溜吸溜地往嘴里扒饭。娘停下，问他："该给孩子起名字了，你说叫啥？"

杨明咽下最后一口饭："你看着取，叫啥都行。"

娘嗔他："有你这样当爹的吗？名字该你取，你好好想想。"

"我没想好，再等等吧。"

"现在的孩子，不叫爹了，叫爸爸。等她会说话了，叫你爸爸，你别害臊。"

他看一眼小孩，她正瞪着眼望他。那双眼，圆圆的，大大的，好像是另一个人重新活过。他完全不知道父亲这一角色的位置在哪儿，有点无措，就起身离开。娘撂下一句话："想不出名字，你今晚甭回来。"

可惜，又过了两年多，他依然没有想出名字。或者，从没想过。

甚至，为了不再见到那个孩子，他有时在外面吃饭，有时喝了酒回来，直接回自己的屋子睡。只在每日一早，把采买的粮食送到对面的厨房，爹娘还未起床，或爹早起，坐在屋门口瞪他。他叫一声爹，说自己忙，马上逃到湖上去了。

湖上的那些水道，又带动了一波新的旅游浪潮。济南作为一省首府，济南本就是大学聚集的地方，流亡南方的学校逐渐迁了回来，朝气蓬勃的年轻人再次聚集，又开始了四处游玩。况且，时事方定，百废正兴，新的达官贵人又形成聚落，游湖的雅兴一时间竟比过去

202

还盛。

一日，他接待了齐鲁大学的几个女学生。幼时他曾在这学校里度过短暂的时光，父亲曾与学校有短暂的缘分，对于这所大学，他总心存某种莫名的好感。女学生们皆穿对襟长裙，有的梳着两条辫子，有的头发散在脑后，脸上洋溢着青春和书卷气。一天时间，杨明带她们去了历下亭、北极庙、成仁祠、铁公祠、汇泉寺，能去的地方全都去了。女孩们叽叽喳喳，徜徉在湖畔的风景中。

这是他印象颇深的一批游客，因为过了那年秋天，成仁祠附近变成了军事禁区，游人免进了。

有时他去燕喜堂找百会。百会当了领班，正忙，让他找个桌自顾吃喝，免单。他不客气，找一张临窗的桌坐下，要了两个菜，一壶酒，自顾吃喝。百会闲下来，就坐在对面跟他说话。

"明子，你现在越来越逍遥了。"

"这句话从何而来？"

"当了爹，还没老婆管着，真是快活。"

杨明放下酒杯，跟他开玩笑："把你老婆给我，我就有老婆了。"

"这可使不得。你别看黑丫头长得黑，还真会疼人，我现在一收工就往家跑，跑慢了都不赶趟，黑丫头不愿意，老把我往床上薅。"

"细节别跟我说，不乐意听。"

百会跟他碰一杯，正色道："明子，以前的事忘了吧，往前看。"

"到底是往前看还是往后看？"

"你懂。"

回到家，站在两个对门的院子中间，面对一池湖水，杨明总是要想起往事。尤其是那截木桩，十年了吧，或者更久。他坐在上面，对着湖水发呆。手不知往哪儿放，摸摸自己的胸口，摸摸空气，手臂向侧面伸直，往回勾一下，对，就是这样，像是勾住了一个肩膀。

挺美的，他觉得。

没多久，外面开始变得异常。单说钱吧，现行的货币，和过去的不同，面额更大。就在一年前，一千六百元能买一斤猪肉，现在涨到了五万元；鱼从过去的五千元涨到了二十万元。二十万，一斤，他盯着纸上的面额，感觉不可思议。猪肉，需要买，鱼，需要卖，一买一卖，感觉什么也没得到，但湖上的东西却越来越贱了。湖上的鱼产量不小，卖不了好价钱。

黑丫头还在纱厂做工，倒能坚持。但到了新的一年年初，她断然辞了工作，回到湖上，即使啥都不干，也比生闷气强。据她说，在过去，一个月的工资可以买三袋面粉，现在连一袋也买不了。工厂因原料短缺，开工的时日愈发少了，一个月能开工十天就不错了，按照这个计算下来，每月实际领的钱连小半袋面粉也买不了。

那些纸币叫法币，印着德罗纳印刷公司字样，一例都是新的，油墨味很浓。因贬值太快，厕所里到处都是被当了手纸随处乱扔的纸币。手巧的女人将法币叠成扇子或盛杂物的箩筐。法币面额越来越大，竟有了一百万元的面额，后来还出了以一当三万的金圆券。

在湖上撑船，能不收现钱就不收，客人若能给财物更好，现大洋也行，要是拿两斤面粉，他甚至乐意带游客湖上湖下四处游玩，并费尽心力讲解一番。诸如"乾隆帝夜游历下亭，杜工部挥毫写文章""湖里的蛤蟆青蛙为什么从来不叫，听我细讲……因这湖水来自遍布全城的泉眼，趵突泉、黑虎泉、珍珠泉、五龙潭、濯缨泉，泉水冰凉，冻坏了蛤蟆，它们发育迟缓，夏秋季节，等它们需要叫春的时候，冻得浑身哆嗦，哪里还有春可叫"……

和他同龄或比他小不了几岁的年轻人，在湖上逍遥一番，直夸他文思泉涌，若去了大学，得算是老夫子的好学生。

不过，任凭他自顾逍遥，一些紧张的消息传来，又把他带回了几年前的岁月。

和几年前一样，这座城依然堪比孤岛，且更甚。 省府所能掌控的，除了这座孤城，以及两条铁路沿线的几座城市，别的广阔城镇和乡村依然不在他们手里。 火车站荒废多时，向东、向北、向南的火车全都断绝了。 有人开玩笑，今日的火车站已成了"三店车站"，东到郭店，北到桑梓店，南到炒米店，都是离城不远的地方，再往前，就是共产党的地盘。 一个火车司机，因饭盒里查出了一点儿煤屑就被开除了。 运煤车经常路过的街上，大量小孩子去争抢煤粉，扭打叫骂之声不绝于耳。

所有人都预感到，要打仗了，且是一场前所未有的大仗。

这个春天，小家伙已长到了两岁，依然没有名字，娘给取了小名，荷花。 爹本不同意，但实在没什么可以叫的，也跟着喊荷花。 汇泉寺的老住持离世了，要不然再请他取一个好名字。 老两口没别的事，就待在家里抚养荷花。 荷花已会走路了，歪歪扭扭朝杨明身上扑。 他闪身到一边，只顾着谋划赚钱的门路。

一天，他去找耿林，站在街上聊了一会儿。 耿林谈起纬三路的一场群架，宪兵和空军为看电影买票大打出手，甚至动用了真枪实弹，省主席王耀武出面才平息了这次事件。 耿林评价道："这些军人，一点军人的样子都没有，还是尽早投降吧。"话锋一转，他建议："已经两年多了，尽快接纳那个妮子，别作践自己。"

杨明叹息道："我早就接纳了，但总有一股愤懑。 我恨她。"耿林知道，这个"她"，并非指小姑娘。

"她没过去自己的坎儿。"

"坎儿在她心里，我过去了，她没过去。"

"你真过去了？"

"也许吧。"

短暂到只有一个夜晚的新婚，在他心中刻下难忘的痕迹。

耿林去上班，杨明告别他，向北返回。经过短暂的繁荣，现在已无人再有闲心来游湖了。满眼所见，除了士兵，很难找到闲人。他尽量避开士兵，悄悄靠近湖畔，撑着船往家奔去。

刚到家，赵老爹走进来，通知要出夫，去城外修防御工事。过去，杨明去过一次，还有一次出了钱，但人没去。他答应了，第二天去赵老爹家集合。赵老爹当了保长，负责摊派各种任务，这次他也去了，还有周喜儿。北城外近，但他们没被派到北城，而是去了南城。

一路上，依旧是士兵居多，许多士兵扛着木料、水泥修筑工事，几乎每条街上都有地堡、碉堡，加上城墙、壕沟、铁丝网、电网和城外的子母堡，确实很坚固。解放军要打进来，可能要费些周折。

到了南城外，抬头望去，每个山头都有碉堡群和交通沟。碉堡多是砖石垒就，也有预制好的水泥碉堡，形状像倒扣的大碗，用汽车吊装着放到地上。他们到了新建门外，加入众多民夫的队列，开始挖壕沟。四人一组，两个挖土，两个抬筐。赵老爹心生一计，安排杨明、周喜儿和另一个年轻人一起，不要大面积散着挖，而是固定在一个地方挖，收工时能让人看出成绩。两个人干，两个人休息，轮换着来。许多人也是慢悠悠干着，不是筐的绳子断了，就是锹坏了，修要很长时间，似乎永远修不好。磨洋工的本事也算是各有其道，有的坐在一边抽烟，有的吃东西，沟底全是人，真干活的没几个。偶尔有军官拿着棍子来检查，民夫们便一阵骚动，每个人做出努力干活的架势。军官走后，人群又散了。

这一天，四个人总共抬了二十筐土，挖了一个不到两方土的小坑。周喜儿指着他们一天的劳动成果，揶揄地说："就凭这个，就可以阻挡解放军进城了？"

"我看差不多，到时把你放在这抵御。"杨明说。

一旁的那个年轻人朝他们笑："屁用不顶，听说前些天解放军占了潍县。潍县的城墙又高又厚，壕沟比这个深多了，也根本不起作用。"

杨明说："他们还是早点来吧，早来早结束。"

年轻人说："是该早来，把这伙兵痞收拾了。"

周喜儿摆摆手，示意他们小点儿声。众人默不作声，干活的速度继续放慢。

又挖了几天，壕沟往下延伸了一米，外城显得愈发高大。层层包围下的内城，暂时安全了。

秋天已至，尚有夏的余热。茂岭山、砚池山、千佛山等山头是第一道防御，接下来还有几道，到了外城，就逐渐进入了防御的核心地带。大明湖沿岸，作为内城的中心位置，既是防御的重点，也会成为打击的重点。虽然每家每户都挖了地窖，但能起多大作用谁也说不准。距他们不远的北极阁旁，成仁祠自去年冬天被划为军事禁区。据曾去里面出工的周喜儿说，那里也有一个地堡，但比湖民们挖的大多了，深不见底。这个地堡不是现挖的，过去就有。杨明当然知道，隗老爹就参与挖过，那是日本人来的那年，国民党部队将士欲要杀身成仁，挖了地堡，准备和日军决一死战，最终却偷偷溜了。

一家人很少外出。赵老爹疲于奔命，脸上时时露出倦容，挨家挨户收集物品，去慰劳守城的国民党军队。鱼、肉、银圆、点心，什么都行。娘不愿给，冷着脸不搭话。赵老爹抬眼看着石榴树上结的亮晶晶的大石榴，说："这石榴真好，比往年大。"杨明过去摘了七八个，放到赵老爹带来的筐子里。

中秋节前一天，传来隐隐的炮声，轰隆隆，像打雷。不知解放军会从哪个方向打进来，也许是长清，或章丘。

上午，又响起了炮声，依旧很沉闷，估计离大明湖还远。杨明撑船去南岸，商店开门的不多，但总有一些开门纳客。 他买了一包月饼，又买了一个兔子王。 刚回到家，就听到赵大娘的哭声。 原来是因为昨天赵奎被抓走了，一天一夜没回来。 赵老爹托人打听，据说是被拉到了洪家楼修碉堡。 赵大娘哭着骂赵老爹："狗屁保长，连儿子都被抓走了，还当什么保长。"

晚上，一家人聚在院子里的石桌旁，桌上摆了一道鲤鱼、几个青菜、一盘月饼，还有老爹珍藏的最后半壶酒。 娘掰了五仁月饼给荷花，小姑娘伸手把月饼塞到嘴里，没咬动，又吐出来。 娘就唱小曲给孩子听："大小的孩，大小的孩，都来玩。 买花生，分瓣瓣。 你一瓣，我一瓣，留下这瓣喂小燕儿。"

外面依旧响着炮声，南面的天空时而闪烁火红的光。 光直向上蹿，和空中的月亮对接。 杨明和老爹有一搭没一搭地喝酒，眼睛不时望向火光闪耀的天空。

炮火在轰隆，湖面上闪闪烁烁。 几个人吃了菜，喝了酒，吃了月饼。 火光时而照亮小院，照到荷花脸上，一张晶莹的小脸，瞪大了眼睛，观察时而明亮的天空。 荷花手里拿着兔子王，一只手拽它的耳朵，又把兔子王举起来，放在自己的眼睛和月亮之间。 倏忽间，杨明听到一声清脆的叫声：

"爸爸。"

杨明转头看她，第一次清晰地听到她喊自己。 荷花又喊了一声"爸爸"，手里的兔子王朝他伸过来。 他伸手接了，想起姐姐，有眼泪要涌出来。

杨明吸了吸鼻子，说："爹，娘，荷花的大名我想好了。"

老爹说："我跟你说过，不要姓隗。"

"不姓隗。"

娘说："你给她取了什么名字？"

"杨艾如。"

"艾如，怪怪的，什么意思？"娘不解地问。

老爹朝娘摆摆手："这个名字好，艾如，艾如，来，爷爷抱抱。"

娘收拾家务的时候，杨明抱着小艾如到了湖边，坐在木桩上。艾如睡着了，兔子王滑落在地上。杨明凑近她的脸，亲了一下，盯着南边明明暗暗的天空，陷入沉思。

时隔三年，杨明再次看到了飞机。这样说也不对，一些天来，飞机经常在头顶盘旋。他看到的，是拖着长长的尾音，投下一枚枚炸弹的飞机。据估计，飞机大概在城南或城东投弹、射击，也就是说，那里出现了解放军。

不断有消息传来，报上说，国民党部队已掌控战局，解放军打了败仗，不日将逃之夭夭。没人信这些话，更多的消息经口口相传，有人说解放军已占了茂岭山，有人说南外城下出现了解放军。国民党部队伤兵越来越多，医院里挤不下，有的干脆被扔到澡堂里。

一群士兵冲进家里，卸掉几块门板，扬长而去。

一家人躲在地窖里，度过了又一个惊恐的夜晚。第二天一早，杨明跟老爹商量，再这样下去不行，隔壁不远就是成仁祠，肯定做了指挥所，炮火迟早要波及这里，不如趁早出去躲一躲。老爹问他能躲到哪里。他说，先去耿林家看看，他办法多。

老爹考虑了一会儿，让他带娘和艾如过去，自己腿脚不便，去了也是累赘；况且，一家人不要窝在一起，有危险就全完了。杨明坚持带上老爹，老爹不同意。

最后，他给老爹留足了食物，嘱咐他蹲在地窖里不要出去。杨明抱着艾如，娘跟在身后，悄悄上了一条小船。他们没敢去司家码头，去了省图书馆旁边，悄悄上岸。他们躲着士兵和弹坑，往南走。城门口是士兵们重点把守的地方，只许出不许进，他们顺利出去了。

耿林一家也躲在地窖里。 地窖不大，耿林让几个女人、孩子进去，盖上门板，再盖上一层厚厚的土，然后拉着杨明去南屋，躲在一张床底下睡觉。 枪炮声越来越近了，好像在隔壁不远处打响。 杨明和耿林觉得困倦，却睡不着。 耿林钻出去，取了一瓶酒，问杨明喝不喝。 杨明也钻出去，抓起两只碗，去了屋门口。

炮弹如雨点，先是信号枪响起，紧跟着是爆炸声。 当炮弹划出嗖嗖的声音，听到的人心里不免紧张，直到炮弹在某个地方炸响，悬着的心才稍稍有了着落，但新的炮弹又飞上了天空。

耿林一边饮酒，一边给杨明分析局势。 外城不保了，这里也不安全，还得走。 杨明问他："接下来该去哪里？"他说："往东南方向，到解放军占领的地方去。"

杨明觉得有道理，跟他碰杯："酒量不错嘛。"

"要真喝起来，你这样的三两个比不了我。"

天快亮时，战斗愈发激烈，房顶上不断落下流弹或炸弹爆炸后的弹片，瓦片纷纷下落，屋里布满灰尘。 两人躲在床底下，听到屋后墙震动起来。 不一会儿，后墙被凿了一个洞，随后一个身穿黄军装、端着冲锋枪的解放军爬了进来。 那人浑身挂满手榴弹，脸膛被熏得黢黑，眼睛布满血丝。 他一踏进屋里，就看到了床底下的两双眼睛，道："床底下的银（人），去（出）来。"两人爬出去，耿林对那人说："听口音，你是胶东银（人）吧？"

"你们躲好了，子弹可不长眼。"

耿林继续跟他开玩笑："我本来躲得好好的，是你叫我出来的。"

"你这人还挺啰唆。 这里到南门还有多远？"

"一里地吧，你们要打内城了？"

洞里继续钻进来战士，不一会儿就挤满了南屋。 为首的那人让耿林带他去院子里，问："往北继续打洞，哪里合适？"

210

"去堂屋，那里可以。"

"不能破坏堂屋，这是纪律，往东打吧，从东边迂回过去。"那人吩咐几个战士，带着小洋镐，奔到东墙外，不一会儿就打出了一个小洞，战士们依次穿过去。这种攻城术挺有效，简单实用，战士从一个个院子穿墙而过，大街上国民党部队的碉堡、路障成了摆设。

耿林家成为通道，不断有战士穿过，又有担架抬着负伤的战士往回走。飞机在头顶呼啸，落下一枚枚炸弹，在不远处爆炸，地动山摇，房屋成片倒塌。杨明和耿林蹲在东墙外的地洞口，观察来往的解放军，一枚炸弹将南屋夷为平地，烟尘和落叶把他们包裹住，时间陷入短暂的静止。

这一片区域刚被解放军占领，交火激烈，不能再待了。两个人商量，立刻就得走。于是，他们打开地洞，让里面的几个人出来。他们沿着解放军攻城的路线，穿梭在一个个墙洞中，朝东南方向前进。终于到了一条街上，四处皆是残垣断壁。刚刚站定，身后的脚在他们中间挤出一道缝隙，一支担架队向他们的前方冲去。耿林看到，担架上那个眼睛大睁的年轻人，一条腿没了，几个小时前还曾用胶东话跟他没头没脑地交谈了几句。

继续往前走，眼前是失去知觉的城市。满眼尽是残缺不全的尸体，到了永固门，过去的城楼已毁。坍塌的砖石、木料、麻袋包堵塞了废墟，城墙两侧各形成一段斜坡，火光冲天。对阵双方都有大量尸体，无法辨别。担架队一个一个翻找，找到活着的，立刻放到担架上，往逃难人群的方向运送。

逃难的人群汇聚成一股洪流，越聚越多。头顶是呼啸而过的飞机，留下一串子弹和炸弹，又有大量人倒下。无法穿过城门，人群只好自发开辟了一条路，从坍圮的城墙攀上去，到达外城城顶。这个位置可以看到城市的大部分区域，烟尘滚滚，枪炮声能把耳朵震聋。

没人停留，立刻攀过去。 一个头上缠满绷带的解放军战士站在城下，喊破了喉咙，催促人群快速前进。

终于到了城外，他们走过一个个废弃的碉堡，可以看到碉堡内的尸体，大都残缺不全，有的只剩半截身子。 路上散落着枪支弹药，停着一辆冒着火的车。 一摊摊血污，是刺眼的殷红。

一个碉堡前，躺着一个人。 那人缓慢地在地上爬行，看见了杨明，呻吟道："明子，明子……"杨明奔过去细看，竟是赵奎。 赵奎肚子被炸开，血汩汩往外涌。 再看他的衣着，竟是国民党军服。 杨明问："你怎么参加了国民党？"赵奎说："他们一鼓动，我就穿了这身军服。 明子，我要死了……"杨明试图捂住他被炸开的肚子，但捂不住，双手沾满了血。 眼看赵奎只有出的气，没有进的气，杨明急了，喊娘。 娘跑过来，惊道："奎子，你这是怎么了？"赵奎蹬蹬腿，头一歪，不动了。

杨明去探他的鼻息，还有点儿气，背起他就要往前走。 赵奎突然大声呻吟几声，对杨明说："我先走了，去找……"

杨明问："你去找谁？"

"明子，我解脱了，我终于解脱了。"

"……"

"明子，你好好活着……"

说完，头一歪，死了，眼睛圆睁着，瞪着天空。 恰有两架 P-51 战斗机从西边俯冲过来，"哒哒哒"射出一串子弹，有人倒下，在地上晕出一股股红色。

杨明抱着小艾如，躲进一个土坎的背后，再拿眼搜寻娘，已经找不到了。 耿林一家人也不见了，四下尽是逃散呼号的人群。 一动不动的，只有躺倒的人。

终于到了一个残破的村庄，有解放军站在村口维持秩序。 杨明抱着艾如走进去，瘫倒在一处矮墙旁边。 再看怀中的艾如，满头满脸的血，闭着眼，安详睡着如一朵花。

他赶紧把艾如放在地上，用手擦她的脸，还好，血迹一擦就掉了。 摇了摇，艾如醒了，露出一副天真的笑脸，叫道："爸爸，爸爸。"

夜幕降临，杨明抱着艾如站在村庄的一处高地，跟随人群远远望着城市。 炮声隆隆，大地颤抖，放眼望去，可以看到炮弹互相发射形成的弧线，像一颗颗流星划过夜空，你来我往，交织在城市上空。 火力最集中的区域，大概在内城的东南角，也就是三皇庙、黑虎泉一带，那里有魁星楼改造的气象台，是内城唯一可以和北极阁匹敌的制高点。 后来得知，那里是双方争夺最激烈的地方，也是解放军最先突破内城的地方。

耿林一家和娘躲藏在村庄附近的一处山坳里，他们会合在一起，静静坐着，一言不发。 身侧，有战士跑来跑去运送伤员，担架上是一个个哀号的年轻人。

第二天，枪炮声小了，逐渐剩下零星的一点儿。 天上下起了小雨，稀稀拉拉，掩盖了许多粉尘。 城里出来的人说，战斗已经结束了，解放军正在清查漏网的国民党部队军官，对出城的人进行排查，进城的人则不查。 又有人说，国民党部队最后的指挥所移到了大明湖北岸的成仁祠，解放军最终冲进去的时候，省主席王耀武已经从地道逃走了，并未"成仁"。

娘惦记老爹，催促赶紧回湖上去。 耿林带着妻子女儿，还要在此再等一些时日。 杨明抱着艾如，和娘一起回了城。 沿途有三三两两的市民往回走，到处可见死尸、死马、破车，经过雨水浸泡，有的已经开始腐烂。

小雨停了，阴沉的天空下，城市在宁静中安歇。 越往前走，越揪心，外城还好，内城更加破败。 街上店铺多数没有门了，家具、商品散落各处。 大街上遍布弹坑、掩体、瓦砾、血迹，弹药箱、弹药、枪支、军装甚至还有中正剑，随意地散落。 唯一动弹的，是一辆辆地排车，车上无一例外地装着尸体，在杂乱无章的马路上拐来拐去。

经过按察司街时，他们遇到了障碍。 一辆马车，一匹死马，两头死牛，路被它们横成一排地堵住了。 被射杀的牛马浸泡在雨水里，大睁着眼睛。 这些作为路障的设施已失去了作用。 杨明带着艾如和娘，走进一家人的院子，照例，墙洞可以穿越到下一家，转来转去，终于通过了障碍。

终于到了湖边，这里已不成样子。 许多战士守着，阻止杨明他们通过。 杨明解释，他们是湖对面的湖民，赶着回家。 一个战士说："湖对岸正在清缴国民党军队指挥部，任何人不能通过。"他们站在南岸，可以隐约看到自家的方向，北边的城墙倒了一大片，村里的房屋受损情况还未知。

等了半天，天将黑的时候，战士告诉他们可以通过了。 杨明沿着岸边找了一通，找到了一条小船。 他用手划船，缓慢前行，终于到了自家岸边。 还没靠岸，心已经悬了起来，眼前尽是废墟，几乎找不到完整的房屋。 等到上了岸，谢天谢地，杨明的小屋还在，只是院墙坍倒了。 往西看，他们家的小院已经不见了。 娘哭着往前冲，杨明跟上去，院墙、房舍无法分辨。 瓦砾中，杨明摸到了一条胳膊，很完整，粗糙的手缩在眼前。 他身体一凛，口中忍不住发出一阵哀号。娘跑过来，抓过他手里的胳膊，跟着哀号起来。

后来他们得知，老爹一直躲在地窖里，啥事也没有。 只是战斗临近结束时，解放军完全占领了大明湖附近，国民党就派飞机来轰炸，一颗炸弹落在了院子里。 周边许多人的死，也是这个原因。

偶尔能遇到几个村民，据他们说，有的全家都死了，有的家里死了一半，没有死人的竟是少数。 接下来的一些天，城里许多地方臭气难闻，就像老爹之前讲的故事，一些味道笼罩在城市上空，久久不散。 很多人戴上了口罩，口罩用几层布做成，有人在里面抹上万金油，有人放上樟脑，把口鼻捂得严严的。

杨明回忆过去时，往往绕不开枪炮声。 这几天，他把大半生的枪炮声都听完了。 他突然想起二十年前的某个晚上，几声枪响，他失去了父亲。

现在，国民党飞机扔下的炸弹又让他失去了爹。

第十五章

向南方

火车开动了，脚底下发出隆隆的轰鸣声。

杨明努力让自己回忆起幼年乘火车时的情景，越是想，越想不起来。索性不想，站在车窗前，看外面后退的山和原野。

火车上装载的，除了像杨明一样的民夫，更多的是粮食、棉衣。火车走走停停，早已把济南城甩在身后。一旁的百会惊叫道："明子快看，这是泰山，高不高？"他抬眼望去，泰山以巍峨的面孔矗立在身侧。

前些天，新政府号召以工代赈，他报名去清理湖上的尸体。尸体被集中在岸边的一个角落，由地排车拉走。军人的尸体居多，也有平民。杨明负责撑着船在湖上逡巡，将湖民或解放军捞起的尸体装在船上，运到地排车停靠点。

一个新的特别市已经组建。过了几日，他把家里的法币换成新流通的北海币，收到一份免费赠阅的《新民主报》。报上刊登了"约法七章"、入城纪律和各地战况。尤其是"约法七章"，让人看到了一些和过去迥然不同的信息。

从此之后，这座城市不再是孤岛。

一日，家里来了一个客人，竟是消失了几年的齐先生。齐先生恢复了过去的身份，在一所大学教书，或者叫参与接管大学。他告

216

诉杨明："人民终于当家做主了,以后的日子一定越来越好,你也要多参与。"

杨明郑重点头,之后就参与到支援前线的行动中。

齐先生说:"有些人过去所犯的罪行,是时候进行审判了。"

杨明有自己的想法,说:"齐先生,这个我懂。"

第二天,他就离开了大明湖,乘火车南下。 到了兖州,前方正准备打仗,火车无法通行。 车一停,人们就急着卸货,将粮食、衣物转运到一辆辆手推车、地排车、卡车上。 杨明和百会一组,装满一辆地排车,一个在前面拉,一个在后面推,跟着长长的队伍向南继续前进。

已是冬天了,外面不比火车上,晚上睡觉成了问题。 杨明就把地排车上的棉衣抽出两件,两个人裹了,找一处山坡躺下。 外面星星点点,有人继续赶路,更多的人像他们一样,顶着夜色进入梦乡。

越往南,战士越多。 战士们和他们的行进方向一致,排着长长的队列,有人扛着旗帜,军车、大炮混于其中。 杨明对着队伍喊道:"你们是从哪儿来的?"

"从济南来的。"一个小个子说。

"我们也是从济南来的。"

"我们打了济南府,就继续南下啦。"

杨明想到一个人,问道:"你们认识赵春来吗?"

战士们摆手,没人认识。 百会说:"春来不是这支队伍的。"杨明说:"就是人太多了,认不全。"百会说:"我也有点儿想当兵了。"杨明说:"我也想,但去不了,家里有老娘,还有刚会走路的小孩,运完了这趟,我再回湖上撑船。"

"你真没出息,现在当兵是最好的出路,等仗打完了,就没机会了。"

"前几天征兵你怎么不去?"

"我在观察，找机会。"

眼前又出现一片水波荡漾的湖面，已到了微山湖。湖面很大，超过许多个大明湖，满眼之内尽是水波，却没有大明湖精致。

别了微山湖，又走了两日，民夫的队伍愈发庞大，有从胶东来的，有从鲁南来的，有从河北来的，有推车的，有挑着扁担的，有牵着牛的，有抬担架的，什么样的都有。每支队伍都打着旗帜，让人一看就知道来处。杨明对百会说："我们这支火车上下来的正规军，怎么没弄个名号？出师没有名号，让人笑话。"一个年轻人推着独轮车，车上装满粮食，一个老头在前面，用一根缰绳拉着独轮车。杨明问他们从哪里来，老头说从鲁南来，他们是爷儿俩。"上阵父子兵啊，你们小心子弹。"杨明说。

"枪林弹雨十几年了，谁还在乎这点儿子弹。"老头貌似饱经世事。

慢慢有了枪炮声，轰隆隆，不知在何处。就像前些天的济南，炮声一响，接下来的形势就紧张了。队伍停止前行，在一个村庄前的野地里休整，解放军不停，从他们身边嗖嗖向前跑。

终于到了粮食交接的地方，已经看到了炮弹爆炸的火光，头顶还有飞机盘旋，扔下一串串炸弹。地排车上的粮食和棉衣卸下来，杨明完成了任务，思谋着如何往北返，脱离这个枪弹不长眼的地方。

前面下来了一批担架，上面躺的无一例外都是呻吟着的伤员。一个战士跑过来，指着地排车，朝一旁刚卸完粮食的一些民夫喊："用这个，赶紧上。"两个民夫过来推车。百会立刻跑过去，对战士喊："这是我们推来的，我们上。"说着就推着地排车向前跑了。杨明只好跟上去。

地排车混在担架队中，车轮轧在刚下的一层薄雪上，发出吱吱的声音。炮弹在队伍旁炸开，有人倒下，再也没起来。杨明战战兢兢地往前跑了一段，看到一棵树下蹲了一个人，走近了，发现是之前遇到的那个鲁南老头。 老头的儿子躺在树下，血肉模糊。 杨明停下，问他小伙子怎么了。 老头抹了一把泪，说："我儿子死了。"

杨明想安慰他，却不知道怎么说。

老头说："柱子，等我回来接你，背你回家。"他用一块布把儿子蒙住，放在两节突出地面的树根之间，跟跄着回到队伍，扛起一副担架，向前跑。 担架太大，他跑了几步就摔倒了。 杨明奔过去，和他一起把担架放到地排车上，三个人推着向前冲。

伤员的数量超出了想象，地排车上躺了三个，一个没了一只胳膊，一个没了一条腿，一个瞎了双眼。 有点儿重，杨明和百会一人抓住地排车的一个把手，艰难推着往回走。

有一天，从下午开始，战士们就支起一口大锅，炖猪肉。 肉香飘得很远，又从远处飘回来，人们流着口水吸鼻子。 听说是元旦，杨明早没了时间概念，不知道元旦该怎么过。 晚上，担架队缩在一片沟底，旁边是一群士兵。 枪炮声罕见地停了，夜空寂寂无声。 开饭了，每个战士都端着一只碗，走到大锅前，有人吞猪肉，有人啃排骨。 几个人朝担架队招手，百会蹿老高，朝那边跑，剩下的人都跑过去。 一个军官说："大家都有份，来，一人一根大骨头。"担架队队员排着队去领骨头，蹲成一排，啃上面的肉，有人啃完了肉不过瘾，把骨头嚼得咯嘣响。

前方的野地出现响动，几个战士趴在沟边举枪瞄准。 那边有人喊："别开枪，我就来问问，你们吃的什么肉。"

一个战士喊："猪肉，有排骨，有下水，还有整条大猪腿。"

"兄弟，给我吃点吧，闻了一天味，吃一口，现在死也愿意。"

又是几个人的声音，"愿意，愿意"。 一片人影朝这边爬。 就在他们快爬到沟沿时，身后响起枪声，大部分人被射杀。 有三个幸运者，滚到沟底，呼啦啦给解放军跪下。 为首的一个说："别说肉，大饼也没了，窝窝头也没了，饿肚子好几天了。 又冷又饿，只能劈了棺材烤火，有人烤着烤着就死了，一头栽到火里。"他哭了起来，指向南边，对军官说："长官，你看看吧，那片雪地上睡着的一片，负伤了没人管，昨天还是活的，现在全没了气。"

三个人分了猪肉，大口吃起来，口水四溅。吃饱了，三人露出满足的表情，一个说："直接加入你们，算投了共吧？"

军官解释说这样不行，要把他们押到后面，接受了教育，把之前那些乌七八糟的想法剔除，才算是自己人。于是，他们被连夜带到后面去了。

肚里装着温润的猪肉片，杨明本想睡个好觉，却没如愿。仗倒没打起来，但对面不断有人要来吃肉，吵得他睡不着。他只好到队伍的最边缘，找了个僻静的角落，裹紧棉袄睡觉。

此后的几天还是继续抬伤员。

有一天，伤员没了，出现了一大群灰头土脸的士兵。细分辨，这些士兵和解放军着装不同，挺熟悉——过去济南城的国民党部队就是这种装扮。十几个解放军举着枪，押他们过来。杨明和百会一伙差不多二十个民夫，站在一边瞪着眼瞧他们。为首的一个解放军朝这边喊了一嗓子，百会机灵，跑过去，指着解放军的脸啊啊叫，回头向杨明招手。杨明也跑过去。百会朝杨明惊喜道："春来都当连长啦。"一看，果然是赵春来。

"好几年没见，你俩更结实了。"春来见了他们也高兴。

百会打量了春来的军装和冲锋枪，竖起大拇指："你都当官了！连长相当于啥？"

杨明捶他一下，说："你就知道当官。"

春来说："这个当官和以前的当官不一样。"

百会还要问，就见人群中跑出三个人，向西边的草丛奔去。春来大喊一声"不准跑！"，提枪就向前冲，三个解放军也跟了去。春来一边跑，一边朝天上放枪，那三个人腿就软了，一个立住不动，另外两个抱着头蹲下。

春来跑过去，指着他们骂道："到处都在打仗，你们能跑得了吗？ 解放军又不亏待你们，跑什么跑？"这时，不远处突然炸响了一颗炮弹，春来立即扑倒离得最近的一个俘虏，其余人也都迅速趴下。新的炮弹继续炸响，距离他们越来越近，浓烟把他们包裹住了。

炮弹响过，仿佛过了漫长的时间，其实只有一瞬。 杨明、百会和几个周围的人跑过去，见春来的背上多了一个窟窿，汩汩往外冒血。杨明用手按住窟窿，但捂不住，血像在奔跑。 他喊："春来！ 春来！"春来身下的人不停地哆嗦，带动他的身体轻微晃动。

正好一列担架队经过，察觉到这边的动静，跑过来把春来和一个战士、一个俘虏安放到三副担架上，向远处飞奔。

杨明习惯性跟着跑，跑了十几米又回来，问百会要不要去看看春来的情况。 百会犹豫片刻，指着那群俘虏说："他们怎么办？"

两个人走到几个解放军战士面前，问他们接下来有什么任务。一名解放军说，要把这些俘虏送到三十里外的收容站，现在连长受了重伤，但任务必须完成，只是人手有点少。 百会说："我帮你们押送吧。"不等回话，就跑到其余民夫面前说："刚才的情况大家也看到了，解放军有人受伤了，正是需要我们帮忙的时候。"

大家纷纷点头，跑到解放军的队列中。 一个排长拍拍百会的肩膀，说："好样的。 这有一杆枪，你拿着。"

百会很高兴，接过枪。 排长让俘虏继续排成三列，战士们和二十几个民夫有的在前，有的在后，左右也有，押送着俘虏朝北边的收容站走去。

天空开始飘下雪花，一朵一朵，挂满原野上的树枝。 炮声隆隆，隔不远就遇见急匆匆赶路的战士或民夫。 战士和民夫们监视着俘虏，翻过一个凸起的小山岗，朝下走，前方出现了一个村庄。 经过村庄时，一个大胡子俘虏乘人不备，翻进一旁的沟里。 百会第一个发现了他，立刻举着枪追过去。 有几个人朝百会喊："开枪啊，打他！"百会笨拙地举起枪，学着士兵的样子，闭一只眼，瞄准了，扣动扳机，没打中，又开一枪，还是没打中。 那人腿一软，摔倒在雪地上。 百会往前跑几步，指着那人质问："你跑啊，怎么不跑了？"

那人回过头来，举起双手："不跑了，不跑了。"趁百会不备，拔腿又跑。 百会再往前追几步，停住脚，举起枪。 这次打中了，那人滑倒在地上，一动不动。 百会走过去，把他翻过身来，子弹从后背射入，那人没气了。 百会一屁股跌坐在地上，大口喘气，大脑一片空白。

杨明跑过去，确认那人死了，踹了百会一脚："百会，你杀人了。"

"我也不想杀他。"百会嘴里含了哭腔，瞬即，他收回哭腔，放高了音量，对杨明也对一旁的队伍说，"谁要逃跑，这就是下场。"

又走了大半天，天黑时进了一个村庄，一打听，收容站就设在这里。 俘虏们一见了馒头，就呼啦啦冲上去，不再想逃跑的事。

在百会的带领下，二十几个民夫中有十三个要求参军。 百会跟他们说："大家一起参军，我当你们的班长。"果然，他们参军的申请马上通过了。 百会穿上新军装，走到杨明面前。

"你再想想，回去了也没啥意思。"百会又一次劝杨明。

"你不想黑丫头吗？ 我没的想还要回去，你有人等着，却不回去。"

"没人规定结了婚不能参军。"

"要我给黑丫头带什么话吗？"

"就说我打跑了老蒋再回去。"

"能得你。"

"你是怕当我的属下丢人吧。"

"不是，我要回去。 齐先生说了，在湖上也能革命。"

说了一通，俩人还是决定各走各的道。　百会带着十几个人加入了一支更大的队伍，向东边去了。　杨明开了路条，赶去兖州乘火车。本来他可以再待一些天，但战斗差不多要结束了，许多战士在休整，并不需要太多民夫。　眼看就要过年了，他惦记着娘和孩子。

　　往北走，不时遇到撤退下来的民夫，有成队列的，有单独行动的。　那些来自山区的农民，推着手推车，走起路来身轻如燕，好似在飞。　刚开始还有飞机在头上盘旋，射下一排子弹。　后来飞机少了，渐至于没有。　他看见一个踉跄的身影，推着独轮车，踽踽独行。

　　是鲁南的那个老郑，之前他问过对方姓氏。　杨明赶过去，和老郑并排走。　独轮车有点儿偏，一边高一边低，低的那边，不用说，上面是老郑的儿子。

　　杨明说："老郑，你要节哀。"

　　老郑放下车，坐在地上休息。　杨明跟他并排坐了。　老郑叹息道："我就这么一个儿子。"

　　"那你还带他出来。"

　　"家里分了地，我祖上八代，就从没有过自己的地。　可惜，回去后没人帮我种地了。"

　　"你还有别的孩子吗？"

　　"还有三个闺女。"

　　"你后悔了？"

　　"不后悔，就是想儿子。"

　　说完，抬起一只皴裂的糙手抹眼泪。

　　杨明说："老郑，你坐车上，我推你们一会儿。"

　　于是，小郑在左边，老郑在右边，独轮车再次平衡起来。　进了山东界，到了微山湖。　沿着湖东岸向北，走了两天，快到兖州时，老郑跳下车对杨明说："你推了我们爷儿俩几天，我得感谢你。"

　　"不用谢，要是我爹还活着，跟你一个岁数。"

"你要去济南府？"

"嗯，你要去蒙阴县？"

"对。"

"到了蒙山下，提我，当年打狼的郑一刀，没人不认识。"

"到大明湖找我，一找一个准。"

老郑推起独轮车，一边高，一边低，向东边去了。杨明去了兖州城。

在车站等了一天，支援前线回来的人陆续到达，坐上火车。这次有座位。杨明坐在一个靠窗的位子，看外面被雪覆盖的原野。恍惚间，仿佛听到两个人的对话。

"你上哪儿去？"

"我去济南府。你去哪儿？"

"我上天津卫。"

他抬起头，四处打量，这场景好像有点儿熟悉。确实有人在对话，一个小个子男人要去天津，杨明身边的一个男子要去济南。那个小个子，分明就是之前他们押送过的俘虏。

小个子没认出他，对他身侧的男人说："上天津卫，做点儿小买卖。"

"天津可不太平，正在打仗，火车不通。"

"能通到哪儿我就在哪儿下，总有打完的时候。"

"国民党这下是真完蛋了。"

"他完他的蛋，我过我的日子，谁也别犯谁。"

杨明不想听他们说话，起身走出去，到两节车厢的连接处，继续对着外面发呆。这次，火车没停，直接开到了济南站。

走出火车站，杨明立刻被欢呼的人群包围了。无数旗帜飘扬，庆祝淮海战役取得伟大胜利，庆祝支援前线的英雄胜利归来。作为嘉奖，杨明去领了三斤猪肉和一块纪念章，回到了大明湖。

两个多月过去，被炮弹掀了个底朝天的城市慢慢恢复生机。一些房屋重新建起，一些道路被打通了。只不过，几段残破的城墙依旧残破，并未修补起来。走到自家院子旁，被炸平的老房子依旧维持残垣状，小艾如站在湖边，朝他招手。

他走过去，抱起艾如。

艾如喊："爸爸，爸爸。"

他亲她一口，把纪念章递过去。艾如接过，往嘴里塞。杨明又夺回，放进她胸前的兜里。从东边走来一个人，黑黑的，挺着大肚子。

黑丫头问杨明，百会怎么没回来。

"他直接参了军，现在应该跟着队伍继续南下了。"

"这个混蛋。"

"肚子好大，你要生了？"

"就这几天的事。"

"那你还乱跑。"

"孩子一生下来就见不着爹，命苦。你听说了吗？春来死了，阵亡通知书刚送过来，这会儿他娘还在家号啕呢。"

杨明心里一颤，想起之前炸弹爆炸的画面，之前的担心变成伤痛，春来果然还是牺牲了。

他想起还有一件大事要做。夜里，他找出几年前的一把刀，趁着月光，在磨刀石上来回打磨。刀光闪着大明湖，也闪着月亮。

大年初一，为庆祝新年和淮海战役胜利，城里举行了秧歌大会和游行活动。

城里热闹起来，人们涌上街头。湖民也去凑热闹，去的是两条龙。

沉寂了几年的龙灯队再次活跃起来。年前，赵老爹找到杨明，请他出任龙灯队的领队，起先杨明拒绝了，他没这个心思。 赵老爹看起来老了不少，在秋天的大战中，赵奎死得很惨。 找到他的时候，他身着国民党军服，肚子上有几个窟窿，躺在一堆乱石中。 杨明和赵老爹把他抬回家，放在院子里。 这个儿时的伙伴，最终也回到了湖上。

经过赵老爹几番劝说后，杨明终于答应担任龙灯队的队长。

像过去制作大风筝一样，年前开始，就有许多人聚在北岸的一片空场上，用各种工具制作龙灯。 一般的龙灯，要用竹子、木条分节扎架，节数不等，架子下面有把手，一群人举起来才能连成长龙。 架子外面糊上装饰着龙鳞纹的纸或布，每节内置灯烛一支。 湖畔的龙灯更加复杂，全部由湖民自己制作。 龙头特别大，龙须很长。 一般的龙身有十二节，湖民做十三节，寓意十二个月外加一个闰月。

大年初一，两条巨龙准备完毕。 人们聚在北极阁前。 虽然之前北极阁损毁严重，但依然挺立，人们在此烧香祭拜水神真武大帝，祈求风调雨顺。 过去的一年，许多人不在了，带领大家祭拜的重任落到了赵老爹头上。 他率众跪下，磕三个头，然后站起身，朝天上吼道：

"龙灯队，起！"

在杨明率领下，周喜儿和另一个伙伴分别带头抓起龙头处的把手，他们身后，各跟了十二个小伙子。 两条巨龙开始游动，首先表演龙吸水。 吸了明湖水的巨龙，瞬间精神抖擞，龙喷四门，张牙舞爪，向西边奔去。

湖畔人家早早在自家门前摆上桌子，桌子上放着祖宗牌位，请他们回家过年。 有几家与过去相比特殊一些，比如赵春来家，新增添了赵春来的烈士证。 他家就剩他娘一个人，一张桌子上摆放着大大小小的牌位，中间安放着烈士证。 春来娘站在桌旁，踮起小脚，等待龙灯队到来。 杨明家，桌子上照例是隗家的历代祖先，同时还增添了隗家福（隗老爹）、杨凌志、隗如槿、杨小艾四个人的牌位。 娘一手领着艾如，站在桌旁。 艾如拍着手，指着两个龙头，不住地欢呼。还有一家，刘宝来家，全家五口在去年的战争中被一颗炸弹带走了，人们在他家黑骏骏的门口也摆上桌子，上面供奉着他家的所有祖上，以及刘宝来的爹、刘宝来、他媳妇、两个儿子的牌位。

龙灯队过来了，身穿绸衣的杨明走在最前面，手持彩珠戏龙。两条龙随后，龙身弯弯曲曲，被杨明手中的彩珠吸引。 二龙盘旋交错，即二龙戏珠。

两条龙首先到了刘宝来家门口，上下翻飞，欢快不已。 想必牌位上的一个个名字正定睛看着两条龙，暗暗喝彩。 接下来是杨明家，艾如一边往前奔跑，一边喊着"爸爸"，娘一手把她拽住。 杨明仿佛看到，娘旁边还站着四个人，身影有些模糊，但能感到他们很快乐。 后来去春来家门口，春来娘抹了眼泪，没等龙灯队过来就回家了。 人们仿佛看见，那个叫赵春来的年轻人，正站在门口，身穿笔挺的军装……

龙灯队舞出了一个个龙扫尾、龙上蟠、龙钻尾、二龙戏珠的把势。 围观者目不暇接，眼花缭乱。 接着，队伍顺着岸边向西奔去，再往南，汇入秧歌大会的洪流中。

深夜，杨明告别龙灯队，再次攀上城墙。 有些地方还在放烟火，火光映在湖上，湖面一片绚烂。 他觉得自己应该想一些什么，但脑子却是空的。 他很孤单，却又不孤单，有些人还没走，依然陪在身边，尤其是他的妻子。 妻子，多么奢侈的称谓。 他的脑海中再次浮现出那张温润的脸，和眼前的湖水融为一体。

自此之后，过去曾轰轰烈烈响彻他前半生的枪炮声化为历史。一些人，一些记忆，甚至眼前的大明湖，也化为历史。

第十六章

魂兮归

去世前的一段时间，杨明独守在一座楼的三楼，总结过去的时光。二十四岁之前的清晰一些，如在眼前。他一件一件梳理，一件一件画上句号。二十四岁之后的有些模糊，但若细细回味，他想到了不同时间的九件事。他同样一件一件梳理，算是给自己的后半生也画上句号。

1949 年，"燕子李三"被枪决

这位叫李圣武的盗匪，并非真实的"燕子李三"，而是"假李逵"。"真李逵"在河北沧州，叫李景华，每次作案后，把一只用白纸叠成的燕子留在现场。李景华劫富济贫，名满天下，"燕子李三"几乎成为侠盗的代名词，许多大盗做了案，都喜欢往他头上扣。李圣武可能也有这种想法，据说他这个"燕子李三"的功夫和"真李逵"差不多，非常了得。

李圣武神出鬼没，可飞檐走壁，化有形为无形。关于他的事迹，有几件可一提。日本人在的时候，有一次他在大观园的大烟馆玩耍，被日本人包围了。他不急不忙，在众目睽睽下跳上房飞走了。抗战结束后，他被国民党的刑警队逮住，手铐脚镣加身，用黄包车拉着往警察局送，周围还有许多警察。正走在大街上，他喊了声"我走了"，手脚上的镣铐不见了，真的就飞走了。 他一度住在国民党山东绥靖公署大楼楼顶上，和省主席王耀武一起上班，竟没有人发觉。后来哨兵发现楼上有人往下扔鸡骨头，上去查看一番，也没太在意。李圣武发现有人上过楼顶，就再也不去住了。 有一个姓薛的警察想逮他，他找到这个警察的家，奸杀了对方的老婆。 1948年年底，纬四路庆丰金店被抢，经理吴江源之父吴本一被枪杀，经调查，正是李圣武所为。 他还开柜抢了金银和钞票，又在店里吃饭喝茶，拉了一泡屎后离开。

当时的刑警队，主要由过去的武工队组成，还有部分本城的旧警察，又在当地招聘了一批新人。 抓捕李圣武的过程不详细表述了，警方曾抓住了一次，押送至普利门时，让他跑了。 最后，济南警察远赴徐州把他抓获，押解回济南。 1949年10月，当众将其枪决。

杨明见过李圣武一次，是在支前回来后的第四天，他去普利门附近买东西，几个警察正押着一个人走在街上。 经过一片闹市，一支庆祝新年的锣鼓秧歌队恰巧经过。 此人趁乱甩开警察，朝一旁的郝家巷奔去。 杨明正站在巷口，当时还不知道那就是"燕子李三"。只见那人掏出手枪打了两枪，人群顿时乱作一团，他趁机闪身消失在巷子里。 不一会儿，一个警察钻出巷子，朝几个之前押送的警察喊道："追不上了，没影了。"警察们进去搜了一遍，确实没找到。 等他们走后，那人走出巷子，消失于人群，那个警察向着那人相反的方向走去。

后来杨明才知道，被警察押着的那个人是李圣武。 当时，巷口的杨明看到了这一切，也看清了那个警察的面容。 他思索片刻，认定李圣武和那个警察一定有关联。 他悄悄跟上李圣武，转过了几条街。 也许，对方发现了他，有些警觉。 杨明有一把刀，从没用过，已放置多年，这几天他一直带在身上。 他摸了摸刀柄，感到一丝心安。 那人进了一家饭店，杨明没跟进去，而是站在窗前瞥了一眼，旋即走到街角，蹲在一个卖杂货的小摊前。不一会儿，李圣武走出饭店，扫了他一眼，犀利的目光让他感到浑身发紧。他继续守在小摊前，直到过了许久，饭店里走出一个警察。

他跟着那个警察，穿街过巷。那个警察显然喝了酒，走路有点儿晃，最终进了一个僻静的小巷子。他的心越来越紧，手心里全是汗。他拔出刀，换了一只手，用棉袄擦擦汗，向着那个警察冲了过去。那个警察仿佛后背长了眼睛，在他接近时猛然回头，脸上满布红晕，嘴张得老大，凸起的肚皮向前拱了拱，拱在杨明手里的刀尖上。

后来杨明把刀丢进护城河，回了家。他砸开湖上的冰，脱了棉袄跳进去，一个猛子扎老远，又游回来，露出头喘粗气。这天发生的事，他烂在了肚子里，只对一个人讲过，但那个人不会开口说话了。

李圣武被公开枪决时，他去看了。李圣武的目光扫过人群，在他脸上划过，好像一根针轻轻擦过他的眼睛。

1950 年，拆除老城墙

这一年的 2 月 28 日，市政府下令拆除城墙，辟建环城道路。这天，无数人涌上城墙，移除内城、外城、城外的一个个界限。其实到此时，多处城墙早已残破不堪。多年战乱，城墙屡遭破坏，已不能连贯，只是在一些地方留有断壁残垣。

在老城墙拆除之前，杨明绕着老城走了一圈。因城墙多处被毁，他不得不走走停停，一会儿走下去，一会儿又爬上来。城墙下的一条条街道留存在记忆中，让他想起童年的许多往事。城外烟雨，城内湖田，皆掩映在农历正月的寒气中。他最终站在北极阁旁，把手按在墙垛上，仿佛和许多人的手按在了一起。

前一年，湖上进行土改，共丈量出七百五十亩湖田，人均分得三亩。杨明家的九亩田，基本上还是过去那些。他不再拉人力车，也不再在湖上撑船，把全部心思用在了这些孕育植物的水田里。

城墙上的石砖很多被用在湖边修筑湖堤。 杨明和许多村民一起去修湖堤，干一天给五六斤小米，一星期领一回。 这一年开始，他们的房子陆续拆除，住户一家一家搬迁，去了老东门的湖滨新村，那些新房子的条石和青砖也来自城墙。 搬家的前一天晚上，杨明一家三口坐在门前，原来的树桩已经不在了，面前是城砖砌起的堤岸。 波光粼粼的水面，慢慢淹没了过去的水田。 之前有人提议，因湖田纵横，大片的水面已不复存在，要填平大明湖。 好在这个提议并未通过，取而代之的是深挖湖面，取缔湖田，还原这座湖最初的样子。

城墙不见了，从湖边便可看到远处的风景。 站在湖滨新村，能看见湖边的北极阁，那里保留了一小段城墙；作为唯一残留的城门，北水门还在。

杨明把几个亲人的坟迁到了莲花山的公墓，并在如槿和小艾之间预留了一个位置。 他穿上崭新的衣服，穿过过去东边的城墙，又回了大明湖。

他成了公园里的园林工人。

一生中经历的女人

第一个当然是隗如槿，不必细说，思念已转化在日日夜夜的生活中。 一只银镯，一支簪子，一把梳子，成为仅有的纪念。

在很多人眼里，这个长相周正、身材健硕的男人，并不缺乏女性青睐。 周喜儿经常鼓动他说，该成家了，公园里有不少年轻女人，看上哪一个，找人去说说。 他们两人都在水产队，春天往湖里撒鱼苗，冬天集体收鱼。 外人喊他们"船猴子"，划船的本领赛过旁人。

对于周喜儿的提议，杨明往往满口答应，但若真有人介绍了一个女人，他一般会推辞，不去见，或见了没下文。 一度，他庆幸自己没有再爱上某个女人，也无所谓爱或不爱。 很长一段时间，他回忆过去，好像只经历过一次新婚的性爱。 三十岁左右时，他经常被本能的欲望从梦中催醒，睡不着，就去外面走走，不知不觉走到了湖北岸，站在水边，思念过去的一些时光。

起初的一些年，百会每隔几年回来一次看望黑丫头，后来就不回来了，只寄回一张离婚证明——他在广东的一个小城安了家。 杨明跟他谈过一次，就像周喜儿找杨明谈，没有效果。 百会跟他说，自己九死一生，打到了广东，负伤后就地转业，现在是一个局的局长，在那边有了家室，不可能再回来。 杨明揍了他一顿，问他为什么不把黑丫头接过去，他没回答。

黑丫头母子和百会的老父亲住在隔壁，做了饭，会给杨明和娘端过来一些。 她家里有什么要紧的事，杨明也去帮忙。 黑丫头从不提百会，就像这个人没出现过。 有一天夜里，屋里就剩他们俩，气氛有点儿暧昧，黑丫头表示，儿子小涛去了姥姥家，今晚不回来。 他们在黑暗中挨着坐，黑丫头猛然抱住他，说："最早就喜欢你，但你和如槿好，后来如槿出事，我也离了婚，这些年一直惦记你。"他感受到黑丫头健壮的身体，顶得他心里难受；想起如槿，更加难受。 一股欲望促使他回过身抱住黑丫头，却又有一股奇怪的力量催促他抽出身子，慌忙离去。

第二年，黑丫头得癌症死了，他帮忙料理了后事，亲自送小涛上火车去广东。 他觉得自己做了一件错事，满脑子都是黑丫头死之前紧紧盯着他的眼神。 黑丫头说："我恨过两个男人，其中一个就是你。"他抓住她的手，看着她被病魔折磨成麻秆似的身体，想象那曾挤在他身上的健壮胸脯。 在他的怀中，她闭上了眼睛。

杨明四十岁时，艾如高中毕业，进了国棉厂上班。 在娘的催促下，他终于不再坚持，娶了比他小四岁的寡妇刘娟。 刘娟家在北园，丈夫淹死了，留下她和一个儿子。 她的身材有点像黑丫头，很结实，不过白一些，脸上也丰润。 之后的十年，她满足了杨明对性爱的全部奢望，过去无法打通的一些心结被刘娟打通了。晚上伏在刘娟的胸前睡觉，他忍不住想，如果早知道这种结果，当初就该娶了黑丫头。刘娟不仅晚上温存，而且很孝顺，有了好吃的就往北园之前的婆家送，也给娘留一份。

十年后，身体日渐枯瘦的刘娟得了和黑丫头一样的癌症，死的时候，杨明和水产队的几个人正去南方买鱼卵。娘等了杨明两天，没等到他回来，就找人弄了一口棺材，把刘娟葬回了北园。

1972 年，杨艾如结婚

西哈努克亲王离开后不久，杨明正在湖上查看鲢鱼的长势，岸上站了一个年轻人，扯着嗓子朝他喊："杨大爷，杨大爷。"他靠了岸，却没认出来。年轻人说："杨大爷，你不记得我了？"杨明打量了一番，年轻人个子不高，挺瘦，戴一副眼镜，确实不认识。年轻人说："我是小涛，大学毕业了，分配回原籍，在铁路上工作。"

杨明上岸，拉住他的手，笑道："小涛，这么多年了，你还记得杨大爷。"

过去几年，中学生去插队，大学生也不分配工作。今年好点，铁路局新进了一批大学生。看到小涛，杨明就想起黑丫头，心生一股愧意，问他百会现在可好。小涛说，周百会前几年被批斗，现在好点儿，下放农村了。杨明说："你不在南方照顾你爸，跑回来干什么？"小涛说："我就是这里的人，为什么不回来？我才不管他。"

杨明带他回家，刘娟、艾如和娘正在做饭。这时刘娟的身子已经很弱了，站不了多久，蹲在院子里择菜。艾如见到小涛，说："菜马上做好，你去洗手。"

杨明说："你们见过了？"

艾如说："那当然，弟弟回来，肯定要先找姐姐。"

娘说："小涛先来的家里，看你不在，才去湖上找你。"

晚上，杨明让小涛喝了点酒，继续问南方的事。小涛说，周百会被打断了腿，夫妻离了婚，一个小女儿在照顾他。杨明感叹，百会这些年也不容易。小涛说，自己这些年一般在学校，读大学后更是很少回家。杨明说："你长大了，该你孝敬他了。"

"我才不孝敬他，我要孝敬我妈，但我妈死了。"说着就伤心起来。艾如在一旁戳他，他又说一句："我也孝敬你，杨大爷。"

杨明被他这句话堵住了，连忙说："别，孝敬你爸，还有你爷爷。"小涛的爷爷还住在隔壁。饭前，艾如去叫周老爷子，他不来，去湖边散步了。

饭后，小涛去隔壁陪爷爷说话，在那边睡觉。还不太晚，杨明出门，准备去湖边走走。身后跟来一个人，是艾如。

他们沿着北岸向前走，周围是三三两两散步的行人。艾如扯住他的衣服，欲言又止。杨明让她有话就说。艾如说："爸，你觉得以后让小涛孝敬你怎么样？"

"我是他大爷，该孝敬还得孝敬。"

"不是这个意思。"

杨明看着艾如小巧水润的脸，有种预感："那是什么意思？"

艾如抿起嘴，似在思考，吐出一句话："我和他结婚，让他孝敬你。"

"你是姐姐，他是弟弟。"

"谁规定姐姐不能和弟弟结婚？我只比他大三岁，女大三抱金砖，我二十六，他二十三，正合适。"

杨明呆住了，眼前的艾如，正在慢慢幻化成另一个人。杨明抓住艾如的手，领她向前走了一会儿。他定定地看着她，想起她第一次叫爸爸时的情景，那个战火纷飞的中秋节，那些过往的时日。

"爸爸，你老说我妈长得好看，到底有多好看？"

借着岸边的灯光，他看到她纯净的脸，多少年来第一次确定，这个不知来自何处的孤儿，就是自己和如槿的女儿。他愿意相信，艾如的身体里流着如槿的血，继续在湖畔生活。他伸手帮她理了理头发，指着脚下的石板："你还记得这里吗？"

"当然记得，这是我们以前的家。"

鱼龙潜跃水成文

1977 年，大明湖捕获了三十万斤鱼。史无前例，且空前绝后。

水产队捕鱼，用的是几百米的大拉网，夜晚下到湖里，围成一个个圈，第二天天亮时收网。捕什么鱼用什么网，挂网、拉网统统派上用场，鱼有多种，如鲢鱼、草鱼、青鱼、鳙鱼、鲤鱼。

过去，湖里的水深只有半米多，后来深挖过一次，有的地方已深达几米。水浅，适合鲢鱼生长。鲢鱼长在水域的上层，以浮游生物为食，生长速度快，三年一个周期。每年往里撒鱼苗，每年都能有收获。不同的鱼类生长在一片湖里，构成了一个生物链，草鱼的粪便催生了水藻生长，水藻又是鲢鱼的食物。

为了鱼的丰产，公园专门在郊区建了一个鱼苗厂，鱼苗养到一寸时投放到湖里。原先本地养鱼技术不高，每年都要到长江边购买鱼卵，费尽周折。后来省里的水产部门在湖里做实验培育鱼苗，取得了不少成果。

过去，大明湖的门票只有几分钱，水产收入能占到公园收入的一半还多。捕获的鱼交给水产公司，市民去供销社购买。一个城中湖，产出的鱼能供给整座城市。

随着时间的流逝，水产队慢慢失去了工作，最终解散。那时，杨明已经七十二岁，早退休了。后来，湖里经历了一次大换水，鱼苗再次撒了进去，其作用也发生了改变，不再只是作为食物，还有净化湖水、恢复生态的作用。

有一年腊月二十三，湖边再次因为鱼热闹起来。有媒体举办了

"捕鱼节"，邀请专业捕鱼队前来，还发起了"有奖猜大鱼"活动。八十六岁的杨明，领着重外孙女周子珊去看热闹。

岸边人头攒动，人们争相一睹大鱼跃出水面。从外地请来的捕鱼队，操着小船，牵着渔网在湖上奔忙。杨明环顾湖面，这湖已很多年不结冰了，水面上散发着一股湿淋淋的雾气。渔网越收越紧，一条条肥美的鱼儿被扔到船上，有人抓起一条将近一米长的大鱼，奋力举起来，面向观众。人群发出一声声喝彩。

看了一会儿，子珊拽着杨明闪过人群，往回走。子珊问他："过去的鱼有这么大吗？"

杨明没有说话，他眼前浮现出一幅幅画面。

湖变得陌生，却更加亲切。围墙逐渐拆掉了，东岸和南岸多了许多新景点，新景点又是旧景点的重生。高大巍峨的超然楼再现了古典大明湖的风采，也是走向现代的起点。杨明偶尔从楼下经过，周围不时穿过年轻男女，他会忍不住多看几眼。他们青春盎然，看到他们时，眼神会变得柔软。

他尤其喜欢荷花开的时候，氤氲在湖边的香味就把姐姐拉到了身边。他一个人，选一个大晴天，步履蹒跚，从东门进去，过了汇波楼，过了北极阁，过了铁公祠，过了西门，过了辛弃疾纪念馆，过了遐园，过了南门，过了司家码头，过了他一生中拥有的土地，乘船去历下亭。

坐在现代的游船上，他已经想不起年轻时撑船的情形，但船已刻在他的骨子里。驾船的小伙子见了他就喊杨大爷，在湖上，年轻人都认识他。年轻的导游把他搀上船，到了目的地又搀下去。湖水也清澈，一条条鱼陪着他。在历下亭坐了许久，历史和现实一股脑涌上来。湖从不拒绝古老，那是生命的一部分；也从不拒绝年轻，那也是生命的一部分，是走向未来的起点。

人有少年、中年、老年，有一代代的传承，但湖没有。湖从来都是年轻的，现在倒比过去还年轻。那时候的沟沟汊汊，真不如现在阔大的水面更接近自然。大明湖见证了一代代人老去，用自己最美的年华，最美的湖水和堤岸，最美的遐园假山、曲水流觞、荷丛游鱼、依依垂柳和亭台楼阁，接待每一个来去匆匆的人。

杨明盯着与湖水融为一体的荷叶、荷花，深吸一口气。荷香飘过大明湖，飘动在天底下，和更大的一城山色融为一体。

1994 年，参观摄影展

春天的时候，湖上的领导派人来找杨明，要他去陪一个外宾游览大明湖。十天前，娘死了。他没有心情，拒绝了。

娘九十四岁无疾而终。死的前一天是清明节，她执意要去上坟。杨明让周涛开车，他和艾如陪着，去了城南的莲花山。娘站在隗老爹的坟前，说了一会儿话，大意是她这些天老梦见坐在木盆里摘莲蓬的情形，木盆里还坐着两个光腚猴，一个是杨明，一个是如槿。吃多了莲蓬，杨明跳进水里扑腾，在水面打嘭嘭。杨明喊过艾如，说："去，给你妈和你姑磕头。"艾如走到一边的墓碑前跪下，二十多岁的外孙也跟着跪下。

晚上，娘喝了一碗甜沫，早早睡了，第二天没有醒来。

老爹死后，娘又活了近五十年。她亲手把艾如带大，每日做饭洗衣，话不多，八十岁后喜欢做窗花，九十岁后喜欢到湖边走，后来下楼不便，就每个月让周涛背着去一次，去了就不想走，坐在过去家的位置盯着游客看。回到家她就开始计算时间，等待下次再去。

娘走了，艾如一家住在铁路局宿舍，家里只剩杨明一个人。站在三楼窗口，能看见北边的铁路，楼下是一排杨树，不远是护城河，河边的柳树已是一片新绿。

领导亲自来了，告诉他，那个姓野田的日本人点名要见他。"野田，野田"，杨明念叨了两遍。他让领导回去，说自己要出远门，去

237

南方，十天半月回不来。 领导说："你们是不是认识？ 那个日本人年轻时来过中国，拍了很多照片，这次来要办一个摄影展，顺便到湖上游览。"杨明说："他可能记错了，我从没认识过日本人。"领导交给他一个信封，走了。

他坐在客厅的沙发上，手里拿着那个薄薄的信封。 打开，是一张照片，还有一份邀请函。 照片上，静静的湖面，杨柳依依，远处的城墙依稀可辨。 画面的中心，一艘船上，坐着一对年轻人，男的头发很少，脸面清淡，目光深邃，略显严肃；女的扎两条辫子，圆圆的小脸，清秀的面容，一双大眼睛闪烁着青春。 他盯着照片看了许久，默默念叨："姐姐……"

房门打开了，艾如走进来，说："爸，你怎么不开灯？"打开灯，坐到他旁边，问他在看什么。 看到父亲眼神专注，眼眶里滑出一滴泪，艾如伸手摇他的肩膀："爸，你怎么哭了？"接过照片，说："这女孩好漂亮，是谁？"

杨明不说话，艾如又说："这不会是你和妈妈吧。"

杨明点点头，把多余的泪收了回去。

"真的是啊！ 我的天哪，我长这么大，还是第一次看到妈妈的样子。"这一年，艾如四十八岁。 对于她的身世，杨明一直守口如瓶，从未透露半字，她自然以为自己的母亲就是父亲青梅竹马的那个女人。 她仔细盯着照片里的女人，试图找到妈妈的痕迹，感觉自己也快要流泪了。 过了一会儿，艾如换了轻松的口气，说："爸，你还真不配我妈，她长得比你好看。"看到杨明严肃的样子，她不再开玩笑，拿起桌子上的邀请函，念道："罪证——日军侵华影像暨野田茂父子摄影展。"

"爸，这个摄影展，是邀请你去吗？"

"我不去。"

但他又改了主意，在摄影展闭幕的那天，他叫上艾如，去了省美术馆。

在门口，他有点儿踌躇，望着美术馆门口的展览广告，眼神定格在广告的背景板上——城市街头，一列军队在行进，那是 1937 年日军侵入济南城的情形。艾如挽着他的胳膊："爸，我们进去吧。"杨明抬起脚，迈上台阶。

人不多，稀稀拉拉，墙上挂的大幅照片，分门别类，大部分是与日军侵华有关的，有些血腥场面让人唏嘘。其中一张，名字是"守卫家园"，一个怒目圆睁的汉子，抡起长刀就要劈下，动作威猛富有张力，照片抓住了瞬间的神韵。还有一些，是日本人在这座城市的生活场景，以及街头风景、中国人的战争岁月等。

展览的尾部，竟出现了一个专栏——"大明湖上"。

城墙、楼阁、湖水、水田、捕鱼少年，过去那些温润的画面，定格在一幅幅照片上。一个举着鱼叉的年轻人，侧脸露出欢欣的表情。一个撑船的女孩，侧面更加阳光，瘦弱的身段展示出婀娜之美。最后一张，杨明和如槿背靠湖面，面对镜头。

艾如欢喜道："爸，这几张都是你和妈妈。"

杨明去问工作人员："野田先生在哪里？"工作人员说："野田先生出席了开幕式，待了两天，回国了。"杨明问："有没有他的电话？"那人摇头，拿出一本厚厚的书，介绍说："展览的大部分照片都在这上面，画质很好，这是在日本出版的，国内还没有，非常珍贵。"

杨明翻开书，内页是铜版纸印刷，前面的照片有所删减，保留了主要部分，比如那张《守卫家园》。关于大明湖的却很完整，全部收入。他问："这本书多少钱？"

"五十元一本。"

耿林再遁空门

最后一次爬千佛山，杨明觉得自己确实老了。

到了兴国禅寺，问了一圈，没人知道耿林在哪儿。寺不大，在快到山顶处。越往山顶越陡，寺像坠在山崖上。

他换了个说辞："觉新，觉新师父在哪儿？"

有人指给他，说不在寺里，在下面的一座小屋里。小屋也是兴国禅寺的一部分，寺不光包括一般游客参观的这处景点，还扩展至整个山腰。他蹒跚着，去了那个小屋。小屋掩映在一片树丛中，一闪身，就看见了整座城。城在脚下，大明湖隐约可见，一个小点儿。

迈步进去，黑咕隆咚，看不到人。定睛一会儿，看到了，一双老迈的眼睛。他说："觉新师父，好久不见。"觉新留了长头发，雪白雪白的，长胡子，雪白雪白的。

"杨明，你还能爬得动山？"

"为了找你才来爬，要不然，我这辈子再也不来。"

"这是我们最后一次见了。"

"你也下不去山了，下去就上不来了。"

他们谈了许久，谈到小茜，现在都有孙子了，当年还是八岁的小姑娘。谈到嫂子，去世三十年了吧，时间真是能把人熬死。"这么多年没见小茜了，想不想？"杨明告诉他，小茜从济钢退休了，现在家里照顾孙子。觉新念道："阿弥陀佛。"

杨明拖着觉新去了山顶，站在几块狭小的石头上，俯瞰整座城市。远处是黄河，再近一点是大明湖，是汇泉寺，是一座座高楼，所有的都是陌生的，只熟悉汇泉寺。寺呢？已被拆掉五十多年了。

一群群游客从山下蹿上来，气喘吁吁，看到老和尚白发和胡须在风中飘。有人说："这个老和尚是要飞吗？"有人问："老师父，您是不是被飞机运上来的？腿脚真好。"觉新对着众人，以及山下的芸芸众生，双手合十，念道：

"阿弥陀佛。"

接受记者采访

某报纸记者吴越多次到湖上采访，和遛弯的杨明相遇，聊过几次，准备做一个专访，题目是"水上江湖：老湖民的艰难岁月"。杨明跟他聊了两天，还邀请他去家里，给他翻看二十多年前买的那本影集。九十多岁的杨明，身体依然健康，上下楼不需要人扶。他把自己大半生的经历全都告诉了记者。

不过，他隐藏了自己的身世，以及如槿这个人。少了这个人，他的经历就变得干瘪，没有血肉。

吴越指着照片上的如槿，问他这是谁。

他说这是他的姐姐，年轻时得病死了。

吴越盯着影集的前言，看了一遍，通过日语中的汉字，大概读懂了意思。一个叫野田加成的人，少年和青年时期曾在中国度过，把自己收藏的照片结集出版，记录那段惨痛的历史，同时，"中国の女の子にあげます"（献给中国女孩）。他把前言和影集里的几张照片翻拍下来。

几天后，专访刊发了，占去了报纸的整整一版。

吴越把报纸送给一个女孩，女孩在大明湖西北角的水底世界工作，扮成美人鱼，在水中跳舞。

女孩说："你采访我老姥爷，怎么不事先说一声？"

2016 年，乘坐高铁

这天上午，杨明乘上一辆出租车，朝西边的高铁站奔去。一旁陪他的，是重外孙女周子珊。出租车行驶在高架桥上，外面响起警报声，司机也按响喇叭。警报和喇叭使车内的每个人闭目凝神，为一些遥远的亡魂默哀。

每年5月3日上午10点，警报声都会响起，纪念1928年发生在这座城市的一场惨案。 在这个春夏交替的时节，杨明要探寻许多过去的时光，跟随遥远记忆里的父亲，踏上一段旅程。 现代高铁展示出一种完美的速度，车窗外的事物快速后移，泰山一闪而过，徐州一闪而过，长江一闪而过，只用了几个小时，他就回到了自己的原点。

从出租车上下来，他一眼就看到了记忆里硕大的湖。

艾如死后，周涛建议过几次，让他去南方看看，到自己出生的地方走走。 他不是不想去，近百年的时光啊，他何尝不想回到最初的原点，把一生梳理一遍？ 杨明先去医院做了体检，一切正常，医生开玩笑，"他这身体，说是六十岁也有人信"。 但他知道，自己表面松弛、发皱的身体，里面早已朽坏了。

艾如死时六十六岁，做奶奶已好多年了，被一场车祸夺去生命。上一辈和下一辈的亲人都离他而去，他想，该踏上这段旅程了。

西湖，已不是记忆中的样子。

该是什么样子？ 子珊扶着他，走在长长的白堤上，浩渺的湖水青翠碧绿，远处的山和高楼带着一道独特的光环。 在他的记忆中，应该是黑夜，或者黑白底色的画面，四个人：一个父亲，一个母亲，一个姐姐，一个弟弟。 他们本该在这湖边度过一生，却又四散飘零，去了别的许多地方。 是否有一个人，在这湖边，替他完成一段人生？

在他看来，两个湖没什么分别，名字可以互换，人生可以互换。他觉得自己从未离开，就像时间从未离开他一样。

累了，坐在湖边的椅子上。

子珊问："老姥爷，你离开这里的时候是几岁？"

"四岁。"

子珊掰着手指："八十八年，太长了。"

"不长，你看，你算了这一小会儿就算出来了。"

"我们要在这里找人吗？"

"谁也不找，就坐一会儿。"

"坐着干吗？"

"我老了，坐着想一些人，想着想着，他们就出来了。"

"我等会儿要去'很高兴遇见你'。"

"很高兴遇见你？"

"那是一家餐厅，就在西湖边，听说很好吃。到西湖旅游，一定要去打卡。"

恍惚间，湖边的座座高楼隐去，青山更青，碧水更绿，空气更温润。一个人走到面前，蹲下，握着他四岁的小手，说："很高兴遇见你。"

那些离他而去的人，一个一个跑到面前，对他说："很高兴遇见你。"他也像刚才的子珊一样，掰手指数起来：

父亲、母亲、隗老爹、娘、如槿、小艾、赵春来、周百会、周喜儿、黑丫头、刘娟、艾如……

很高兴遇见你。

两年后的一个冬天，杨明孤独地死在自己的卧室里。死之前，夕阳从西南方向照进来，铺在床上、墙壁上。蒙眬中睡着了，又醒过来。一旁的收音机开着，播音员首先说了今天的日期，12月27日，接着预报天气，"今天夜里到明天，本市有中到大雪，局地暴雪"。播报员又提到这个日期的意义，"1945年的这一天，山东战区日军受降仪式举行"。他静静看着窗外的杨树，树干光秃秃的，想抬起头，没抬动。他想起久违的冰面，盖了一层雪，许多人慢慢走到冰上，四周是一片白茫茫的世界。他伸手想关掉收音机，没有摸到，收音机开始播放音乐，一首甜蜜的流行歌曲。他最终摸到了一根细细的木棍，身体却越来越轻。空中飘过一个背影，他喊了一声："姐——"

停止了呼吸。

第二天上午，子珊来找杨明。 推开房门走到卧室，收音机里传出沙沙的声音，电池要没电了。 她对静止的他说："老姥爷，我要问你一件事，有一年，应该是许多年前……"她推了推他，蜷缩的身体在被子和衣服之间显得单薄，她想起过去在这个怀抱里撒娇时的情形。 窗台上落满了雪，厚厚一层。 她看见他手里握着一根粗糙的小木棍。

如果你叫它簪子，也可以。

杨明坐在西湖边掰手指算数的时候，在日本名古屋大学学习语言文学的大四学生野田正和正乘坐火车，向东北方向行驶，去往长野县的乡村。 再有三个小时就要到达目的地了，此刻，他手里正拿着一本书，是井上靖的《敦煌》。

他闭上眼睛，眼前是赵行德最后的冥想："不知何处传来骆驼的悲鸣，行德谛听着，逐渐跌入分不清是睡眠还是昏迷的朦胧中。"他觉得，这是遥远的古典在眼前这条新干线上投射下的一抹暗影。

对于毕业后的出路，他从这本书里找到了答案——沿着书生赵行德走过的路，重走一遍。 井上靖，这位曾获得芥川龙之介文学奖的天才，一直是野田正和的偶像。 为此，他做好了留学的准备，要去异域，走一走，看一看，有可能的话，去敦煌投身一种与历史有关的事业。

火车到站，一个堂兄等在出站口。 坐上车，堂兄带他离了车站，离开市区，向着山区开去。 他来自这个山区，家族里每个人都来自这里，从这里出发，去外面闯荡，最终还会回来。 目前看，只有他和他的父亲、母亲还在外面，父母尚未退休，在地球另一边的大使馆工作，脱不开身，让他一定回去一趟。

这次回来，只有一个目的，家族里最年长的老者就要死了。

堂兄问他学业如何，下一步要不要继续深造。他说："即将毕业，一切都准备好了，夏天就去中国留学。"

"中国？"

"嗯，去继续做一些学问。"

"我只知道稻子的销售，销路很好，有一部分销到了中国。你要研究什么？"

"还没想好，或许是消失的一种中世纪文明，一个戈壁中的国度，梳理这个国度的文化。"

堂兄看他一眼："我去过北京。"

"老爷爷现在怎样了？"

"睡觉，睡觉，他每天都在睡觉。"

"怕是快不行了。"

"有时也会坐起来，喊着听不懂的话，可能是中国话吧。"

"记得我们小时候吗？他带我们去河里捉螃蟹，去稻田里捉虫子。"

"我们一出生，他就退休了。当然，我们出生前他早退休了。父亲年轻的时候，陪老爷爷去中国，举办摄影展。老爷爷曾经是摄影师，他拿出了很多照片，出了一本书，自己花钱出的。他说要去找一个人，回来后未曾说起找到了没有。"

"我记得他最后一次外出，是有一年首相参拜靖国神社，他跑到东京去抗议，一起去的还有一些老人，他们都曾在过去的年代去过中国。他很少说出自己的观点，只有那次，回来后难过了许多天，他跟我说，一个民族竟然能残忍到这种程度，而不能反思自己罪恶的民族，是没有希望的。他拉着我的手，聊了许久，讲起中国、家族的罪恶、一个专门负责杀人的特务机构，他说许多事年轻人并不知道，但应该知道。"

"这就是你执意要去中国的原因？"

"我对古典文明的兴趣是主要的，这个当然也很重要。那段历史究竟是怎样的，只有自己亲自看了才知道。"

"那本摄影集还有吧？"

"应该有，应该重新出版。"

"就靠你了，我说过，我只熟悉稻子。"

"找机会吧，或许可以带到中国去。"

到了一处山谷，一个小村庄，一排掩映在山水之间的房子。野田正和走下车，踏进小院。院子里聚了许多人，大都是长辈，东一撮西一撮说话，看到他进来，依旧在交谈。有人从房间出来，喊一句："时候到了。"人们依次冲进屋子。

按照家族惯例，人们一个个走进卧室，见老人最后一面。堂兄进去后，隔了一会儿，轮到野田正和。他准备了两句话，一句是代替父亲说的——"我远在欧洲，不能来送行，抱歉"，一句是自己的——"老人家，我准备去中国留学，跟您再见"。说完，他抬眼看病床上那具佝偻的躯体。瘦弱的躯体动了动，嘴里发出几句呢喃，一双迷离的眼微微睁开，随即又黯淡下去。

一旁的长辈朝往前走的一个男孩摆摆手，示意不用再过来了，老人已经去世。堂兄问长辈："他最后说了什么？"那人摇摇头，没听清楚，也许在自言自语，也许只是嘴唇的嚅动。只有野田正和听到了，老人最后说的是：

"去中国吧，那里有你的亲人。"

寻根之湖

　　我叫吴越，二十八岁，是一家新闻杂志社的记者，有机会被提拔为新闻部副主任，但我拒绝了。在大多数纸媒日薄西山的当下，我更愿意借此机会实现自己的一些梦想。辞职之后，我想去做一个短暂的旅行。

　　一个冬天，我站在大明湖北岸，等一个女孩——周子珊。

　　等了许久，没见女孩的身影。昨晚下过雪，地面上积了不少，结成了冰，滑滑的。游客走路皆小心翼翼，我站定后，举着手机拍树枝上的雪。

　　女孩终于出现了，红色羽绒服把她从头到脚裹起来，只露出一张窄小的脸。她四下观察了片刻，跑到我面前。女孩说："冻死我了。"口中呼出的气形成一道微小的气流，混入水面蒸起来的雾气中。

　　我说："这么冷的天，你还叫我来。"她剜了我一眼，说："咱俩谁跟谁。"又说："好累，在水里泡了一上午，真不愿出来，一出来就得裹上羽绒服。"

　　她正在排练一个节目，准备元旦时推出。问她什么节目，她说保密。"也不是不能说，"她说，"挺无聊的，内容有点俗套，不好意思说，反正到时候你就知道了。"

我说："每到节日就得有新节目。"她说："我也不想排，但我是主角，排练少不了我，总不能让所有人放假。况且，在湖底下，有暖气，水温也高，只要不出来，还是挺舒服的。"她从衣兜里掏出一张门票，递给我。我接了——海底世界水下剧场庆元旦专场演出。问她："你排的就是这个节目吧？"她耸耸肩："你爱看不看，到时有你没你都得演。"

我说："我一定去。"

她开始搓手、跺脚，冷空气突破羽绒服钻进她的身体。我建议她赶紧回去，外面太冷。她扫一眼湖面，说："整天在公园里走来走去，却很少看看风景。"我说："你就在风景里，你也是风景。"她说："你只有一个优点。"我说："什么优点？"她说："贫。"

临分别，她问我："你说要辞职，什么时候？""我还没想好，辞职只是口头上的说法，没有确切的日期。"她说："等你辞职的时候，跟我说一声。"我问她："说一声干吗？"她说："不干吗，说一声就行，不说也行。"

大老远把我叫来，就为了送一张门票。

回到家，我爸坐在炉子前烤火，双腿直哆嗦，他的关节炎又犯了，天一潮就犯。家周围是老商埠的一部分，烟火气重，各种摊贩遍布，几乎每个摊位都有一个扩音喇叭，"黄瓜茄子西红柿""胸罩丝袜大减价""两元店，全部两元，买不了吃亏买不了上当"……我爸坐在炉子边，听外面的音乐会，看我回来，问我为什么不上班。我说："下午没事，你吃饭了吗？"他没答话，继续陷入发呆。我推开阳台门，走出去，雪和音乐会把我包裹了。

我们住的楼，是一百多年前德国人建的，日本人也住过，日本人投降后回到人民手中。从外表看，这座貌似古老别墅的建筑，红砖红瓦，古典优雅，而进到里面，却是典型的贫民窟。不论任何天气，这楼都散发着一股霉味。木质楼梯踩上去咯吱响，谁上楼下楼，在任何一间房里都能听见。 时间久了，一听脚步声就知道是我妈回来了，或是二楼的刘大爷，或他隔壁的李老姑。 没有暖气、燃气，各家各户需要自己生炉子，我爸腿脚好的时候能扛煤气罐，现在由我扛。 卫生间，不，应该叫厕所，只有两个，一个在一楼，一个在二楼，不管冬夏，上厕所都得楼上楼下跑。 这楼共三层，住了九户人，有五户已搬走了，但房子还是他们的，没卖，等着这里列为文物或拆了拿补偿。 其实这里早就是文物了，楼门口贴着市级文物保护单位的牌子，老是有传言，但从没见有人拿钱把楼收走。 不过，最近听说，可能会有消息，上边已经定了。

我看到了我妈——在两元店旁边，挨着一个卖米线的摊位，是一个炸鸡柳摊——这个是我妈的。 摊位后面的墙角，停着许多辆车，一辆是我的，一万块钱买的破二手车，发动机坏了，一直没开，穿着厚厚的雪衣；一辆是我爸的，挺奇怪，三轮车的架构，车头却是自行车的，链条处装了电瓶，又是电动车，后面是一排座位，有大红色棚子，有种人力车或老爷车的味道。 近几年我爸每天骑着这辆三轮车去各个景点转悠，拉一些蒙头蒙脑的外地游客。 雨雪天不干，他的腿受不了，能把车骑沟里去。

我下楼，去我妈摊位拿了一袋鸡柳，卖米线的刘姨送了一份米线。 刘姨让我问问这片什么时候拆，她实在住够了。 我去问谁，没得问。 刘姨说："你写篇报道，呼吁呼吁。"我妈说："他能写啥，写了也白搭。"三年前我写过一篇自己住的那座楼是老建筑，年久失修之类。 可能是报道的影响，也可能凑巧了，一个月后楼门口就挂了市级保护单位的牌子。 他们便以为我有神通。

我爸不吃米线，也不吃鸡柳，都让我吃了。 他拖着腿站起来，一瘸一拐地走到沙发另一边，打开一个抽屉，拿出几张纸，回来递给我。 "你老爷爷，"他说，"材料都在这里，你给参谋参谋。"

我擦擦嘴，把米线盒扔进垃圾桶，拿过那份材料。 材料早看过了，是我老爷爷的生平和大概的履历，因为难以查询，写得太简单。后面的一张纸没看过，据有关部门反馈，因年代久远，无法确认具体身份。

我爸下岗后，不知什么时候搜罗出了一堆家族历史，翻来覆去研究，得出一个奇怪的结论：自己以及自己父亲这么多年的命运，竟源自1949年年初的一个突发事件。他认为命运对他不公平，要不然，他现在应该是某个单位的正式职工，最起码不会从出生到年过半百，一直住在这个只有四十多平的两居室里。他不想生在这又死在这，一生只睡这一张床。

"你老爷爷是第一代人民警察，这里面一定有问题。"我爸特意在"人民"处提高音量。

我说："我已经在调查了，你管好自己的腿就行。"

我爸感到一丝欣慰，让我去给他下碗面条。我本想去楼下买米线，他不同意，说吃不惯那味儿。我只好去厨房给他下面条。

我曾去公安局、档案馆等一系列能查阅档案的地方搜寻，以采访的名义拜访目前还健在的老警察，在一系列蛛丝马迹中，努力搜索有用的信息。

曾祖父讳名吴光地，是这座城市解放后最早的一批警察，但他刚进入新的警察序列不足四个月便横死街头。那时，已跨入新的一年，旧历春节还没过，他没能等到这年十月的新中国诞生。按照我爸的理解，这件偶然发生的事，直接决定了我爷爷的命运，他不得不辍学当了工人，后来父亲接他的班又成了工人，直至下岗去摆地摊。半个多世纪下来，只出了我一个大学生，毕业几年了却没大出息——一系列的命运，也许在曾祖父横死的刹那便注定了。

曾祖父大概出生于辛亥革命前后，兄弟二人，排行第二，双亲早亡，跟着哥哥进城混日子。哥哥在火车站扛大包，他去了一所大学，干些杂事，那时，他才十几岁。哥哥能钻营，被一个有钱的富商看中。 富商没儿子，收他当义子，他干脆改姓，跟那人姓了许。 后来许老爷家道中落，把哥哥送到日本洋行做工，没过几年，哥哥学会了日语，且说得很流利。 他便专干中日两国人的生意，在某个特殊的年份，一脚跨入政界。 我特意看了年份，是抗战时期。

哥哥挺照顾弟弟，但不向外人透露他们的兄弟关系，也不让弟弟说。 曾祖父在哥哥的暗中帮助下，离开大学去商埠混，开过一家浴室。 这时，他已经三十岁了。 至于他后来缘何当了警察，中间的转折无法考证。 信息很少，我只能通过爷爷过去的讲述，以及档案里某些时代痕迹，尽量还原模糊的历史。 按照性格分析，我的曾祖父和他的哥哥应该善于钻营，可能会为了一己之利做出许多坏事，甚至做了大奸大恶之徒。 我有点担心，要是查到什么令人震惊的真相，我怕父亲接受不了祖上的卑劣行径。

一个年近九十的老刑警，姓李，向我讲述了当年的一件大案。在这起案件中，我捕捉到了一些痕迹。 不细说大案的细节了，网上能查到。 这座城市解放后，警方抓捕并枪决了"燕子李三"，这件事很快赢得了市民称赞。 他们觉得，日本人和国民党多次抓不到的大盗，竟然这么快落网，城市瞬间增添了安全感。

那个时期，城内隐藏了大量特务，有国民党，有日本人，"燕子李三"极有可能归顺了国民党，但也不一定，因没有明确证据。 特务们四处制造事端，暗杀各级干部，警察局的任务很重。 他们在明，敌人在暗，这还是史上头一遭。 李老回忆，公安局对抓捕"燕子李三"很重视，有一次在舜井街差点抓住，让他给跑了；又有一次，终于抓住了，押送途中还是让他跑了。

李老说，自己并未参与那次押送，所以有些事记得不太清。 但"燕子李三"跑的时候，一个正在巡逻的警察跑来参与抓捕，没抓到。 后来听说，几个小时后，这个警察就被人杀死了，胸口被捅了好几刀。

我赶紧问："你对这个被杀死的警察有印象吗？"

李老使劲回忆，想了好大一会儿，说："他是旧警署的警察，那时候警力不够，警察队伍中吸收了不少旧警察。"

我说："你了解他过去的事吗？"

李老摇头，说："不记得了。那时候审查比较严，旧警察中的一些人后来被查出有案底，集中清退了一批，也审判了一批。"

我说："知道他叫什么名字吗？"

李老说："好像姓吴。"

后来我又查阅了许多资料，再根据李老的讲述，慢慢还原了一种可能的情形。三十多岁的警察吴光地，有意或无意地出现在押送人犯的必经之路，而此时，人犯顺利逃走。他是第一个追上去的人，却没追到。难道是人犯对他进行报复，找准机会杀死了他？

我去过那个街口，早变了模样，忽略掉周围所见的座座高楼，我产生了一些臆测：

熙熙攘攘的人群中，三个警察押着人犯匆匆经过，一支锣鼓队适时出现，令四个人汇入汪洋。街口处，警察吴光地死死盯着他们，待到人群出现了骚动，随着一声枪响，一处早已隐蔽好的巢穴准备迎接暂时的主人。吴光地作为一堵墙，顺利堵在了人犯和警察之间。不远处，一双锐利的眼睛目睹了一切。

对，应该还有一个人。

他才是整个事件的主角。吴光地这个双料间谍被人识破，他觉得自己做得天衣无缝，但早被人看穿了。

我的老爷爷吴光地也许是一个特务，最起码是被特务利用的进入人民警察序列的人。他到底有什么企图？流逝的时间让我一无所知。

有一件事，不知道和我老爷爷的身份有没有关系。几天前，爸妈的卧室漏水，我找人来做防水。房顶的夹层里掉下一个铁盒，锈迹斑斑，我费了很大力气才打开，里面只有一张照片。 照片很模糊，黑白的，大概是一个女孩的侧影，背面写了一行字：槿のように。 我不懂日语，找人看了，意思是"像木槿一样"。

什么意思？

想了几天，没想出结果。 从大明湖回来的那天，我又拿出照片，突然想起几年前采访的一位老人。 他家里有一本相册，是印刷品，一个日本人的摄影集，里面有一组大明湖的照片，或许能从中找到线索。

我立刻给周子珊打电话，让她帮我去问问老爷子。 问他什么呢？ 我想了想，就问许多年前认不认识一个叫吴光地的人。 周子珊说："吴光地是什么人？"我说："是我老爷爷。"她说："你是说，在我们认识之前，我们的先辈有可能认识？"我说："说不定还是好朋友。"

第二天上午，接到周子珊的电话。 她哭着说："我来找老姥爷，刚进门，就发现他死了，我很害怕。"我赶紧说："你家里人知道吗？"她说："刚给我爸打了电话。"电话里传来嘈杂声，挂断了。 可惜，事情刚要有眉目，却又突遭变故。

这一年的最后一天，12 月 31 日下午，我在湖边的一家咖啡馆见到周子珊。 她带来了一本书，正是几年前我看过的那本相册。 我打开，翻到后面几页，一眼就看到了那张照片。 相册中的照片更清晰一些，照片上女孩漂亮的侧脸，在明媚的湖水中显得亲切自然。 我掏出自己的照片，摆在那张照片旁边。

周子珊说："你怎么有我老姥娘的照片？"

我翻到照片的背后，让她看那一行字。

我说："这些字的意思是，像木槿一样。"

"像木槿一样……如槿，我老姥娘就叫如槿。"

我告诉她照片的出处在我家房顶上。 "我确定，我们家在这间房子里住了至少七十年，这期间从没有别人住过。据我爷爷说，许多年前，日本人在一楼开了一家照相馆，楼上住人，整座楼都是他们家的。日本人投降后，我们家搬了进来。起初整座楼也是我们家的，但老爷爷去世后，陆续搬来了许多人，我们家被赶到了楼顶。传到我爸这一代，只剩了两个房间。"

周子珊说："你之前让我问的问题，再也不会有答案了。"我说："是啊，也许他们曾是朋友。"她说："也许是情敌呢。"我说："什么意思？"

"你老爷爷藏着我老姥娘的照片，那么他就可能是我老姥爷的情敌。但你老爷爷显然失败了，如槿女士最终嫁给了我老姥爷。"

想到老姥爷，她露出伤心的表情，说："老姥爷已经安葬了，没留下任何痕迹，好像没存在过一样。"

我想起几年前采访他的情景，一个怀揣岁月的老人，时间在他那儿只是日升日落的某种命运，漫长的一生留下了什么？比如现在，他悄悄地离去，没有追悼会，没有太大的仪式，几个亲人落几滴泪，仅此而已。

她说："明天我正式演出。"

"我去看。"

"我有点儿不想演了，没意思。"

"总得演一次，演完了这个节目，我带你去个好地方。"

"去哪儿？"

"我也不知道，等我修好了车，我们开车出去。"

"你那辆破车，算了吧。"

档案馆的朋友发来一份资料的电子版，是1946年国民政府公布的汉奸名录，我在其中发现了一个叫"许光山"的人。我不知道这位许光山和我曾祖父的哥哥是什么关系，是否是同一个人。不过，据我爷爷回忆，他的大伯，在那一年的某个夜晚突然消失，所有人都不知道去了哪里。

如果这个汉奸许光山就是我曾祖父的哥哥，曾祖父是否也脱不了干系？如果一个汉奸后来混入人民警察的队伍，关于他身份的往事，是否有一定的不确定性？我爸的疑问就可以解释了，如果那个人不死，家族的命运也并非我爸设想的那样。

思绪越来越乱了。

我家的楼门口，终于贴上了一张限期搬迁的通知。邻居们议论疯了，等住到新楼里，有暖气有卫生间，别提多舒服。只有我爸，阴着一张脸，讽刺他们："搬迁条款还没谈好，就想着住新房，关键是谈判。谈不拢，什么都得不到。"

于是，邻居们紧急成立了谈判小组，由我爸主导，列出一些条款，只等着对方上门。

趁他高兴，我去跟他坦白，寻找的结果，极有可能没有任何意义。他正在楼下擦洗那辆三轮车。他把抹布扔到水里，叼一根烟，说："来帮我擦车，这是最重要的事。"我说："你这车还是别骑了，越骑关节炎越严重。"他说："明天元旦，生意好，骑了出去兜风。"我说："想办法把我那辆车修好，你去当网约车司机。"他说："不开你那个，费油。你不知道，在过去，人力车是富人才能坐的。"他指了指不远处的街上，说："等过了年，我带你妈去春游。"此时，我妈正给一个妇女包装鸡柳，大嗓门嘎嘎响："你放心，我用的是纯正的花生油，带回去，老人孩子都爱吃。"

第二天去大明湖，地上的雪化尽了，只在树木、房舍的背阴处还有一些，阳光混在寒风中，照得人很舒服。我跟着人群，一步一步踏进地下，头顶是湖水。各种叫不上名字的海洋鱼类在周边游来游去，海狮表演吸引了不少人。我径直走向美人鱼表演大厅，没赶上十点的场，下一场是十一点半。我找个座位坐下，盯着眼前的大鱼缸，水深大概四米，里面填了一些水藻和气泡，一群鱼游来游去，还有几只大海龟。 这应该就是周子珊所说的舞台。

表演开始。 "美丽的大明湖畔，有一位淡妆女子……"声音太刺耳，听不清，好像是说这位女子叫夏雨荷。 我忍住没笑，继续看下去。 "夏雨荷"出现了，拖着长长的尾鳍，自上至下游过来，一个翻身，回到水面。 没看清脸，身材不错。 待她再次下潜，我认出了，是周子珊。 她的头发挽成髻，戴着潜水镜，上衣的短袖很薄，粘在身上，肚脐以下是美人鱼的尾巴。 又出现了几条美人鱼，随着音乐和广播里女声讲的"夏雨荷"的故事，翩翩起舞。 观众开始叫好，尤其是美人鱼集体下空翻的时候，身材展露无遗，惹人喜爱。 中间，出现了几个穿黑衣的男子，拽着"夏雨荷"自右至左游去——广播里说，南山的一只怪兽，得知了"夏雨荷"的美貌，把她掳走了。 接下来是一场生死大营救。 美人鱼穿梭在鱼群和海龟中间，游来荡去，不时回到水面换气。 最后，营救成功，"夏雨荷"再次回到了她爱的人身边。 演员谢幕，自上至下下空翻，周子珊在中间，带领大家向观众招手。

我回到地面，站在岸边。 不远处，一些"夏雨荷""紫薇""小燕子""乾隆"之类的人在拍照。 有时"夏雨荷"们聚在一起，背对湖面做出各种动作，有时"乾隆"拥着几个人。 拍了照，去一间小屋门口付钱，"乾隆"和女人们脱下戏装，回到人间。

周子珊出来了，还是裹着羽绒服，双手搓在一起。 我打声招呼，祝贺演出成功。 她白了我一眼，好像如释重负，说："我还要忙。出来站站。"我们约好了下次见面，她便回去吃盒饭了，下午还要赶场。 我也回家，准备去修我的破车。

我找了工具，花两个小时拆卸掉一些零件，接下来手足无措，才发现自己不仅不会修车，连把这些零件组装回去也做不到。 我不得不打电话给一个修车店，让他们上门服务，继续为这辆破车做手术。

我爸回来了，红色斗篷车穿过拥挤的街道，很拉风。 车后座上坐着一个年轻人。 我爸带他向楼门口走，看到我，招呼我过去。 我爸指着我说："这是我儿子，记者，懂的多。 你们都是年轻人，让他给你讲讲。"又指着年轻人说："这个人来参观老房子，你带他走走。"年轻人戴一副眼镜，圆脸膛，高鼻梁，厚嘴唇，一副呆呆的模样。

我把我爸拉到一边，问他怎么回事，邻居们早定好了的规矩，私人住宅，拒绝参观。 这座破楼，外观古典，里面破旧不堪，有什么好参观的。 我爸说："他给了小费，你就带他转一圈。"又说："这是个日本人，喜欢中国文化，你们能聊到一块儿。"

我只好招呼年轻人，跟我走进楼里。 我告诉他，一楼本来是一个很大的厅，后来隔出了几间房，只剩了走廊，二楼也是，一间一间的房子，平均一间或两间是一家人，我家在三楼，就是过去的阁楼。过去的墙很厚，有半米，后来的墙不行，有的甚至是木板，不隔音。烟熏的某些角落，能看到过去的图案，有的挺有意思，画着一些鸟兽什么的，大概建房子的德国人在向中国古典学习。

参观完了，我们站在我家阳台。 我爸正在围观修车，指指点点，腿脚很利索，看来老毛病暂时饶了他。 年轻人到此时才开口说话，第一句就把我惊呆了："我叫野田正和，许多年前，我祖上一位老人就住在这座房子里。"

我有点儿蒙，这到底是我家还是他家？ 帝国主义投降七十多年了，他们有什么权利来我家耀武扬威？

我说："你是说，这里曾经是你的家？"

他说："不是，我的那位祖上早就离开了，他曾在这里住过，开一家照相馆。 当然，这座房子更早也不是他的，至于怎么到了他手里，只有历史才知道。"

这里确实曾是一个日本人的照相馆。 我大脑猛然一凛，问他叫什么。 他说："野田正和。"野田，野田茂，野田加成，相册，如槿……难不成，楼顶那张照片和我老爷爷没关系，是姓野田的野田茂或野田加成拍的？ 当年到底发生了什么？

丧失的某种兴趣，突然又迸发出来。

我问他："野田，你对你祖上住在这里的事了解多少？"

他耸耸肩，说了解的都告诉我了，别的一无所知。 他说，这几年通过查阅各种资料，终于知道了东方照相馆的位置，今天来看看。至于更多的事，那位祖上从未提过。

这人还算实诚，中文不错，听不出是外国人。

我们加了微信。 之后的一些天，偶尔联系。 他准备做一个课题，去研究某种早已消失的文字。 我问他研究的意义在哪儿。 他说："哪有什么意义，无意义就是最大的意义。"我觉得这个回答挺有意义。

第二年春天，我实在忍受不了所在行业的低迷前景，向单位提交了辞呈。 领导很遗憾，说他们准备重用我时，我却要走；但领导又说，走也不是坏事，等我混大了，来投奔我。 我说："等我开了烧烤摊，你来当大厨。"领导说："就这么说定了，我还真会烤羊肉串，保证是一绝。"

我告诉周子珊我辞职了。 她发来一串表情，竖起大拇指。 一个小时后，又发来一段文字，大意可用五个字总结：再见，大明湖。 我说："你也要走？"她说："帮我看看，这样跟领导说行不行。"我说："你要想好了。"她说："你去哪我去哪。"我说："我们的关系还没定呢。"她说："你又不追我。"我说："就不追。"她说："好啊，我们是哥们儿。"过了一会儿，她又发来一段文字："其实，离开是为了更好地回归。 我知道自己迟早要走，要去远方，去很多地方。 但最终，我都会回来，回到大明湖上。 我的生命始于湖上，最终也会在这里抵达顶点，然后滑落。 我了解这里所有的角落，就像祖辈一样，这里的泉水就是他们的命，也是我的命。 我永远逃离不了祖辈，永远对他们保持怀念和爱。"

我读了两遍，没有回复。

清明节前，谈判结果出来了，每家都分到了房子，比过去大不少，关键是有卫生间有暖气。据说这里将被重新装修，恢复成原来的样子，做历史资料博物馆。也有人说，博物馆不赚钱，肯定是拆了开发房地产。

我爸说要庆祝一下，清明节上坟，特意给老祖宗带了一瓶酒。第二天，我妈没出摊，第一次坐上了我爸的三轮车。他们要去黄河边溜达一圈，寻找春天。刘姨取笑我爸，说这么大年纪了，还出去骚情。我妈扯着大嗓门喊道："他骚他的情，我去黄河边卖鸡柳啊。"果然，后座上不仅坐了我妈，还坐了一筐鸡柳。

他们走了，我去开车，发动机冒出一股黑烟，咕噜噜，车轮好歹动了。当我开出去三条街，上了高架桥，身后传来一声闷响。当然，我没听见，太远了，闷响跟我没关系。此时，一辆挖掘机开到一座旧楼前，大爪子朝一个破烂的阳台一戳，就戳了个窟窿。

我接上周子珊。她穿了一件薄薄的红外套，黑袜子，白球鞋，戴一顶棒球帽和一副墨镜，迎合着外面的春天。她问我："怎么样，是不是有种自由范儿？"我说："嗯，你扑闪几下，能飞起来。"她说："我们准备去哪儿？"我说："自由飞翔，走到哪算哪。"她说："一切交给你了。"我说："走，我把你送给南山老妖。"

又去接野田正和。周子珊不情愿，嘟着嘴说："怎么还有别人？"我没敢说话，闷头开车。野田正和坐进后座，惊呼道："有美女！你女朋友吗？"我面朝他俩说："你们应该认识一下，有些关系我也弄不明白，但认识总没错。"

周子珊用墨镜和帽子遮住脸，瘫在座位上。我伸出右手握住她的手，拍一下，又去摘她的帽子。野田正和说："我啥也没看见，你们谈你们的恋爱。"周子珊打掉我的手，摘掉帽子和墨镜，露出一副平淡的表情，转身把手伸向后座，说："我叫周子珊，你好。"野田正和握一下她的手，说："野田正和，日本留学生，正在攻读中国古典文献学专业的硕士学位。"

我们出了城，计划明天晚上到西安，后天晚上到兰州，最迟大后天到敦煌。也许，这辆破车走不了多远，无所谓，走到哪儿，哪儿就是故乡。我说："野田，把你的文章念一段，我们听听古典沙漠的声音。"

他念道：

"驼队继续向西，陷入一场灾难。有人看到了一股泉水，有人看到了一支军队，有人看到了王朝的落败。只有那个叫赵行德的人，告别驼队，走向一处山崖。他把一册册经卷藏进去，同时藏进去的，是一种语言，一种口型，一种曾流传于大漠却再也不会出现的声音。他埋藏了一段历史。当我们抵达的时候，过去的人和事都已消失不见，只看到了太阳的影子。在时间里，我们也会成为新的影子，被人挖掘出来时，他们忽略了我们的喜怒哀乐。但此时，我们正在自己的世界里或喜或悲，改变历史也改变自己。流动于世间的空气，会记录下这一切。"

贡院墙根街与湖上少年

　　大学毕业后最初的十二年，我就职于一家新闻杂志社，"贡院墙根街二号"，这个地址一度是本省媒体界的符号。如今，地址还在，灰色四层小楼还在，寄托了许多人新闻梦想的那家媒体已经完成了使命。

　　不出差、不采访的日子，我每天坐在四楼的位子上写稿、编稿，还写了这十二年中大部分的诗歌和小说。贡院墙根街没有一号，很奇怪，我们所在的小楼在最北边，直接就是二号。这里是文化深厚之地，西邻省府，也就是过去的贡院和布政司，东边是文庙，南头有一堵状元墙，是过去贡院门口的照壁。蒲松龄屡试不第，每次考试都从这里进出。我曾在一篇为自己所任职的新闻杂志社讴歌的文章中写道："无数次，淄川考生蒲松龄伫立墙下，然后走进贡院，把自己的希望埋没在时间的流逝里。无数次，一群当代的媒体人伫立墙下，然后北行几百米，回到文字的世界里和这个世界谈谈。"而今再看，突生一股怅惘。

　　民国时期，省教育厅、省立第一实验小学、省实验剧院、省民众教育馆、省立一中和省立济南初级中学，遍布这条街南北。中共一大代表王尽美、邓恩铭曾在这里成立励新学会，创办《励新》半月刊，开展革命活动，筹建共产主义小组。

先辈们踏足过的小街，我们依旧在走。

我和伙伴们四处寻食，吃遍了附近的芙蓉街、曲水亭街、泉城路。 十二年，有多少街巷供我们摩擦双脚，有多少故事在老城酝酿。芙蓉街有一家小酒馆，是我们乱侃时的"芙蓉大酒店"。 曲水亭街过去遍布露天烧烤，烟熏火燎，现在是极具泉水特色的网红街。 周公祠街的把子肉和牛肉汤非此即彼，我们每周会去一次。 寿佛楼后街有一个扎啤摊，喝啤酒的人换了一茬又一茬。 护城河曾是巨大的游泳池，还有王府池子，在水里泡久了，某个脚趾头会变麻。 水胡同仅容一人过，起凤桥水流不断，五龙潭边有一家临水小酒馆……

我坐在办公室，常扭头看北边的湖。

近处是一片树林，那是遐园，里面有一座假山。 一百多年前，本省巡抚和出访而来的德国胶澳总督一干人在此合影，照片的电子版就在我的电脑里，有一个历史选题需要我去探寻。 西边是老省图，我偶尔逃班进去看书，下班时在那里就可以在线打卡，然后溜之大吉。红色砖墙的建筑叠加了历史，1945 年山东战区的日军受降仪式就在我静静看书的一楼大阅览室举行。 再往西是辛弃疾纪念馆，其前身是李鸿章祠，新中国成立后主人改为辛弃疾。 这附近还曾有过清末的省咨议局，后为国民党山东省党部所在地，为圆形结构建筑，俗称"鸟笼子"。 清末，巡抚孙宝琦在此响应武昌起义，宣布山东独立。孙中山也在这里演讲过。

北边的湖面，透过隐约的树丛，在我眼里波澜不惊。

最初的两年，我在大明湖西南门附近的寿佛楼后街赁屋居住，小屋夏天渗水冬天凄冷，我常感叹"天寒白屋贫"，常接待流浪至此的诗人同道。 夏天雨大时，街上就成了河道，可以行船。 一个雨夜，我撑伞迈步走近大明湖畔，周围一个人也没有，只有各类葳蕤的草木发出大口喝水的吞咽声。 草丛中一个在喷水的软管，那是工人们浇灌草木用的，忘记关掉。 我扔掉伞，抓起管子，用雨水和更大的一股水把自己浇透，生出一股豪迈之气。

同样是一个雨夜，深秋或初冬，狂风大作，我坐在桌前，手指不断敲字，大脑逐渐放空，隔壁女人呼唤小儿、喷香的做饭味道、一个老妇人对着天空哀号……一部长篇小说的最后篇章终于落定。那是我写的第一部长篇小说，这让我感到充实，继而又空虚，不得不在房间里一圈圈流浪，让双腿静止。

后来我告别这个小屋，去大明湖东边的老东门赁屋两年。

同样是旧文中的一个段落："刚搬走没几天，那部小说出版了，一箱样书从北京寄来。我搬着书，穿过老城区稀疏的人群，穿过护城河，穿过一个菜市场，顺便买几个土豆，割半斤肉，艰难地爬上新居的六楼，'对于人类，它的分量是如此之轻，可以忽略，而它本身的重量，却把我压垮'。压垮我的，并不只是劣质的纸张，还有破碎的文字，以及文字背后的命运。"

早晨，我一边吃着煎饼果子，一边沿湖的南岸走向单位。超然楼新建没多久，雄踞在湖的东南岸，将主湖和小东湖隔开。此时距离这座楼后来在网络上的火爆还有十年，它静静站在我的眼睛里，回忆过去被蒲松龄仰视的时光。我遥望一下作为济南文化核心地标的历下亭，经过王渔洋秋柳赋诗的秋柳园，经过老舍纪念馆，经过游船停靠的司家码头，从东侧进遐园再从南侧出去，走进贡院墙根街。

多少自然、历史、人物在行走中叠加，后来我在诗人欧阳江河的一次讲座中听到"厚涂"二字，就想起过去的十二年。大明湖作为每日生活的背景，穿插在我的脚步中，我自然成为杜甫、王渔洋、蒲松龄、刘鹗、老舍的后人，或他们中的一员，我参与的所有历史，一定会在真正的历史中拥有一席之地。

辛弃疾纪念馆门口的杏，焦黄、酸爽、脆甜，我们会在午饭后在树下品评一番。湖里的荷花是一道绝美的风景，花之美映衬了三三两两比花更美的女孩。遐园假山顶端的亭子里，埋头读书的年轻记者，本质是诗人。曲折回环的连廊上，坐着一个个困倦的媒体人。游湖者游的是心境，湖本身就是生活的一部分。

我的其中一项工作，是负责杂志的文化副刊"半城湖"。"四面荷花三面柳，一城山色半城湖"，这副楹联出自清代刘凤诰之手，完美诠释了这座城的风采。通过这个栏目，我对许多作家、艺术家进行了专访，刊登了大量作品，只专访文字就有三十余万字。

"半城湖"三个字常在耳边游荡，它来自湖上，又带我回到湖上。它既是济南的城市特色、文化品牌，还为我的小说提供了灵感。

我很少去北岸。

就站在南岸伸到水里的岛上，往北看。铁公祠、北极阁，以及东边曾巩拥有的一大片楼舍，在我的眼里回环往复。

曾巩是这座城惦记了一千年的老领导。他修水利，彻底整治大明湖，还为趵突泉定名，干了一系列好事，直到今天，湖东北岸到处是纪念他的痕迹。他赋诗的北渚亭，现在是北渚台，上面有一个明湖宝鼎，雕刻着晁补之追忆他功绩的《北渚亭赋》。宝鼎之南，是曾公画壁。他修筑的百花堤，又名曾堤。他主持修建了北水门，整个济南城的泉水从这里奔涌而出。一座规模不小的南丰祠还不够，济南人又盯上了汇波楼，开辟曾巩展览馆。

我还看到了一个少年。

应该有这样一个少年，在我的虚构中，在我十二年持续的观望中逐渐丰满了血肉。他和这座湖融为一体，在湖上生长，在过去的生活中生活。

我偶尔抽出一天时间，从大明湖的西南门开始，向北岸慢慢走，再到东岸，最后沿南岸回来。我把这片湖的草木和人情收到眼中，把自己的故事融入湖水中。有一次，我就假公济私，用一摞摞历史书，用对文史专家的采访，形成了几个专题，把这座湖的前世今生搬到了纸上。

这只是开始。

我盯着湖的某一个历史时刻，一个叫湖民的群体出现在许多人的讲述中。湖民，生于湖上，长于湖上，以种植水生作物、捕鱼、撑船为业，住在北城根和北岸之间狭长的一片区域，城外之人视其为城里人，城内南岸的市民又将其看作农民。

这是一个常被忽略的群体，没有大历史事件在他们身上发生，他们也随着新中国成立后大明湖的公园化而转变身份，作为"湖民"的湖民就此消失。当然，我更在意我虚构出来的少年，以及他的姐姐，他们在湖上，在成长中演绎一系列故事。

虚构是熬人的，并非一时一刻就能完成。在和同事们的讲述中，在一次次沿湖发呆中，少年的身世开始浮现：他并非湖上土著，而是被历史裹挟而来；他微不足道，平凡甚至平淡地度过一生；他爱过，但很难持续去爱，很早就丧失所爱，再无所爱。还有他的姐姐，那个如大明湖一样美丽的女孩，娴静、温柔，在最该被爱的时候，获得了平淡、坚实的爱；在最该持续被爱的时候，突遭变故，身体和灵魂被恶魔撕碎，直至最终殒命。

不仅有他们，一个个陪在他们周围的人，一个个爱他们、恨他们的人逐渐出现在我眼前。还要有时代，异国人侵略的时代，人性被踩碎的时代，光明在微弱中闪现直至取代黑暗的时代。以那个时代为开端，抵达我们的时代。

又一次绕湖一周后，我开始动笔。依然是过去的文字，我用上一本小说集前言里的一些话，记录写作这部小说时的状态：

> 我坐在书桌前，外面的窗台上跳着两只鸟，一只是麻雀，另一只也是麻雀。又来了一只，结伴飞到了近处的一棵榆树上。榆树光秃秃，冬眠的枝干还需要一些时日才能被春风吹醒。

一首音乐从早到晚单曲循环，呜咽的琴音带着我在文字中游荡。此刻，我是1944年徜徉在大明湖畔的一个年轻人，我以他的身体和灵魂看到了一些命运的符号。我试着以他的眼睛观察周围的世界，在一个巨大的围城里，形成一些自我的意识。我带着他，或他带着我，用文字完成一个匍匐于众生的仪式。

　　写作时常被打断，时而是麻雀，时而是吹在榆树上的风。扭头望着满书架的书发呆，书里有我要找的答案，但却无从找起。一本本书反复看过，心里的焦躁愈发强烈，不得不把头扭向窗外，榆树和麻雀，不只是这些，我还看到了更广阔的人间。再次感到文字是如此空瘪，对一切无能为力，真的无能为力吗？我需要在文字里找到一种答案，一种空泛却又深邃，看似不着痕迹又时时警醒灵魂的答案。

　　开一辆车，躲开人群，到黄河边乱走。大堤上，蜿蜒的公路把我带向东边，或西边。残雪在田埂上形成一道风景，夕阳的光芒透过树隙飞过来，把残雪和麦苗连成一片。在一处荒地上，我远远地和一只蝙蝠对视，它停在空中，扑闪着焦灼的翅膀，有时飞到草丛不见了，不一会儿又回到空中，继续诧异地盯着我。最终，它越过浑黄的河水，飞到对岸的树林去了。

　　再次回到书房，完成文字的安排。每日五千字，或一万字，最多的一天写了一万七千字。文字的数量让人存疑，但已无所顾忌。我知道，这些背负着一腔愤懑的文字，只是暂时找到了出口，其最终的命运还有待进一步考证。

　　越写，越感觉力不从心，对着电脑上的文档发呆，甚至怀疑起自己从事的这个职业。大量资料堆积在书桌上，用以对小说进行补充，也可以说是写作者暂时怯懦，需要这些资料来建一道防火墙。有一次，小说卡顿了很久，需要一本新的书来提供庇护。我在网上找到这本书，就想马上读到，晚一刻都不行。我联系到书的卖方，他住在城市的另一边。约定好接头地点，我走出门去。我站在这个支点上，慢慢撬动小说中的故事，终于走出泥泞，让文字继续在道路上徜徉。

小说最终会完成，就像我们的命运，最终会找到满意的归宿。写完后，我照例绕湖一周，站在北岸，遥望我的南岸，我的贡院墙根街。我在心里喊了几句话：

"杨明，你好。"

"如槿，你好。"

这两个人，是小说中的少年和他的姐姐。

新闻杂志创刊十五周年时，我正处于这十二年的中间点。我们做了一期特刊，整本杂志从头至尾全部为友人的回忆文章和我们自己的纪念文字。老总编张慧萍女士追忆创刊时"一纸风行天下"的轰动，以及媒体人为文字桀骜的风采。每个编辑记者从不同侧面抚今追昔，大有过去慷慨悲歌、将来独占鳌头的意气风发。

老总编带我们走出贡院墙根街，走进大明湖，至南门，以高大的牌楼为背景，拍下一张照片。现实的照片，也是历史的照片。这张照片就成了那期杂志的封面，永远定格在记忆里。

直至杂志遍寻不到，记忆真的成了记忆。

整理写作小说《半城湖》的一些思绪，更多还是想到了人生中不可逆转的十二年。二十三岁至三十五岁，一个年轻人变老的过程，被一条街、一片湖见证。

我们离开了贡院墙根街，包括老总编在内，一个不剩。我住得越来越远，去一次大明湖要专门计划行程，而不像过去抬腿就可以从任何地方踏进去。值得庆幸的是，我终于在十二年的末尾，为大明湖写了一部书，为这十二年画下还算合适的终止符。

许多年前，作家魏思孝送我一本丹尼斯·约翰逊的小说《火车梦》。他刚看完，说被小说中平淡的力量打动。我看了，也颇受震撼。书很薄，只是中篇小说。主人公罗伯特是美国西部的一个工人，妻子和女儿死于一场大火，他在漫长的余生中孤独地活着，那个时代也被他带走。好书需要传递，后来我把这本书送给了作家宋长征，并像魏思孝一样，对下一个阅读者满怀期待。

写作《半城湖》之前，我再次阅读《火车梦》。杨明是另一个罗伯特吧，一个普通到难以自拔的人，一个具有普遍意义的人，一个在空气中存在又不可或缺的人。他见证时代，但时代已离他而去。在文字上，我刻意离开过去的自己，字词敦实，避免灵动，好似刻意躲避诗人的身份，实际上是躲避惯常的那个我。

这本书的写作，直接或间接受到许多人的影响。民国教育家王祝晨编辑的系列山东民谣为故事增添厚度。有许多资料性的文字，还有一些灵感，来源于诸位文史专家，以及对书的修改提供帮助的朋友。感谢任宝祯、李耀曦、牛国栋、张继平、任正、刘书龙、雍坚、金延铭、朱仲宽、张润武，有的是师友，有的未曾谋面，他们对本省本城历史的挖掘和记录，为后来者提供了便利。感谢解永敏、刘玉栋、张鸿福、支景阳、陈忠、王川、王展、宋嵩、乔洪涛、王玉珏、宋涛等与文字有关的朋友，写作和修改《半城湖》期间对艺术的不断探讨是保持孤独与突破孤独的途径。

最该感谢的，是大明湖。有了湖和泉，济南才是济南，城市才有灵魂。当然，大明湖不只是济南的，还是天下的。大明湖所"厚涂"的中华文化和中国精神，应该持续飘扬在历史和未来。

吴永强

2023 年 12 月